达尔穆尔

大　裂　谷

低地

新港

沙海

费尔嘉德

*The Caged Queen*

星岛

轴心城

银海

火陨城

空家族

泉家族

灌木地

歌家族

星家族

影家族

# 寻龙公主

## 笼中王后

THE CAGED QUEEN

**2**

［加］克莉丝汀·西卡尔利

Kristen Ciccarelli

著

张涵 译

天地出版社 | TIANDI PRESS

图书在版编目（CIP）数据

寻龙公主. 2, 笼中王后 /（加）克莉丝汀·西卡尔利著; 张涵译.—成都: 天地出版社, 2020.1
ISBN 978-7-5455-5146-4

Ⅰ. ①寻… Ⅱ. ①克… ②张… Ⅲ. ①长篇小说 – 加拿大 – 现代 Ⅳ. ①I711.45

中国版本图书馆CIP数据核字（2019）第183113号

The Caged Queen
Copyright © 2018 by Kristen Ciccarelli
Published by agreement with The Bent Agency, through The Grayhawk Agency
Simplified Chinese translation copyright © 2019
By Beijing Huaxia Winshare Books Co., Ltd.
All rights reserved.

著作权登记号　图字：21-2017-02

XUN LONG GONGZHU 2：LONG ZHONG WANGHOU

# 寻龙公主2：笼中王后

| | |
|---|---|
| 出 品 人 | 杨　政 |
| 作　者 | [加]克莉丝汀·西卡尔利 |
| 译　者 | 张　涵 |
| 责任编辑 | 陈文龙　赵雪娇 |
| 装帧设计 | 思想工社 |
| 责任印制 | 葛红梅 |

| | |
|---|---|
| 出版发行 | 天地出版社 |
| | （成都市槐树街2号 邮政编码：610014） |
| | （北京市方庄芳群园3区3号 邮政编码：100078） |
| 网　址 | http://www.tiandiph.com |
| 电子邮箱 | tianditg@163.com |
| 经　销 | 新华文轩出版传媒股份有限公司 |

| | |
|---|---|
| 印　刷 | 天津文林印务有限公司 |
| 版　次 | 2020年1月第1版 |
| 印　次 | 2020年1月第1次印刷 |
| 开　本 | 880mm×1230mm 1/32 |
| 印　张 | 12.25 |
| 字　数 | 272千字 |
| 定　价 | 45.00元 |
| 书　号 | ISBN 978-7-5455-5146-4 |

**献给费拉洛尔、巴尔迪纳和格蕾丝：**

你们是三朵璀璨的希望火花。

放手节规定：把灯熄灭，把门闩好。

如果想要哭泣，找一处水源让水声盖过哭声。

烤焦面包，把酒放酸，交换糖罐和盐罐的位置。

不要在日落之后出门。

戴上面具，不要让自己被认出来。

虽然你可能会害怕，但还是放手吧。

## 织天之刀

从前，有个名叫桑德的人，他热爱他生命中的一切。每天，他都会在破晓时分起床，前往他的那片田地。雨水滋养着他的庄稼，太阳让它们茁壮成长，这大自然的奇迹让他欢喜赞叹。他珍惜自己双手的力量，正是这双手种粮、打麦，建成了他的房子。正是这双手，晃着他的孩子，帮孩子进入梦乡。

他非常热爱自己的生活，所以在死神来到他身边的时候，他藏了起来。

死神在桑德的房子里搜寻，却没找到他。

死神在他的田地上呼唤，但桑德并没有出现。

所以，死神放弃了，带走了别人。

桑德走出了他的藏身之处，因为自己的机智而沾沾自喜。他沿着那条泥泞的小路往家走去，还开心地吹着口哨。但等他来到门前，一个声音让他停下了脚步。

有人在哭泣。

桑德打开门，发现他的妻子正跪在厨房的地板上，胸前抱着孩子。桑德跪在她身边，发现女儿的眼中已经没有了生气，身躯已然变得冰冷。

桑德咒骂着自己的机智。他咬牙切齿，痛哭流涕。

从那天起，桑德不再在破晓时分起床，不再赞叹阳光和雨水。在环顾他所建造的房子的时候，他只能看到自己失去的孩子。

他乞求死神，让他的女儿回来。但死神无法做到，因为她的灵魂与织天女神在一起。

因此，桑德开始着手解决问题。

他在她的织布机前找到了这位灵魂女神。织天的经线是由生者的梦境塑造的，而纬线是从死者的记忆中汲取的。听到了桑德闯入的声音，她停下了面前的梭子，放下了手中的线。

桑德扑倒在她的脚下，恳求着。

"你需要为你的乞求付出代价。"她说。

"无论什么代价，我都会付出。"

织天女神从她的织机旁站了起来："你欠下了你的灵魂，你利用欺骗而逃开的死亡。"

桑德闭上了眼睛，他想象着雨水滋养着他的庄稼，太阳令它们茁壮成长，再加上自己的双手付出的努力。"我可以拿回你女儿的灵魂，我可以令她死而复生，"织天拿起了她的织布刀，"但只有你能付出这份代价。"

桑德跪在那里，抬头看着那尊无面之神："那就把我的命拿走吧。"

织天举起了她的刀——

将他的灵魂从束缚中解脱出来。

一

　　妹妹说想要组建一支军队，打倒一个暴君，再嫁给一名国王，需要一年的时间。

　　罗阿在短短三个月之内就把这些事完成了。

　　此时，她正坐在她家最小的那座大帐里，她的面前是一张雕花的金合欢木桌，桌面擦得锃亮。桌心火正飘出烟气，埃希落在她的肩膀上，爪子不断开合着，而罗阿正赤着脚不耐烦地踢打着地毯。

　　五天的和平谈判已经让双方都开始觉得厌倦了。

　　所有人都把他们的仪仗武器堆在桌子中央，有长刀，有短刀，有雕着优雅花样的钉头锤，还有闪闪发光的镰刀——这是一种展示信任的方式。桌子前只空着三把椅子。他们属于空家族的代表，整个星期这些椅子都是空的，而且没人提起这件事，至少没人对罗阿提起。

　　她盯着左边的空椅子，想象着那个经常坐在那里的年轻人——强壮的臂膀，小麦般金色的眼睛，深棕色的头发向后梳着，露出了他漂亮的脸。

西奥，空家族的继承人。

罗阿的前任未婚夫。

他总是很顽固，但也从来没顽固到这种程度。埃希的爪子陷进了罗阿的皮肤，她的想法也流进了罗阿的脑中。

罗阿的目光扫过肩膀上那只白鹰精致的翼骨。她们之间有一条纽带正在闪闪发光，埃希将其称为"低吟"。

我背叛了他，罗阿想，就算他以后再也不理我了，我也不会感到惊讶。

她们无声的交流突然被鼾声打断了。

这位新王后和她的鹰从西奥的椅子那里收回了目光，狠狠盯住了坐在身边的年轻人。午后温暖的阳光透过窗户，落在他不羁的棕色鬈发上。他把手肘撑在桌子上，脸颊贴着拳头，长长的黑睫毛轻轻抖动着。

这个人就是龙王。他在重要的和平谈判中睡着了。

这个……废物……正是为了他，罗阿放弃了过去的一切。

听到他的鼾声，她怒目而视，接着又瞥了一眼桌子周围聚集的十几名男女，这些人都是灌木地各大家族的代表。

她祈祷他们没有注意到他在打鼾。

这种祈祷毫无作用。人们当然注意到了鼾声。在这次和平谈判中，达克斯整个星期都在睡觉，这向所有人揭露出了一个事实：他并不关心他父亲的制裁有没有被解除，或者罗阿的人民是不是还在挨饿。

这些都不是达克斯关心的事情。

这也正是罗阿来到这里的原因。她坚持穿过沙海，亲手制定一份正式的合约文件。签署合约后，达克斯就无法继续违背承诺了，起码不会不计后果地违背承诺。

所以他们才会来到这里，来到罗阿童年的家中，低头望着卷轴。

罗阿的目光越过沉睡的国王，穿过那堆武器，她发现她的父亲正在观察她。她的父亲大概五十岁，黑色的鬈发里掺着几丝灰色，比她记忆中的样子更瘦削，更疲惫。这可能吗？她只离开了短短两个月啊。他穿着一件棉质短袍，喉咙处有一个豁口，歌家族的纹章图样围绕在领子周围。他的这件衣服与罗阿的服装相得益彰。

一位体面的龙后会穿着一件色彩鲜艳的长袍，一双精细缝制的便鞋，头上还会戴着一顶金圈。但罗阿首先是一名灌木地人。她穿着一条由母亲缝制的素色亚麻连衣裙，戴着一条淡蓝色的绿柱石项链。

父亲的眼睛盯着罗阿，然后瞥了一眼那个在她身边打鼾的年轻人。他脸上的表情清楚无误——

他在同情她。

罗阿的胃一阵痉挛。

她不要被同情，不要被自己的父亲同情。

在桌子下面，罗阿用手肘狠狠地顶了一下丈夫的肋骨。埃希被这突然的动作吓了一跳，张开翅膀在她肩上保持着平衡。达克斯立刻醒了过来，他瞪大了眼睛，长嘘了一口气。但是他并没有坐直身子，也没有注意周围，完全没有露出任何后悔的表情，大声打了个哈欠，还伸了个懒腰，这样所有人都注意到他刚刚睡着了，就仿佛他希望所有人都知道他不怎么关心现在的事情。

桌子旁的人都瞥了一眼罗阿。她一张又一张依次看着那些人的脸，每个人都避开了目光，似乎他们都在为罗阿感到丢脸。

在她请求提供军队，帮助达克斯推翻他父亲的时候，决定信任她的正是这些人。现在，在这里，他们羞愧地看着她的眼睛。

歌家族的女儿，她能听到他们的所有想法，你都做了什么？

他们的目光烧灼着她。罗阿紧紧抓着她的亚麻连衣裙。她希望这次会议能赶快结束。但写着合约的卷轴仍在由人们依次签名。

罗阿又看向了达克斯，而他却又打了个哈欠。

"陛下，您觉得无聊吗？"她甚至没有藏住语调中的失望。

"完全没有，"他把注意力集中在桌子对面，懒洋洋地说，"我昨晚没睡好。"

埃希不安地移动着她的爪子，罗阿看着达克斯看的地方：一名刚刚走进大帐的年轻女子。那是罗阿的堂妹，萨拉，她拿过来一个托盘。她把棕色鬈发盘成一个发髻，用象牙梳固定住，手腕上有三个用闪亮的白贝壳制成的手镯。

萨拉从桌子上端走了一杯杯冷掉的茶，在国王的凝视下明媚地笑了。

罗阿极不情愿地记起前一天晚上的事情。和她的兄弟姐妹、各位亲戚猜拳行酒令玩了一圈之后，达克斯开始公然调戏她家中的女性，其中就包括萨拉。这件事她必须习惯：达克斯会与其他人调情。

罗阿甚至敢说，要是喝醉了，他都会去调戏一条龙。

她没再去看国王和自己的堂妹。她不想看到他们之间传递微笑，不想知道那场游戏发展到什么地步了。

她只能去看两个地方：各大家族代表尴尬的表情或是空着的椅子。

这是一次无法忍受的选择。

最后，罗阿选择了她背弃婚约的后果。她盯着西奥的椅子，仿佛他就坐在那里，正盯着她。

有时她想知道，如果没有背弃婚约，她的生活会是什么样子。那样的话肯定不会有国王在父亲的家里和罗阿的堂姐妹调情，还在她最爱的人面前羞辱她。

不过那样也就没人能保证灌木地的安全了。埃希的声音在她脑海中响起。一双爪子亲切地抓着罗阿的肩膀。达克斯的父亲会让咱们把血流干。

当然，埃希说得对。

你做了需要你去做的事情，埃希用她的羽毛头冠蹭了蹭罗阿的脸，人们都清楚这一点。

确实，罗阿在为所有灌木地人努力，其中也包括西奥。她不会允许另一位费尔嘉德王拿走他想要的一切东西。他们已经拿走了太多。

她一边抚摸着埃希柔软的羽毛，一边看达克斯。卷轴来到国王面前，他签了字，然后从他们面前的碗里取出一撮沙子，撒在湿墨水上。墨水干掉之后，他吹掉了沙子，卷起了卷轴，然后把它交给罗阿。

房间里，人们明显松了一口气。国王现在必须遵守他的承诺。他们最终将摆脱费尔嘉德的暴政。

既然合约已经签完，人们的声音大了起来，大家开始有说有笑。

有人拿来了一罐酒，罗阿皱起了眉头。上一次她父亲为他的客人提供葡萄酒已经是多年之前的事情了。灌木地很少有人能够买得起这种东西。她想知道她的家人这个月需要放弃什么才能得到这种放纵的机会。

很明显，达克斯并不清楚这一点，他将酒倒入两只红黏土杯中，然后懒洋洋地将手臂环在罗阿的椅子后面。埃希被他的亲密举动吓了一跳，离开了罗阿的肩膀。

罗阿更习惯于被囚禁在那副身躯里的妹妹待在这里，她的肩膀上带着八年来埃希的爪子留下的小小伤疤。在埃希离去之后，她立刻感觉浑身一冷。

达克斯朝着罗阿弯下腰，拿着满满的杯子。

"为和平干杯。"他温柔地说。薄荷的气味笼住了她。

罗阿不敢看他。她了解那双温暖的棕色眼睛施放出的法术，了解那张嘴巴许下的承诺。她看到太多的女孩沉醉在达克斯的魅力中，她知道她需要保护自己免受伤害。

她只是盯着他的脖子，看着他脉搏稳定地搏动着。从他手中接过杯子，她说："为信守承诺的国王干杯。"

她的目光闪过他的眼睛。在短短一下心跳的时间里，她认为她看到了他眼中的欢乐。但随后这欢乐消失了，隐藏在柔和的微笑背后。

她讨厌那笑容，讨厌那笑容对她产生的影响。

罗阿放下杯子，迅速起身。

"如果已经没事了的话，"她绕过堆满了武器的桌子，引起了父亲的注意，"那要恕我先告退了。我要出去一趟。"

罗阿从那堆武器的最上面拿走了她的镰刀。没有等父亲回答，她就离开桌子，穿过敞开的门，头也不回地离开了。

埃希也跟着她出去了。


罗阿骑马飞快地穿过歌家族地盘边界。罂粟花的蹄子猛烈地击打着炎热龟裂的大地，拉开她与父亲的大宅之间的距离，也分开了她和那个孩子一般的国王。

罗阿曾经了解的那片广阔的世界，如同挂着夕阳的天空一般广阔的世界，变成了一座监狱。她可能会心甘情愿地走进去，但她的婚姻仍然让她气恼。

在前往目的地的途中，罗阿感受到体内传出了一阵熟悉的低吟。本能地，她发现一只白鹰正在上面翱翔。

埃希。

就算她们相隔那么远，罗阿也能感觉到妹妹的不安。

你要去哪里？妹妹问道，你会错过拾穗夜的。

罗阿坐在马鞍上，罂粟花慢慢小跑着。她忘了今晚是拾穗夜。

　　每周一次，歌家族会为那些受费尔嘉德的制裁影响最严重的人们提供晚餐。在拾穗夜，房子通常都会挤满了人。最贫穷的人会来吃东西，并把所有剩下的东西带回家。

　　你应该留在那里，埃希仍然想赶上来，你能为他们带来希望，罗阿。

　　但回到家族的大宅意味着要面对达克斯。这也意味着要看着他喝着父亲的酒，调戏在她家里的女孩。

　　罗阿咬紧牙关。

　　我已经乖乖地在他旁边坐了好几天。她的思绪传进了双胞胎妹妹的脑中，要是让我在他身边再待一会儿，我就会……她紧紧抓住缰绳，我就会反悔。

　　她可以反悔。他们还没有正式圆房。这意味着婚约仍然可以取消。

　　但如果你反悔了，谁能来保护咱们呢？埃希回应道。

　　事情就是这样。这是她做出的决定。人民的安全取决于罗阿的行动。

　　用自己的自由换取灌木地的和平，她认为这样容易一些。她并没有意识到她付出的不仅仅是自由。

　　妹妹的声音在她的脑海里变得柔和而沉静：你应该再小心一些，人们会注意到你的缺席。

　　回家之后的这六天里，罗阿没有一个晚上待在家里。

　　让他们注意到吧。罗阿催动着罂粟花继续前进。

　　远处，红褐色的土地渐渐过渡成了绿色的森林。罗阿径直穿过了金合欢间的一条秘密的小路，进入了一片隐蔽的区域，第五大家族曾经矗立在这里，但现在已被毁灭成一片残垣断壁。

妹妹的懊恼刺痛了她。但罗阿没去在意。

罗阿。埃希正努力跟上来，她的声音闪过罗阿的脑海。她优雅的白色翅膀在与不断袭向她的风搏斗。你不能逃！

我是王后，她想，我可以想怎样就怎样。

你这样不像一位王后，埃希的声音正变得越来越弱，你那样子就像一个……胆小……自私……的……孩子。

一股刺痛感。

作为回应，罗阿也同样冷冷地刺伤了有着鹰的身躯的妹妹。埃希给她送回了同样的感觉，不过更加锋利。

就在罂粟花停步打算走进树林的时候，白鹰尖叫起来。罗阿感到一阵痛苦的拖拽，这让她们两个都停了下来，罗阿皱起了眉头。她回头寻找着埃希——一点白色正在红玉髓般的天空中与风搏斗，想要靠近她。

第二次，更强力的拖拽。罗阿痛苦地倒吸了一口气。她用手紧紧拉住罂粟花的缰绳，将她的想法传递给了妹妹：如果你想要伤害我，那你做到了。

埃希没有回应。

罗阿以为埃希会理解。埃希比任何人都更清楚被囚禁的感觉。但就和罗阿的朋友莉拉贝尔一样，埃希似乎也越来越愿意与达克斯站在一边，仿佛他那可笑的魅力也在她们身上起了作用。

罗阿有些生气，转身不去看妹妹。她没有等埃希赶上来，径直跑进了树林。

埃希会找到她。她总能找到她。这种默契在她们之间低吟，清晰而强烈，让她们能够保持连接。罗阿总能感觉到她的妹妹，感觉到她灵魂的形状，即使她们之间隔着一片沙漠。

蓝花楹盛放着。紫色的花朵地毯一般铺在地上，比任何王宫的地面都漂亮。罂粟花来到了影家族大宅的入口处，罗阿闻着花朵甜蜜的气味。

"堕落了"，人们这样称呼这个地方。很久以前，有一个人死在了这里，他的亲人没有为他举行合适的仪式。他们没有打破生者和死者之间的纽带。因此，在放手节，也就是一年中最长的那个夜晚，这个人的灵魂变得堕落，他屠杀了他的整个家族。

反正故事是这么讲的。

堕落的灵魂是一种危险的东西。正因为如此，人们才需要进行放手仪式。

但即便这个故事是真的，那个人的灵魂也早已离开了。

罗阿爬下了罂粟花，把马缰绳绑在外面的树枝上，然后穿过坍塌的房屋大门。就在她穿过一间已经没了屋顶的大厅的时候，罗阿想起了那张空椅子。这是一个明显的侮辱。但先被侮辱的是西奥。空家族是唯一一投票反对罗阿帮助达克斯起义的大家族。在灌木地，要想率领军队越过沙海，必须在投票中获得各大家族的一致同意。罗阿违反了灌木地的律法。

她也打碎了西奥的心。

罗阿检查了房子的每个房间。全都是空的。她又检查了一遍。

他没有来。她的心一沉。

西奥不希望她帮助达克斯。他告诉罗阿，如果罗阿离开，就再也无法回来了。

你错了，她想，我确实回来了。

她现在在这里了，不是吗？她一直待在这处废墟里，连续五个晚上都在等他，因为这里是他们通常见面的地方。

连续五个晚上，他都没有来。因为罗阿与达克斯结婚了，因为罗阿现在是王后。

对她和西奥来说，已经太晚了。

风吹过头顶上方的树冠，她爬上了一面半塌的墙上的窗台，靠在落满灰尘的冰凉石头上，用手捂住了脸。

你现在是王后了，她告诉自己，王后不能哭。

埃希会这么说的，如果她在这里的话。

就在等待妹妹抵达的那段时间，罗阿想到了她父亲眼中的同情。这种感情存在于他们所有人的眼中。

也许这样更好。她不确定自己能否忍受西奥脸上出现同样的表情。

上百下心跳的时间过去了，埃希仍然没有露面，罗阿抬头望着树冠，望着树冠后面散碎的黑色天空。

她本能地看到了埃希最喜欢的两颗星星。"双子星"，埃希喜欢这么称呼它们。埃希最喜欢的故事是关于织天的，她是一位能将灵魂变成星星，再将它们编织到天空中的女神。

罗阿想起了织天将埃希的灵魂变成了一颗星星，然后把它放在那里，一个人，没有罗阿。

一种冷寂的感觉充满了她的胸口。

是什么让她妹妹花了这么长时间还没赶来？

罗阿寻找着那一直都很清晰的低吟。甚至在埃希的意外发生之前，那低吟声都在那里，在她们体内温暖而明亮。

这次罗阿寻找的时候，她发现那低吟声变得昏暗而无力，就像太安静的脉搏。

埃希？

没有回应。

罗阿跳下窗台，走回空荡荡的破败房间内。

"埃希？"她的声音回荡着，"你在哪？"

回答她的只有沉默。

罗阿加快了步伐，回想着妹妹的想法在她脑中奇怪地闪烁的感觉，以及之前她感觉到的距离有多远。

埃希，如果这是在开玩笑，那可不好笑。

门口，罗阿解开罂粟花，迅速前往森林边缘。她到达那里的时候，太阳早已消失，天空呈现出一种蓝黑色。她完全看不到一只白鸟留在天空深处的痕迹。

罗阿用手拢住嘴巴，大声喊着妹妹的名字。

"埃希！"

她的声音回荡着，然后消失了。风掠过她背后的树叶。

这是这对姐妹从未谈起过的一件事，就仿佛说出这件事，它就会成真一样：一个未被抹去的灵魂无法永远存在于生者的世界里。最终，死神离别的召唤将变得太过强烈。

八年来，埃希一直抵抗着死神的召唤。

看着天上的星星，罗阿低声问："埃希，你在哪里？"

## 两姐妹的故事

从前，有一对姐妹，她们出生在一年中最长的那个夜晚。

那不是一个庆祝新生的夜晚，而是一个与死者离别的夜晚。这就是它被称为放手节的原因。

接生婆们想要尽早把这对姐妹带到这个世界上。失败之后，她们又想要推迟她们的到来。

但仿佛挑衅一般，女孩们在午夜时分降临到了世界上。

第一次尝到生命的味道，大多数新生儿都会恸哭，都会害怕，都会需要母亲的安慰。

但两姐妹没有哀号。她们静静地来了，抱着彼此，就仿佛她们不需要任何人的安慰，只需要彼此，就仿佛只要她们在一起，就没有什么可怕的了。

这也不算奇怪，接着发生了更奇怪的事情。

正是她们的母亲戴丝塔注意到了这一点：如果一个女孩哭泣，另一个女孩就会安慰她。要是她们都哭了，花园里的玫瑰都会死亡。戴丝塔意识到，如果一个女孩发起了脾气，另一个女孩就会让她平静下来。要是她们两个都发脾气，窗户就会损坏，镜子就会破碎。

似乎要是她们心往一处想，世界就会屈服于她们的意志。

戴丝塔问两姐妹，是谁弄坏了镜子，其中一个会告诉她："不是我们，妈妈。是低吟。"

"低吟？"她问道，"那是什么？"

两个女孩盯着她们的母亲。

"一种温暖又明亮的东西，就像一根绳子连接着我们。难道你和爸爸之间没有吗？"

没有，她和她们的父亲之间没有。但是戴丝塔把这件事告诉她的丈夫之后，他只是耸了耸肩，就仿佛那只是花了太多时间待在一起的孩子们的狂野想象。毕竟，两姐妹玩在一起，学在一起，睡在一起……她们甚至从不分开。

"让她们交些其他朋友会比较好。"他告诉妻子。戴丝塔同意了。她写信给她的老朋友阿米娜。她的儿子达克斯每年都会在他的学业上落后一步。

他的教师已经放弃了，称他是文盲，根本没法教，阿米娜急坏了。戴丝塔让她的朋友夏天把他送到歌家族这里。

戴丝塔认为，也许这会治愈我女儿们的这种低吟，她已经厌倦了她不断死亡的玫瑰。

也许，如果她们有其他朋友，她就不需要继续购买新镜子了。

二

没有人能够理解罗阿和埃希之间的纽带。事故发生之前，人们认为她们之间的这种连接很奇怪，甚至令人害怕。但是对罗阿来说，事情一直以来就是这样的。她不知道要是没有这种连接该怎么办。埃希是那个把这种连接命名为低吟的人，这就是它的感觉：深沉而响亮，就仿佛一首歌，在她们体内振动。

事故发生后，低吟声变了。她们无法阻止彼此的思想感情的传递，尤其是痛苦。

她们成了一个人。

在将近八年的时间里，埃希一直在罗阿的脑中，而罗阿也一直在埃希的脑中。

所以她妹妹的沉默才让人感觉这么不对劲。

也许她回了歌家族的大宅，罗阿想。罂粟花刺耳的喘息声充斥在夜晚的沉默中。

罗阿把目光锁定在远处的锯齿状山丘上。一座座小丘从地面升起，每一个都投出一片蓝色的阴影。在它们的上方，半月升起，在平原上铺上一层银光，让罂粟花身上的汗水闪闪发光。

偶尔有阴影从头顶飞过。

罗阿知道，那是龙。

从前，这里有很多龙。之后，达克斯的人民曾骑着这种凶猛的生物穿过天空。但在他祖母的统治下，龙裔开始与龙对抗。曾经的盟友成了针锋相对的敌人，直到达克斯的妹妹阿莎结束了那腐败堕落的统治。

从那以后，龙一直在回归。

等她回到歌家族那熟悉的马厩，时间已经过了午夜。马用轻柔的喘息声和甩动着的尾巴迎接了她。畜栏在入夜前已经被清理干净，罗阿可以闻到干燥的泥土和新鲜的草料的气味。

罗阿迅速解开了罂粟花，沿着小巷走到了房子那边。除了中央大帐那会亮一夜的桌心火，歌家族大宅里所有的灯光都灭了。

"埃希？"她喊道，依旧在寻找平常那清晰的低吟声。

只有两条狗——诺拉和宁——回应了她，在她走近的时候，它们吠叫了起来。等弄清楚来的是谁之后，它们立刻跳了过来，舔着罗阿。罗阿从它们身边溜过，穿过一排排榕树，走进了房子。

一片漆黑。罗阿用双手摸索着满是尘土的石墙。石头，这与王宫石膏粉刷的墙壁截然不同。相比王宫精心切割、镶嵌的马赛克瓷砖，罗阿更喜欢她家的泥土地面及简单凿出的窗口。她更喜欢烟气和金合欢的气味，薄荷和酸橙的气味。

这里是一个不同的世界。这是她的世界。而她将在明天将这个世界抛下——第二次，也是最后一次。

她再次呼唤她的妹妹。

她再次没有得到回应。

埃希不会在不告诉罗阿的情况下自行离开。他们是不可分割的一对。明天早上，罗阿将和她不爱的丈夫一起穿过沙漠，回到一个不是她家的城市。她不能一个人去。罗阿需要妹妹留在她的身边。

在她和达克斯房间的门口，她尽量让自己不要显得惊慌。

她只是因为我在逃避而生气了。她想要让自己平静下来，她想让自己相信埃希早上就会回到罗阿的枕头上，回到她平时所待的地方。

罗阿赶走内心的不安，走进她的房间，关上了身后的门。月光透过窗户照在床铺上。

一张空荡荡的床。

她并不感到惊讶。罗阿像躲避疾病一样躲避达克斯的床，与此同时，达克斯也会去寻找其他女孩的床。

她的家人不知道这一点。他们不知道费尔嘉德的官中满是这样的传言：她的丈夫每天晚上都会和不同的女孩睡觉。

通常罗阿不会在乎他睡过多少人的床，只要达克斯远离她的床就行。这让与他结婚这件事变得容易了一些。

但是今晚呢？也许是因为妹妹不在，她太着急了，也许是因为已经在他手上受了五天的差辱……空荡荡的床就像是一种侮辱。

这是她的家。屋顶下的每个女孩都和她有亲戚关系。

这让罗阿想要砸掉什么东西。但那样会唤醒她的家人，他们会问出了什么事。因此，她来到床脚下的木箱前，抬起象牙镶嵌的盖子。这箱子是她母亲送她的礼物。

她脱掉了亚麻连衣裙，迅速将一件睡衣拉过头顶。在确认了绑在小腿上的刀鞘里刀子还在之后，她开始扣起了扣子。那把刀是埃希的，罗阿答应她要带着。

正在这时，她听到了大厅里传来说话的声音。

声音低沉而柔和，但罗阿可以确定其中一个声音属于一名年轻男子，另一个声音属于一名年轻女性。他们像喝醉了一样咯咯地笑着，然后安静了下来，虽然罗阿无法分辨出这些声音属于谁，但她还是猜测了一下。

他们走到了她的房门前。

罗阿握起了拳头。她有一些希望打开这扇门的是他。她想要一个理由把妹妹的刀拔出来等他过来。但是她体内更加疲惫、更加不幸的那部分低声说道：跑吧。

她便那样行动了。

拉开窗户，就在声音来到她房间门口的时候，罗阿爬上了窗台。还没来得及看到达克斯是与谁在一起，罗阿就落进了花园。门打开的那一刻，她已经往莉拉贝尔的房间走了过去。

她整个星期都和她朋友一起睡。再来一个晚上又能怎么样呢？

在埃希发生意外之后，爬上莉拉贝尔的床成了她的一种习惯。知道有人躺在身边，知道贴着自己的还有另一颗跳动的心脏……这能够平复罗阿的心情。

　　罗阿知道，未来将有一个晚上，达克斯会来取她欠下的东西。这几乎无法阻止。国王需要继承人，罗阿是他的王后。她有责任让他得到一个。

　　但那不会是今晚的事。

## 分裂的人民

　　第一位纳姆萨拉将圣火带出沙漠，建立了费尔嘉德。那个时候，没有国王进行统治，没有城墙关住众人。长者的人民进行自治。每个人的声音都会被听到，人们一起做出决定。那些家境殷实的人会把自己的东西与那些一无所有的人分享。病人、体弱者和健康、强壮的人被同等对待。

　　长者的人民认为他们属于彼此，因此互相照顾。

　　但随着岁月的流逝，人数的增加，分歧变成了分裂。他们都忘记了如何无视差异，平等地看待彼此，忘记了那些一无所有的人和那些家境殷实的人一样重要，忘记了每个人的声音都很重要。

　　长者的人民忘记了如何彼此照顾。

　　他们想要一个可以制定律法来管理他们的国王。他们想要一支军队来保护他们。他们想要一堵墙挡住别人。

　　这不是长者的做法。

　　他的人民不在乎……除了虔诚的少数人。

　　这些少数人认为，决定应该符合树木生长的方式——从地面上开始，从许多根源开始。他们不相信建造城墙或是雇用带剑的人可以保护他们免受敌人的侵扰，因为他们不相信有敌人。

因为信仰，他们被迫害，被讽刺为宗教狂。所以，他们心情沉重，决定离开费尔嘉德。

这并不容易。

他们现在在国王的统治下。一个对他们的离开不感兴趣的国王，一个统治了费尔嘉德及其周围地区的国王，他的国土越过群山，穿过沙漠，一直延伸到大海。

"但是，"国王说，"我会慷慨地对待你们。"

他将沙海对面的灌木地给了他们，让他们安静地离开，但有一个条件：只要生活在费尔嘉德的城墙之外，他们就需要向他支付税款以换取他的恩典，他们要上缴每年收获的十分之一。

没有其他选择，他们同意了。

他们一起穿过沙海。来到灌木地之后，他们分成了五大家族，发誓要遵循古道：要好客，不要建造墙壁，根据他人的需要给予，总是共同做出决定，这样就不会有任何人的想法被践踏。

而且，最重要的是，永远不要忘记人民属于彼此。

若是遥远地方的人们因战争、饥荒或洪水而出逃，费尔嘉德又关上了大门，灌木地中的五大家族就会让这些异邦人进来。他们给了异邦人土地建造新房，分享他们拥有的一切。所以这些异邦人在他们中间居住、生活、结婚。灌木地人帮助异邦人抵抗敌人，并为他们带来新的故事和神：所有灵魂的守护者，织天，以及她放手节的馈赠。这些新居民教会他们打造锋利兵刃的艺术，说服了这些灌木地人——有时候，在身处重重危险中的时候，人们确实需要拿起剑，保护自己的亲人。

随着岁月的流逝，几个世纪以来，灌木地人看起来越来越不像留在费尔嘉德的那些人。如果你无法在另一个人身上看到自己，你就会把他们变成敌人。

　　就是这样，灌木地人并没有保卫古道，他们忘记了他们不应相信存在敌人。

三

"没有带上我的帐篷？你是什么意思？"

罗阿绕到了弟弟的面前。她的弟弟正忙着解下马的笼头。

他们已经走了整整一天，太阳在沙漠的天空中低垂着，热浪在金色的沙子间卷起。因为附近出现了一群龙，他们早早就停了下来。大多数人把龙的回归看成是大地上的伤口正在愈合的标志。但龙仍然是危险的掠食者，最好不要靠近。

"没有地方了。"雅把他的马和其他人的绑在了一起。一块褪色的栗色纱巾松散地缠绕在她弟弟的头上、肩上，保护他免受阳光直射，他那两把刀插在腰际，刀上面有歌家族的纹章。

"所以你把我的帐篷扔在了家里？"

雅转过身，摊开双手，掌心向上："真抱歉，这是必须的。"

"那我应该在哪里睡觉？"

雅转开了头，走出大篷车。罗阿循着他的目光，在目光尽头看到了达克斯，他正搭着帐篷，光着上身，独自一人。他在用锤子往地里敲木桩，汗水在他的拱形背上闪闪发光。如果风暴来袭，这种木桩并不足以将帐篷固定在地上。

在前往灌木地的路上，罗阿就曾与达克斯发生过争吵，当时他承诺在抵达灌木地之后去买新的帐篷。

另一项未能履行的承诺，罗阿想。他没有购买新的帐篷，同样他也没有取消对她的人民的制裁，没有组建更具代表性的议会。

在起义前，他曾向她承诺过这两件事。

条约就是做这个用的。她努力平息着自己的愤怒，让他履行诺言。等他们回去，约束他的就不仅仅是荣誉了，他必须履行他的诺言。她会看着他去那样做。

"你可以睡在达克斯的帐篷里。"雅说。

罗阿的目光掠过她的弟弟。

这感觉像是诡计，是背叛。雅知道罗阿在达克斯的帐篷里睡觉会有什么感受。他为什么要这样做？

"我不明白到底出了什么问题。"雅的声音似乎很沮丧，汗水在他的发丝上结成了一串，让他的黑色鬈发变得湿润了起来，"他不是你的丈夫吗？你不应该在他的帐篷里睡觉吗？"然后，他压低了声音："人们开始说闲话了。"

她严厉地看着她的弟弟。

雅没去管那目光，而是继续说道："你错过了昨天的拾穗夜。你去哪儿了？"

"我去哪儿不关你的事。"纱巾下面很热。罗阿用手腕擦去额头上的汗水。

"你已经和国王结婚了，不能随随便便就跑去见西奥。"

罗阿瞥了一眼周围，其他人都在远处，没有人能听到他在说什么。

"如果你已经知道了我在哪里，"她咆哮道，"那为什么还要问？"雅没有回答，他只是看着前方。达克斯已经钉好了帐篷的木桩，看到莉拉贝尔走了过去，他站了起来。两个人离开了大篷车，站在一起，开始聊天。

"反正不是你想的那样。"罗阿承认道，"我可能是去见西奥了，但他没有来见我。"

雅把目光从莉拉贝尔那里猛地拉回到了罗阿身上。

"我几个月没见过他了。他甚至连信都不回。"

"好吧，我不能说这是他的错。你伤了他的心。"

罗阿扭开头，感觉自己就像一个正在被骂的孩子。

雅的目光又一次移到了与国王交谈的那个女孩身上。罗阿也回头看了莉拉贝尔。罗阿在午夜之后爬进了她那位朋友的房间，但她的床是空的。日出之后罗阿醒来的时候，床仍然是空的。

罗阿不去想为什么会这样。

现在莉拉贝尔用一条天蓝色的纱巾包住了头发，但还是有一些黑色的鬈发露了出来，她的眼睛下面有一条黑色的半月形。她似乎在对什么事情感到不安。不止一次，达克斯触碰到了她，好像要安慰她。

罗阿没有说话，看着弟弟在那里看莉拉贝尔。回想之前那一周，她意识到自己从没有在同一个房间里同时看到雅和莉拉贝尔。实际上，就在几天前的晚餐时，雅走进房间，莉拉贝尔就突然离开了。如果莉拉贝尔在第二天早餐时没有做同样的事情，罗阿也不会注意这件事。

他们这样突然相互避开真的非常奇怪。之前人们总能在莉拉贝尔附近找到雅。他会像一只小狗一样跟上去，而莉拉贝尔也觉得没什么办法，任由他跟在自己屁股后面。莉拉贝尔在他家作为养女生活了很多年，她总觉得自己亏欠他们。

现在，自加冕典礼以来，达克斯将莉拉贝尔从侍卫提升成了王家特使，莉拉贝尔就把所有的时间花在了达克斯身上——开会时坐在他身边，为他抄写信件，随时回应他的召唤，前往要她去的地方。莉拉贝尔不仅仅在与雅保持距离。最近，她和罗阿之间也出现了一条鸿沟，而且这鸿沟似乎越来越宽。罗阿不知道这是为什么，她也不知道要如何弥合这道鸿沟。因为莉拉贝尔要么是与国王在一起，要么是在灌木地，好像她在逃避罗阿似的。

"西奥需要时间。"雅的声音使罗阿脱离了她的思绪，回到了现在，"也许你应该先不要去打扰他了。"

罗阿停下了脚步："你的意思是，不去管他了？"

雅伸手搂住她的肩膀，抱了抱她。尽管比罗阿小一岁，但弟弟已经比她高了。"我知道这并不容易。我只是不想让你受伤。"

罗阿闻着他的衣服，甜美的气味，就像帐中的火盆。"西奥是绝不会伤害我的。"她说。

雅叹了口气，这一次是因为愤怒。"我说的是费尔嘉德，他们认为你是一个异域来的王后。他们已经开始不相信你了，罗阿。"他用力抱了抱她的肩膀。"你缺席晚间活动的行为不会被忽视。"埃希就是这么告诉她的，"如果你让内阁有理由相信你不忠……"

"就像国王那样不忠？"罗阿发起了脾气，"每个人似乎都不在意达克斯的缺席，我溜走了，我自己的弟弟却指责我叛国？"

"我不是……"雅从她肩上放下了胳膊，"我不是在指责你。我只是想保护你的安全。"

罗阿立刻驳了回去："我这辈子从未需要你保护我。"

"罗阿……"

这件事就说到这里了。她突然改变了话题："你要一直跟着我们吗？"

雅叹了口气，没有多说什么，只是点点头："我答应爸爸，要安全地看着你抵达费尔嘉德。"

"你会在首都留一段时间吗？"

"待到放手节。"

放手节是灌木地的节日，是一年中最长的那个夜晚，距现在只有两周了。那是罗阿最期待的一天——埃希将在那天恢复她真实的样子。

与雅的谈话中断了，因为她想起了她的妹妹。罗阿摸了摸她空荡荡的肩膀，平常埃希就停在那里。没有了她的那份重量，她感觉身体有些不平衡，仿佛整个人的一半都消失了。

你在哪儿？她瞥了一眼空旷的天空。

那天早晨，罗阿醒来的时候妹妹没有睡在枕头上。罗阿呼唤她，也没有得到回应。

想到这一点，她就觉得一阵胃痛。埃希从来没有消失过这么久。

她努力强迫自己控制住这种不安。无论她在哪里，都是会找到我的。

埃希总能找到她。

但当罗阿和雅走进营地的时候，在罗阿内心深处的某个地方，她听到了低吟声响了起来，就像蜡烛的火焰一样挣扎着。

在前往灌木地的途中，罗阿被这些帐篷吓了一跳。她并不在乎它们是不是那些经验丰富的帐篷工匠的作品，并不关心它们颜色鲜艳的镶条和漂亮的针脚。虽然漂亮，但这些帐篷并不是为沙海的恶劣条件而准备的。她并不关心费尔嘉德人是否在利用它们展示他们的财富和艺术，她认为这些人不知道如何在灌木地生存下去。

现在，她唯一关心的是她妹妹不在了。

埃希已经消失一天一夜了，罗阿已经开始觉得有些崩溃了。

太阳消失了，银色的月光在沙地上闪闪发光，随之而来的还有冷风。在这么远的地方，沙漠就像一把双刃剑。白天热得像火，晚上又冻死人。如果没有做好充分准备，这天气可能会杀人。正因为如此，夜幕刚一降临，每个人就都回到了自己的帐篷里。

罗阿比大多数人都在外面待得久，她颤抖着扫视着黑暗的天空，寻找着妹妹。一直到冷得受不了，再也没法待在外面的时候，罗阿才来到达克斯的帐篷前。

掀开帆布帐帘子，她走进帐篷，从山羊皮鞋里抽出了脚。

龙王的床上传出了沙沙声，然后他坐了起来。帐篷里的灯照亮了他的脸。他的鬈发向各个方向翘着，一道阴影悄悄地横穿过他的下巴，这表明他已经一天没有刮胡子。他显得更苍老了，而且有点摸不透。

"罗阿？你这是……"

"雅没有带来我的帐篷。"她说。

达克斯在灯光下仔细观察着她："所以你认为你要和我一起睡了。"

他的声音仿佛带着刺，似乎罗阿出现在这里是一种入侵，会给他带来不便。

也许确实是这样，她想，也许他在等其他人。

但罗阿无处可去。所以，她抬起下巴："我是你的妻子，对吗？"

看到他的羊毛斗篷整齐地堆成一堆，罗阿伸手拿了过来，拉到了身上。薄荷的气味淹没了一切。

从他们还是孩子起，遇到担心的事情，达克斯就会嚼薄荷叶。这能让他放空大脑，好好思考。

在铺盖旁边伸展了一下身体，她吹灭了灯笼里的火苗。

黑暗降临。

达克斯还坐在那里。她可以看到他的身影立在那里。

"这里能躺两个人，罗阿。"

那可不行。沙漠可能会冻死人，但她不会和他一起爬进被子。

"会变得更冷的。"他告诉她。

罗阿转身背对着他。

"随你高兴吧。"说完，他躺了回去。

但是达克斯说得对。罗阿就在这片沙漠中长大。这里会有多冷，她比他了解得更清楚。太冷了，睡不着，很快她就开始发抖。于是，她把膝盖抱在胸前，接着她的牙齿开始打战。罗阿坐了起来，小心翼翼地听着达克斯的呼吸声。她一直等到呼吸变得深沉而均匀，一直等到确定他已经睡着了。接着，她非常小心地爬到了他的身边。

达克斯稍稍动了动。半睡半醒间，他低声说："我的小星星，你的脚很冰。"

小星星？听起来像是个昵称。

这样的想法让罗阿僵住了。不好。

他以为她是别人，是他带到床上的其他某个女孩。

罗阿慌了，她拽着羊毛衬里，想要在两个人之间分出一块空间。但那里没有地方。只有达克斯，他身上的热量像噼啪作响的火焰一样散发出来。

他的胳膊在她的腰间滑动，把她抱向了他的身体。"我帮你暖暖。"

罗阿僵住了，她认为他想要回报。她等待着他向她索取欠他的东西，那个其他女人会很高兴地给他的东西。

但他没有。

一百下心跳过去了。确定这样很安全后，罗阿慢慢地将她冰冷的脚压在了那双温暖的脚上。他畏缩了一下，但没有把脚抽走，而是把两只脚都夹在身体之间，一只一只地摩擦着，想要温暖它们。

　　罗阿努力不去想他的呼吸轻柔地抚过她的脖子，不去考虑他们的身体贴在一起的样子。

　　最重要的是，她努力不去想在叛乱之前的日子里，她瞥见的那个不同的达克斯。当时即使她不能爱他，他也是一位值得尊敬的国王。但当王冠落到他头上之后，那位国王就消失了，只留下罗阿独自一人。

　　或许她只是想象出一位国王，他果断、体贴而勇敢，这样她才能说服自己，她可以去做她必须要做的这些事情——嫁给敌人，离开她曾经爱过的一切。

　　无论如何，只是今晚，她让自己假装就是这样的。

　　达克斯在她背后。

　　就在今晚，罗阿让自己在他怀里睡着了。

## 白色瘟疫

一个灾难性的夏天，灌木地的田地变成了白色。

一开始，发生变化的只是一个人的一块地。一摘下来，小麦籽粒就碎成了银灰色的粉末。那个男人的邻居摇着头，抓着胡子。没有人见过这样的疫情。人们把自己的收成分了一些给他，暗自庆幸他们的庄稼没有染病。

"明年会是个好年吧。"来自费尔嘉德的税吏说。他拿走了邻居给他的一小部分小麦。

但是第二年，枯萎病蔓延开来。

这次，它袭击了所有的麦田。那是一个令人毛骨悚然的景象，一片雪海似的。而所有的白色的地方本应该是一片金黄。没有种植小麦的农民拿出了一部分收获来帮助其他人，他们暗自庆幸他们的大麦和亚麻没有染病。

"不可能一直这样持续下去，"税吏带走了十分之一的收获，"明年，瘟疫就会消失。"

下一年夏天，瘟疫在田间蔓延着，遍布整个灌木地，不分青红皂白地毁灭了一半的食物来源。农民们尽其所能地抢回来一些作物。但是，枯萎病未触及的一小部分谷物都被国王拿走了。

到了第四年，大多数灌木地人都开始无法养活自己，更不用说他们的家人了。他们向费尔嘉德请求帮助，希望能免除他们的什一税。

费尔嘉德拒绝了。

因此，下一批税吏抵达之后，他们的尸体被送回了首都。国王愤怒地将他的指挥官和一大批士兵派往五大家族，想要对他们的违令予以惩罚。

灌木地人赶走了国王的军队。

"他们让我们别无选择。"他在官方声明中说。

制裁就像刽子手的剑一样降了下来。

没有人向灌木地送出援助。没有人给他们贷款。从中央的首都到海边的达尔穆尔，没有人以任何形式与他们进行贸易接触。

不久之后，白色的瘟疫蔓延开来。他们的商店和粮仓里的东西全部耗尽了。牲畜在饿死之前就被屠杀殆尽。人们烘干它们的肉，与那些最缺乏食物的人分享。三年之后，费尔嘉德依然没有理会他们，而灌木地却陷入了饥荒。无法喂养孩子的母亲被迫放弃孩子；父亲们离开家园，穿过沙漠或大海去找工作，尽力把东西寄回家里。

留下来的人拒绝让步。他们收获了他们能够得到的作物，吃掉一小部分没有消失的谷物。他们钓鱼，捕猎。他们照顾邻居的孩子，给那些最需要的人提供些许食物。

他们活了下来。

他们的愤怒在滋长。

# 四

罗阿被一阵持续不断的响亮声音惊醒了。

当！当！当！

她独自坐在达克斯的铺盖上。明媚的阳光照在帆布帐篷上，现出一片蜜色的光芒，气温也在上升。

那声音就像有人在敲打两个罐子，而且越来越快。

当！当！当！

奇怪，罗阿用双手捂住耳朵，肯定是……

一阵令人毛骨悚然的尖叫声阻止了她的思绪。

罗阿翻身起来，赤脚走出帐篷。

她立刻看到了它们——两条龙。一条是灌木地深棕色岩石的颜色，另一条是淡金色的。每一条都有一匹马的两倍大小，它们逼近了马匹，张开了翅膀，用于突刺的角扭曲着。马儿们跳动嘶鸣着，恐慌地四处张望。

它们无法逃跑，绳索束缚着它们。

马匹对面就是发出声音的地方了，就在厨师的帐篷外面，旁边是一堆明火，她的弟弟雅站在那里，一只手拿着铁锅，另一只拿着铁勺。他全力击打着锅底，注意力集中在那两条捕食者身上，想要吓跑它们。

他和罗阿一样，知道它们非常需要那些马。

声音震耳欲聋。龙摇了摇头，但并没有停下。它们凑得更近了。在几下心跳的时间里，这里就会进入它们的攻击范围，它们的刀形爪子会插进马的身体。

罗阿不能让这种情况发生。

雅的注意力被影响了，他看到了姐姐，他看到了她要做什么。

"罗阿，不！"

但是罗阿已经抽出了妹妹的刀子，来到了马那里。

她抓住绳子，猛地用刀一砍，然后来回锯了起来。她向擅长切割的织天女神祈祷，祈祷女神的帮助。

绳子太粗了，摩擦着她的手，反抗着她的刀子。龙越来越近。

啪！

绳子断了。马冲了出去，穿过雅和帐篷之间的空隙，只把毫无保护的罗阿留在了那里。

她抬起头。龙现在站在她身前，发出咝咝声和咔嗒声，分叉的尾巴捶打着。它们展开帆一样大的翅膀。罗阿盯着阳光透过那半透明的皮膜。

"罗阿！"

一些东西飞过她的脑袋。在看到火焰之前，罗阿闻到了燃烧的味道。

一支火箭飞向了那两条龙，只是稍稍偏出。罗阿向身后一瞥，看到了莉拉贝尔站在雅的身边，她在厨师的火炉中点燃了另一支箭，搭在了弓上。

"罗阿，快跑！"

罗阿跌跌撞撞地后退着，远离了龙。

莉拉贝尔又射出了一支箭。但是几支箭无法杀死龙。受伤之后，龙会变得更加有攻击性。所以莉拉贝尔故意射歪，箭头落在它们的脚下，她想吓唬它们。

需要阿莎的时候，她在哪里？罗阿想。达克斯的妹妹有驯服龙的方法。

如果达克斯有她一半有用……

但罗阿把目光投向帐篷的时候，却发现达克斯不在那里。

莉拉贝尔的第四支箭飞过，淡金色的龙停下了脚步。雅敲锅的声音停了下来。罗阿看着龙拱起它的蛇形脖子，回头看着它来时的方向，它感觉到了罗阿的眼睛看不到的东西。它冲同伴发出了咔嗒声，接着就仿佛认为不应该进行这场战斗似的，它扑动翅膀准备起飞。另一条龙跟在了后面。

沙子滚滚而来，扑在罗阿的脸上，刮擦着她的皮肤。

她转过身去，闭上眼睛，屏住呼吸。

两条龙飞翔在空中，她感到寒冷的阴影笼罩着她。她看着那笨重的身影阻挡住了太阳，感受到巨大翅膀将风吹向她的脸。

沙子不再飞舞，她睁开眼睛，望向天空。

两条龙的身影越飞越远。

终于走了。她想。就算站在这里，她仍然敬畏着它们那骇人的美丽。

但等她转过身来找莉拉贝尔的时候，面前的营地已经被金色模糊了。龙已经消失，风已经吹起，沙子滚滚而来，很难看到帐篷。

罗阿眯着眼睛看着沙子。她看到了莉拉贝尔，她正背对龙的方向。她放下了手里的弓，瞪大眼睛。与此同时，雅也放下了他的锅和勺子。

"把马绑起来！"他向侍卫们喊道，声音在风中挣扎着，"把所有东西都绑住！"

罗阿转过身来。沙子抽打着空气，遮住了她的视线。风在她的耳朵里啸叫，她的皮肤上冒出了鸡皮疙瘩。

在这遥远的沙漠中，啸叫的风只意味着一种东西。

沙暴。

她举起胳膊遮住眼睛。

远处，一道红金色的沙墙隆隆而起，直奔营地。

五

听到雅喊出的命令，罗阿跑到达克斯的帐篷前，冲了进去。沙子塞满了她的嘴巴，沙粒灼痛着她的眼睛。罗阿抓住她那猩红色的纱巾，紧紧地包裹在头上，遮住鼻子和嘴巴。接着，她抓过他的外套，披上，又冲了出去。

迎接她的是一片混沌。侍卫们像破碎的蜂巢中嗡嗡作响的蜜蜂一样，争先恐后地护住大篷车。阳光在钢剑上闪耀着。

但是这些帐篷不够坚固，无法承受风暴。那些木桩会像插在布料上的针那样很容易就飞出去。

为什么达克斯没有像他所承诺的那样？为什么没有人向她、莉拉贝尔或者雅这些非常了解沙海有多危险的人咨询？

罗阿打算吹口哨呼唤埃希，但她并不在这里。一阵剧烈的疼痛撕裂了罗阿。

她必须在妹妹不在的情况下生存下去。

"罗阿！"风声中，莉拉贝尔疯狂地呼喊着。

罗阿转身寻找她的朋友。莉拉贝尔的纱巾飞走了，长长的黑色鬈发在金色的沙子里闪闪发光。

"他是不会听的！"她紧紧抓住膝盖，有些呼吸困难，"夹竹桃吓坏了……罗阿，他去追了！"

罗阿观察着，心脏怦怦直跳。她狠狠地眯着眼睛，看到了营地外的两个身影：达克斯和一匹马。

国王不知道在沙暴中幸存的重要法则。

法则第一条：绝对不要离开营地。

在一旁，厨师疯狂地想要收起他们的食物。罗阿抓住她的胳膊，阻止了她，然后把手插进一个没有系好的麻袋里，掏出了一颗脆红的苹果。

罗阿把苹果塞进了达克斯的斗篷口袋里，然后跑到雅身旁。雅正在忙着把刚刚抓到的一匹马拴起来。罗阿抓住罂粟花，赤脚踩进了马镫，罂粟花疾驰而去，溅起的沙子飞进了罗阿的眼睛。

她看不清远处的达克斯，他没穿上衣就走进了风暴。

*愚蠢的男孩和他们愚蠢的观念……*

难道他不知道吸进那些沙子会有多致命吗？

它们会填满肺部，使人窒息。

"达克斯！"她尖叫道，但风声夺走了他的名字。

夹竹桃，一匹褐色的母马，每次达克斯靠近，她都会跑开。这让他们离营地越来越远。离营地越远，离沙子越近。

罗阿和罂粟花跑得更努力了。

"达克斯！"

这次他转过身，抬起赤裸的手臂，但在沙子刮过皮肤的时候畏缩了。两个人四目相对。眼睛是她的脸上唯一从纱巾下露出的部分。她举起了那颗苹果，告诉他她要做什么，然后把苹果向他那边丢了过去。

他奇迹般地抓住了它。

那片红金色不断膨胀，吞噬了朝阳，天空也变暗了。罂粟花感觉到了危险，嘶叫了起来。听到这声音，夹竹桃晃了晃耳朵，看着达克斯手中的苹果。

罗阿缩短了与他之间的距离。

罂粟花的蹄子停了下来。夹竹桃来到达克斯身旁，用她巨大的牙齿咬住了苹果。就在此时，达克斯抓住了它的缰绳，飞身爬上了它的背。

一道惊雷炸裂了天空。罂粟花被惊得前腿扬了起来，要是达克斯没有把手伸过来，罗阿就滑下来了。他用温暖的手稳住了她。

两个人控制住了这两匹马，风暴在他们身后变得越来越大，罗阿催动罂粟花疾驰起来。达克斯和夹竹桃跟了上来。

他们冲回了营地。

罗阿瞥了一眼国王，达克斯看到了她的目光。那个不机智的男孩的所有痕迹都消失了，别人出现在了他的位置上，罗阿差点儿认不出来。

沙墙在他们的背后咆哮着。国王和王后移开了互相凝视的目光，伏在了马背上，催动它们继续加速前进。

他们来到营地，穿过起伏的帐篷。罗阿伸手拉住夹竹桃的缰绳，同时停下了他们的两匹马。

他们一起下了马。

沙墙袭来，把他们罩在了完全黑暗的环境中，温度骤降。

罗阿紧紧闭上眼睛，透过羊毛纱巾呼吸着。他们现在有两个选择——可以摸索着寻找帐篷，希望不会错过，还可以留在原地。第一个选择更危险，因为他们可能会在不清楚的情况下走出营地，在沙暴中迷路，永远不会被发现。

所以罗阿猛地拽住罂粟花的缰绳，让它四肢着地，然后对夹竹桃做了同样的事情。一旦两匹马都站住了，她就伸手去拉达克斯，手指紧紧地扣住他裸露的手臂。沙子刺痛着她的脸，她将手滑到他的手腕上，然后是他的手掌。他们手指交叉在一起，她将另一只手放在罂粟花的腰上，带着达克斯走到母马的背风面。使用罂粟花作为屏障和热源，罗阿跪倒在地，也拉达克斯跪下。

沙子刺痛着她的皮肤。很快风就开始撕裂皮肤。在寒冷和黑暗中，她把达克斯推向罂粟花，然后拉下自己穿的披风和他的披风，坐进他的膝盖之间。

"用这个盖住身体！"她把羊毛披风塞进他的手中，风声模糊了她的声音。

达克斯用手臂围住了她，把她拉到身前，把厚厚的羊毛披风盖到他们身上，让他们不受尖叫的风暴的影响。罗阿开始在寒冷中颤抖，达克斯的手臂紧紧地抱着她。

罗阿把脸颊紧紧贴上他的胸膛，闭着眼睛祈祷。

她祈祷这是那种突然大发雷霆之后立刻就能平息的风暴……不会肆虐几日，将人生吞。

时间仿佛已经过去了几年，罂粟花放松下来，在他们身后叹着气。罗阿仔细听着，注意到了风声的变化。风仍然尖叫着，只是没那么生气了。沙子仍在搅动，但不再伤人了。

很快，风停了。

沙子落了。

风暴止了。

整个世界稳定下来之后，罗阿从达克斯的胸口抬起了脸颊。他的手臂松开了，她掀开沉重的披风，从他膝盖间爬了出来。

手掌下面的沙子很冷。但当她抬起头时，黑暗消失了。太阳再次闪耀在她的上方。罗阿闭上了眼睛，让它在她脸上闪耀，谢天谢地，还活着。

站起身来，她转身发现达克斯的身上盖了一层沙子。

看到他还安全，罗阿感到一丝安慰……

但随之而来的是愤怒。

她刚要开口说在沙暴中去追一匹马是多么危险，他身后的情景让她闭上了嘴巴。

他们的营地……不见了。

沙暴来临之前，那里有六个五颜六色的帐篷。现在除了沙子，那里别无他物。

罗阿很快清点了人数。雅正把莉拉贝尔从沙子里拉出来。厨师正在寻找她的锅，所有东西都飞到了一边。侍卫和工作人员都还在。

但帐篷已经消失了，还有里面的补给，包括水、食物、衣服，所有这一切都消失了。

除了罂粟花和夹竹桃，马也都不见了。

罗阿知道在没有水也没有遮蔽物的情况下被困在沙漠中意味着什么。

如果足够幸运，他们可能能撑上两天。

如果不走运，他们没法活过这个晚上。

## 三个月前

罗阿在父亲的书房里，躲避国王的那个儿子。

达克斯是当天早些时候抵达的，没受邀请，也没有预兆。罗阿在房间里踱步，她想知道都发生了那样的事情，他怎么敢回来，还期待自己会受到热烈的欢迎。她想知道他怎么能那么轻易地就回到了这里，回到了罗阿的家。

他们上一次见面的时候，罗阿的父亲正把他拖进一间没有窗户的房间，锁上门。

他们上一次见面的时候，他从她那里夺走了某样珍贵的东西。

八年之后，看到他依然像吞下了一块石头。

晚餐的时候，达克斯和她的弟弟雅聊了起来，就好像他们是老朋友，而不是敌人。之后，他还提出要帮忙收拾。

罗阿差点儿把口中的茶吐出来。国王的儿子，她想，在我们的厨房里帮忙？

她的母亲拒绝了，罗阿知道她会那么做。

但她们并没有劝住达克斯。他露出一副迷人的微笑，用那温暖的棕色眼睛融化了母亲的意愿。他甚至从她手中拿过盘子："我来帮您拿吧，戴丝塔。"仿佛罗阿的母亲不习惯从田里拖出沉重的谷物袋，也不习惯将和她体重差不多的水从歌家族的水井中打出来一样。

罗阿完全不相信，她的母亲放弃了，但没有露出笑容。相反，戴丝塔悲伤地看着国王的儿子。接下来，达克斯站在盥洗盆旁边的罗阿的身边，将一块棉毛巾甩在肩膀上，洗完餐具之后快速擦干，然后问候她的家人，问候她。

罗阿无法忍受。敌人不仅在她的房子里，还在她自己的厨房里，想要赢得她的支持，好像他不是费尔嘉德的王位继承人，好像他不是那个从她那里偷走了妹妹的男孩。正是王位上的人夺走了他们人民的生命线，从人们的骨头里剔着肉。

他不记得他做了什么吗？他是谁？

在罗阿把锅砸到他头上之前，莉拉贝尔走了过来，她注视着罗阿的眼睛，用脸上的表情说：走吧，快走，这边我来处理。

罗阿想去抱抱她。

她逃到了房子的另一头，父亲的书房里。

但即便是书房里也不安全。把一切都收拾好之后，达克斯来到隔壁房间，与父亲一起玩神怪棋的游戏，好像把他锁在储藏室里的人并不是父亲，好像因为达克斯而失去女儿的并不是父亲。

轻轻的敲门声使她脱离了思绪。罗阿停下了脚步，露出了牙齿。无处可逃了吗？

但是打开书房门的并不是达克斯，而是西奥。火焰照亮了他绾成发髻的黑发，在他的喉咙和下巴那里投下阴影。他关上了身后的门。

罗阿松了一口气。

"你没事吧？"他问。

她看了他一眼，仿佛在说，你觉得呢？

西奥穿过房间来到她的身边。他们还是孩子的时候，西奥喜欢欺负人，很粗鲁，罗阿觉得很难和他成为朋友。但八年的制裁使他完全变成了另一个样子。八年的制裁让歌家族与空家族的继承人之间产生了亲密的关系。

"你听到晚餐时候他说的话了吗？"知道达克斯在隔壁房间，西奥低声说，"和你叔叔聊粮食丰收的事？好像大部分收获都不会被枯萎病毁掉似的，好像你的父母不会给那些需要粮食的人更多的东西似的。"西奥的声音显得很痛苦，"那个奴隶……他怎么敢把奴隶带进你的家？"

罗阿把双臂抱在胸前。"我不知道。"她低声说。真是太讨厌了，龙裔们认为他们可以拥有其他人作为财产。

她又开始踱步。

看到她激动了起来，西奥让自己平静下来。"只有两周，然后他就会离开。"他伸出胳膊，揽住她，把她拉进怀里，"两周时间，你能处理好的。"

她点点头。这倒是真的。

罗阿看着这个房间和旁边的房间之间的门。达克斯和她父亲一起在那个房间玩神怪棋。

你为什么会来？她很好奇。

西奥的声音把她带回来了。他眯起眼睛看着她，仿佛她并没有真的在他怀里，而是在某个遥远的地方，他正要去找她。在她意识到自己在说什么之前，已经过了几下心跳的时间。

"罗阿,你在想什么?"

"很抱歉。"她把手捂在眼前,"我……今晚太不专心了。"她把双手放回身侧,"请帮我分散我的注意力吧。"

他露出了灿烂的笑容。

"我很乐意。"他拉着她的手,将她带到窗台前,然后自己坐了上去。罗阿跟着他爬上了窗台,靠在了另一边的窗框上。

西奥抓住她的手,吻着她双手的每一根手指。罗阿闭上眼睛,想要前往他的吻通常会把她送到的地方。但是,就算他的嘴唇向上移动到她的手臂内侧,罗阿也依旧在想着隔壁房间的男孩。

"我改变主意了,"西奥对着她的肌肤低声说,"咱们不要等了。"

"什么?"罗阿完全脱离了她的思绪,睁开眼睛。

西奥坐了下来,放开了一只手,握着另一只手,在她的手掌上温柔地画着圈。罗阿盯着他想要抚慰她的那不断运动的拇指。

"我们可以去找敖德萨。"

敖德萨是西奥的家族——空家族里主持婚礼和葬礼的人。

"她可以让咱们秘密结婚,就在今晚。"

罗阿惊讶地盯着他,后背紧紧贴在窗框上。现在距离他们的婚礼只有一个月的时间了。他们的母亲已经做好了计划。她摇了摇头。"想想我父亲会多么愤怒!他是永远不会原谅咱们的。"

"等到最后,他会原谅咱们的。"西奥的唇爬上了她的脖子、她的下巴,"如果你成了我的妻子,我就可以带你离开这里。你再也不会见到他了。"

罗阿把脸转向他。西奥那淡金色的眼睛,黑色的睫毛,现在,他热切地凝视着她的眼睛。

"嫁给我，罗阿。就在今晚。"

她伸手抚摸他的脸。但是另一个房间里传出了声音，好像是挪动椅子的声音，她的注意力再一次被带走了。

达克斯对她父亲讲了什么？

"罗阿？"

透过墙壁，她听到，达克斯听到她父亲的话之后哈哈大笑。

"罗阿，你在听吗？"

突然，书房的门开了，大厅里的光线透了进来。

西奥畏缩了一下。

罗阿转过头。

达克斯呆呆地站在了门框那里。

"罗阿，我……"他瞥了一眼她身边的西奥，然后把目光又转了回来，"噢，抱歉。你父亲说……"

他的目光落到了罗阿的手上，两个人的手依旧紧紧握在一起。"他说你在这里。"达克斯难过地看着，他的眉毛因为疑惑挤在了一起，好像想让自己走进来这件事变得合理一些，"我不知道……"

然后，他还没有把话说完，就像进来时一样突然，走出房间，关上了门。

书房陷入了沉默。只有炉膛里的火还在噼啪作响，金色的光芒洒在地毯上。

"白痴。"西奥握紧了罗阿的手，说道。

但是，她没有听到他的声音。她正在思索，她想知道，他对父亲的要求是什么？

罗阿相信自己的父亲。她知道他不会同意任何不符合歌家族最大利益的事情。但如果这是某种陷阱该怎么办？

达克斯是暴君的儿子，不应该信任他。

罗阿抽出了她的手。她捧起了西奥的脸颊，飞快地吻了他的嘴。西奥伸手去抱她，想要继续深吻。

但罗阿躲开了。

"我会马上回来。"她从窗台上跳下来，低声说道。

"什么？怎么了？你要去哪儿？"

罗阿没有回答，只是打开门走进了大厅。


走廊外没有达克斯的影子，其他房间也没有。

没关系。她想，她的脚步还记得。

她在花棚屋顶找到了国王的儿子。小时候在这里避暑的时候，他就经常躲在这里，远离房中的喧嚣。

但用梯子往上爬的时候，记忆像针一样刺痛了她。悲伤涌了出来，罗阿没有踩到下一个梯级，梯子哗啦的声音让她畏缩了一下。抬头一看，她发现自己正盯着达克斯的脸。

他的眼睛就像她记忆中的那样，是棕色的，在阳光下闪闪发光。他那一双招风耳直直地支着。但他的鼻子……变了，没有那么挺了。

骨折了，她想，也许有两次。

又是那种记忆中的刺痛。她从他的眼睛里看到了这一点。但他就算记得，也没有说一句话，只是在她爬上来的时候为她让开了一片地方。

达克斯躺了下来，他仍然像洗碗的时候一样，把袖子卷到肘部。

"我很抱歉，"他说道，"我应该敲门的。"

这不是第一次，他的声音吓了她一跳。和其他人一样，这声音不再属于一个男孩，而是一个年轻人。

罗阿在他身边伸展着身体："你没有打扰到什么。"

他瞥了她一眼，然后转开了头。

他们之间充满了这八年来未说出口的事情。八年来她无法说出的话语，她试图埋葬的记忆。

你怎么敢踏进这里？她想问他。

但罗阿是歌家族的女儿。即使直觉让她拔刀，她的父亲也教导她要亲切待人，特别是直觉告诉她该拔刀的时候。

罗阿需要了解他来到这里的原因。她决定从小事问起。"谁赢了？"她问道。

"什么？"

"神怪棋。"

"哦。"他把双手垫在脑后，放松了一些，"当然是我赢了。"

他抬头看着星星时，罗阿瞥了一眼，发现了一副狡诈的笑容。

"说谎。"

达克斯微笑得更明显了。然而，一瞬间，笑容消失了。他瞥了她一眼，他们的目光相遇了。

两个人都别开了眼睛。

沉默填满了他们之间的空间，就像一片茂密而呛人的杂草。而此时，罗阿想起了那个上锁的房间——呜咽从门缝中滑出，她在门口听着他哭的声音。

"回到这里……感觉很奇怪，"他打破了回忆，"一切都变了。"

是的，她想，我的人民现在很穷。这要感谢你们。

"你也变了。"他温柔地说。

罗阿怒不可遏，她把指甲攥进了手掌中。

"你……"她竭力忍住愤怒和悲痛，但做不到，它们像河水一样冲出来，"你那样子就仿佛没有任何改变一样。和我父亲一起玩神怪棋？爬上这个屋顶，就像什么事情都没有发生过？就像你不记得你做了什么！"

他突然转过头看着她。

"你以为我来这儿是因为我忘记了？"他的声音既生气又悲伤，"我来到这里是因为我记得，罗阿。我永远不会忘记。"接着，他的声音更温柔了，"我每天都会想起她。"

罗阿突然坐了起来。她在想什么，竟然来到这里？她不想跟他说话，不想说埃希的事。

她站起身，小心翼翼地爬到屋顶的边缘，然后面朝花园坐在了那里，背对着达克斯。她把腿摆了过来，脚趾正在寻找下面的梯子。正在这时，他开口了，声音那么小，她差一点儿没听到："你必须在没有她的情况下继续生活，这是最糟糕的事情。但是，罗阿……我必须得在知道自己夺走了她的情况下生活。因为我……她走了。"

罗阿停下来，坐在屋顶的边缘，双脚赤裸着放在梯子的最上面一级上。她感觉到他正凝视着她赤裸的脖子，那灼热的视线燃烧着她。

"也许这很傻，"他继续道，"也许你认为我没有这种权利。但有时我会跟她说话，在屋顶上，在家里，还有今晚，在这里。她总是那么容易交流。"他的下一句话轻得简直听不到，"和你交流总是比较困难。"

罗阿没有转身向下爬。她一动不动，面朝夜色。泪水刺痛了她的眼睛。

"你为什么来这里？"她盯着黑暗中的花园，低声说。

她听到他坐了起来。最后，她回过了头。他向后仰头望了望洒在天空中的星星，闭上了眼睛。经过几次心跳，他吸了一口气："我来告诉你，我要偷走我父亲的王座。"

这根本不是罗阿所期望的。

她从梯级上抬起脚，然后转过身来。

"什么？"她盯着他抬起的脸，低声问道。

达克斯睁开眼睛往下看着她："罗阿，我想问你，你能帮助我吗？"

# 六

罗阿看着消失的营地之前所在的地方，接着又看向了国王。这位国王还觉得他们可以在没有足够补给的情况下穿越沙海呢。

罗阿站在他身边，愤怒地颤抖着。

然而，有那么一刻，她面前的不是被盖上了一层金色沙子的龙王，而是一个男孩，年轻而害羞，就像那个夏天她第一次见到他的时候一样。

记忆像海市蜃楼一样闪闪发光。

罗阿记得他坐在神怪棋的棋盘前，眼睛瞪得大大的，一副好奇的表情。要是他出现在她家里这件事并不是一种讨厌的入侵，那么他的那双招风耳也会显得很可爱。埃希想办法避免去招待他，所以他被强行推到了罗阿身边，而且随之而来的还有一条指示：要成为他的朋友。

罗阿甩掉了这段记忆。

这不是那个男孩。这个男人太傻了，甚至为了一匹马直接走进沙暴。

"我从来没有见过比这更无知的国王。"

慢慢地,达克斯站了起来,摘下了挡在脸上的披风兜帽。他盯着她,瞳孔在耀眼的阳光下缩了起来:"你见过多少位国王?"

罗阿咬紧牙关。他这是在开玩笑吗?

"你绝对不应该在沙暴中离开营地,绝对不该。"

"别再喊了。"

"我没有在喊!"

"我不能让夹竹桃跑掉……"

"马根本不重要,达克斯!如果有匹马在沙暴中迷路,咱们可以再买一匹!"

"它是我妹妹的马,"他说,"对我很重要。"

罗阿上前一步:"马可以牺牲,国王不能。"

"我说了,"他盯着她的眼睛,"它对我很重要。"

他的声音是一种警告,让她不敢继续质问。

罗阿看着夹竹桃。这匹母马不经意地将沙子从鬃毛中甩出来。

然后,这让她突然想起了什么。

他妹妹的马……

阿莎正在逃亡。达克斯不太可能再见到她了。夹竹桃是他与妹妹的唯一联系。

罗阿退后一步,她的愤怒消失了。就在这时,她感受到了目光,看了看他的身后,她发现了很多身上满是沙子的士兵。看到来自异域的王后在贬低他们的国王，他们都把手背在了后面。

罗阿吞了一口唾沫，放低声音，冲着他身后一挥手："一切都消失了。"

达克斯转过头来。过了一会儿，他说："咱们必须想办法走出去。"

想办法？罗阿想，他真的这么无知吗？

"咱们白天要待在遮蔽下，水要定量配给。"

"要如何待在遮蔽下，达克斯？咱们没有帐篷，也没有水，连马都没有。"

除了罂粟花和夹竹桃。

达克斯陷入了沉默，但罗阿没有时间让他想出一个计划。她了解这片沙漠，她知道在没有遮蔽、水或马的情况下，在烈日下生存下来的可能极小。一旦太阳落山，温度就会下降，寒冷会让人们在睡梦中丧生。

他们距离目的地，也就是他母亲之前的住处，仍然有一天的路程。那个地方是由前任龙王为他的妻子建造的，打算作为一处离宫让她休养。从那里到费尔嘉德还需要一天时间。

他们今晚无法步行到达克斯母亲的住所。他们根本到不了那里。

远处，她看到莉拉贝尔和雅从沙子里拉出一条睡袋。

他们走了一整天，努力保持稳定的步伐，没有水和遮蔽。天空中的太阳明亮而炽热，他们减慢了步伐，接着越来越慢。

现在已经是黄昏了。罗阿的双眼早已开始模糊，现在她的舌头开始肿胀——这是严重脱水的征兆。

然而，情况会变得更糟：太阳消失之后，他们将无法保暖，没有帐篷，没有毛毯，没什么东西可以用来生火。

罗阿瞥了一眼身后，确保队伍没有落到太远的地方，然后把注意力转回到黑暗的地平线上。温度正越来越低。

罗阿咒骂着那些无用的费尔嘉德人。她咒骂着不得不依赖他们的自己。

莉拉贝尔走到罗阿身边，驱散了她的咒骂。

这对朋友望向远处，太阳正在沉入沙漠中。莉拉贝尔转过头看着罗阿："你认为咱们能走到吗？"

"如果太阳落山，就不能。"罗阿直视着地平线上即将消失的金色落日说。不久，夜幕就会像窗帘一样落下。

"咱们要扎营。"达克斯的声音插了进来。

两个女孩都盯着他的黑色身影。他把夹竹桃的缰绳握在拳头里，面无表情。

"侍卫和工作人员都中暑了。"

罗阿知道这一点。两个人已经晕倒了，一个人呕吐了两次。

"咱们需要停下来扎营。"达克斯说道。

如果现在停下来，没有火或帐篷抵御能杀人的寒冷，他们就无法在早上醒来。

罗阿摇了摇头："咱们需要继续前进。"

"所有人都脱水了，罗阿。人们需要休息。"

罗阿眯起眼睛看着他："咱们花的时间越长，生存的可能性就越小。咱们需要迅速行动。"

"你没有听到我的话吗？他们总在晕倒。"

"那就把他们留在后面。"

他惊恐地盯着她。达克斯并不了解这片沙漠。"为少数人而停下来扎营会危及整个队伍。"罗阿说，"但如果咱们在夜晚继续前进，就能走得更远，并在行走过程中保持温暖，增加活下去的机会，最终抵达咱们的目的地。"

这里是沙海。冷酷无情是生存的关键。

但达克斯并不像灌木地人那样思考。达克斯过着轻松愉快的生活。税收支撑着他的生活，还有制裁，是他父亲强加给罗阿的人民的。他从来没有做过生死攸关的决定。其他人会为他做这些事。

他站在了她的面前。由于可视度下降，他看着黄昏的阴影中罗阿模糊的身形。"我不会因为你的高傲，让我的手下冒生命危险。"

"你冒险是因为……"罗阿顿了一下，"我的高傲？"

罗阿收紧了罂粟花的缰绳。感觉到她的心情，这匹马将她的耳朵压在她的头上。

莉拉贝尔来到王后身边，抚摸罂粟花的脖子让它平静下来："罗阿是对的。如果停下来就更危险了。"

"我不同意，"雅站在他们后面，承受着莉拉贝尔的目光，"我认为我们应该扎营。这些人中没有能继续前进的了。"

罗阿瞪着她弟弟："如果不继续前进，咱们都会死。"

"我会冒这个险。"达克斯转过身来说。

罗阿想说，要在晚上停下来，他就已经确定了他的结局。他永远不会抵达他母亲的沙漠离宫。他甚至无法活到早上。

但是在她把这些话告诉他之前，一个熟悉的声音刺穿了那个即将来临的夜晚：一只鹰高亢的叫声。

罗阿的心狂跳了起来。她转过身，搜寻着黑暗的天空。

"你听到了吗？"她不敢相信自己的耳朵，低声说道。

她寻找着低吟声，但内心仍然只有沉默。

但是，这是真的。一下心跳过后，埃希的思绪冲进了她的脑海。

我找到了你，罗阿。

就好像有人点亮了一根火柴，埃希点燃了她内心炽热的火焰。

"埃希？"

罗阿把罂粟花拉开，在天空中搜寻着，直到找到了她——一只白色的鸟正飞向她，好像从星星中潜过来一样。

你正处于危险之中，埃希的声音出现在罗阿的心中，我听到了你的呼唤。我必须确保你还安全……

你去哪了？罗阿呼唤她的妹妹，她的心跳声越来越近了。

白色羽毛和银色眼睛闪过，埃希撞向罗阿，她锋利的爪子刮着姐姐的皮肤。我……我不知道。我找不到路。我不记得家在哪里。

罗阿把妹妹长满羽毛的身体贴在胸前，紧紧抱住，要保证她的安全。

然后我听到你的声音，似乎很遥远……我不知道。怎么会那么远呢？

通常，埃希都不喜欢罗阿抱着她，因为这样她就飞不起来
了。现在，她紧紧抓住罗阿的胸口，让姐姐一边颤抖一边紧抱
着她。她的小心脏贴在姐姐的肋骨上，鼓动着。

没事了，低吟在她们之间朦胧地闪烁，罗阿抚摸着埃希的
羽毛，你现在回来了。

埃希停止颤抖，从姐姐怀里挣脱出来，飞到了她的肩膀
上。她的爪子比平时更重地抓了下去，刺穿了罗阿的皮肤，
仿佛只要她这样紧紧抓住罗阿，之前所有困扰她的东西就都
无法再把她带走。

接着有声音在远处响了起来。她们俩向西望去。

埃希解释说，我带来了救兵。

一点点光亮出现在远方的地平线上，越来越近。那光是灌
木地人手中的火把，她的人民正骑马向这边赶来。带队的是一
个年轻人，他的脸被纱巾遮住了。

罗阿不需要看到脸就知道他是谁。

"西奥。"达克斯在她身后嘀咕道。罗阿差点儿忘记他也
在这里。

看见她的那一刻，西奥立刻离开了其他人，直接冲向她，
一支火炬握在他的手中。

罗阿催动自己的马疾驰了起来，她的心脏与罂粟花的蹄子
齐声轰鸣。埃希飞了起来，紧跟在她身后。

西奥再次呼唤她的名字，他的声音就像一团火，驱逐了
寒冷，将她带回了家。

## 三个月前

"你只有这一张地图吗？"

回应她的是轻轻的吱吱声，然后是咚的一声。

达克斯放低长弓，罗阿和莉拉贝尔抬起头来。在他旁边，一个脸上长满雀斑的年轻人高兴地笑着，他把双臂交叉在胸前，盯着现在被达克斯的箭刺穿的树木断面上的年轮。罗阿之前见过这个男孩，知道他叫托文。

"很好，"托文说，"把它取回来吧。"

达克斯冲着他挑起眉毛。

"快去，"托文用下巴朝树一点头，"取回你的箭也是学习射箭的一部分。"

"是这样吗？"达克斯问。

"就是这样，"和莉拉贝尔一起蹲在地上的罗阿说，"要是我们把箭留给仆人清理，爸爸就会拽我们的耳朵。"

得到她的支持，托文笑了起来："你听到了吗？你想让耳朵被她父亲拽住吗？"

达克斯翻了翻眼睛，但还是去取箭了。

托文冲着罗阿微微一笑，罗阿也回以微笑。但是看到他脖子上的银项圈之后，她的笑容消失了。

看到它就仿佛在她腹部插了一把冰冷的刀。

和灌木地人不同，龙裔们蓄奴。半个世纪前，一支来自北方的军队，一个叫作斯克莱尔的民族，想要征服费尔嘉德。他们失败了。龙女王，也就是达克斯的祖母，并没有将他们送回他们原来的地方，而是奴役了他们。

罗阿知道，托文就是那样的奴隶，是她所见过的最残暴的人拥有的奴隶。这也是她决定帮助达克斯打倒他父亲的另一个原因：没有人应该被另一个人拥有。

"是的，而且，"达克斯说道，从年轮上拉出箭头后慢跑回来，"那是我们唯一的地图。"

罗阿低头看着地上的羊皮纸。它沿折痕被折叠了太多次，周围都是脏乎乎的。

然后必须那样做，她想。

罗阿指点着地图上的达尔穆尔，然后看着蹲在她身边的莉拉贝尔："这里怎么样？"

今晚莉拉贝尔没有绑起她的鬈发，她挣来的弓正躺在身旁的地面上。她的身上有玫瑰水的气味。

"比费尔嘉德城小，"罗阿说，"看，没有城墙。"

莉拉贝尔的目光从费尔嘉德筑着城墙的首都，沿着大裂谷山脉移动到了罗阿的手指指向的地方：达尔穆尔，海边的一处港口。

莉拉贝尔笑了笑："如果你的建议和我想的一样，那么我认为你很聪明。"

费尔嘉德城墙内有太多的武装人员，如果想要让达克斯这次的起义胜利，他们需要减少守军的数量。

"达尔穆尔对国王有多重要？"罗阿一边盯着地图一边问达克斯。

"非常重要，"他回答，然后又是咚的一声，"我们的食物和补给大约有一半来自达尔穆尔。"

"如果那里遭到围攻呢？"

罗阿和莉拉贝尔抬起头，等待着他的回答。达克斯在树那里停下了脚步，手握住了插在年轮下方的箭。

"我的父亲会派军队重新夺回它。"

"那么我认为罗阿解决了你的问题。"莉拉贝尔说。

然而在罗阿享受她取得的胜利之前，埃希的声音进入了她的脑海。

罗阿！

埃希一直在警戒。他们在影家族的废墟中，没有人会来这里。作为预防措施，埃希被派去守在正门。

他来了！

罗阿立刻站了起来。谁？

埃希没有回答。她不需要回答。因为罗阿转身面对身后坍塌了一半的墙壁，看到了他。

西奥站在月光下，手中握着他的一把剑，另一把剑插在挂在皮带上的刀鞘里。两把剑的柄球上都刻着跳跃的鹿的图样。

对不起，罗阿，埃希从被月光照亮的空中扑上了罗阿伸出的拳头，我睡着了，他穿过入口的时候才醒来。

"他在那里做什么？"西奥咆哮着，用刀尖指向国王的儿子。

这是罗阿的错。她在花园棚屋顶上与达克斯聊到了很晚，回到书房的时候，西奥心情很不好。

罗阿告诉对方，她要和国王的儿子一起去费尔嘉德，西奥很生气。

"那婚礼呢？"他质问道。

"婚礼要推迟，"她告诉西奥，"要等到她回来。"

那几下心跳的时间里，他盯着罗阿，就好像她并不是一直以来的那个女孩一样，就像他根本不认识她一样。然后他站起来离开了。

现在，她把达克斯带到了影家族的大宅，事情变得更糟了。这是她和西奥见面的地方。

"西奥……"她站了起来，"我可以解释。"莉拉贝尔迅速抢走地图，把它折好。

你可以解释？埃希盯着空家族的继承人。罗阿可以感觉到妹妹的焦躁在自己的体内嗡嗡作响。似乎他更想要打爆达克斯的脑袋，而不想听什么解释。

达克斯走过罗阿身边。

罗阿伸手阻止了他。

"西奥，"达克斯说，避开罗阿的手，"你为什么不把剑放下？"

"或者，"西奥咆哮道，"你可以拿起一把剑，咱们把这个问题解决掉。"

哦不，埃希想。

罗阿和莉拉贝尔交换了一下眼神。

火焰在西奥的眼中燃烧着："你和之前的那个暴君没有什么不同，达克斯。打着和平的幌子来到我们家里，希望我们能够拿出你们想要的一切。但你们得到的永远不够，对吗？你们总是想要更多东西。"

托文来到了罗阿和莉拉贝尔之间。他压低声音问道："西奥剑术有多厉害？"

"非常厉害。"罗阿和莉拉贝尔异口同声。

在灌木地，武器是挣来的，而不是被赠予的。它们是技巧和财产的象征。灌木地的孩子在获得荣誉和责任之前要经受多年的训练。这种训练与学习读书和算术同样重要。

罗阿知道，从达克斯来这里避暑的那个夏天开始，他就像不吃蔬菜那样躲避着剑术训练。罗阿、埃希和莉拉贝尔过去经常在他们一起上的课上击败他。

也许他有所进步。埃希想。

嗯。罗阿想。

"那达克斯呢？"莉拉贝尔怀着和埃希同样的希望问。

托文一直盯着国王的儿子："我只能说他更善于以自己的方式解决问题。"

西奥拔出他的第二把剑，递了出来。

达克斯没有接："我是不会和你打的。"

西奥把剑扔在了达克斯脚下，钢刃撞在碎裂的石板上，铿锵作响。

"捡起来。"西奥说。

"我不认为……"

西奥挥出一拳，打向了达克斯的脸。莉拉贝尔和罗阿一起屏住了呼吸。

托文想介入他们。

"不要。"罗阿抓住他的胳膊，把他拉了回来。在达克斯接受挑战之前，西奥不会停下来。"你去救他不会给他带来任何好处。让他自己来保护自己。"

托文盯着她，仿佛她失去了理智。

但西奥有足够的理由出手挑战国王的儿子。如果达克斯想要在他正在密谋的这场战争中让灌木地人支持自己，他就需要用灌木地的方式证明自己。

"你们夺走了这个，"西奥推搡着达克斯，把他推得摇摇晃晃地直后退，"又夺走了那个。"他又推了一把。达克斯摇了摇头，仍然试图从冲击中恢复过来。"你们把所有东西都夺走了。"最后这一推差点儿让达克斯撞到墙上。

"你还敢来这里要求我们去帮你打仗？先证明你知道你在做什么吧，证明你值得我们帮助你吧。"

西奥把剑朝他踢了过去。

"捡起来！"

达克斯捡起了那把剑。

但在转身面对对手的时候，他握剑的方式完全错了。

哦，达克斯啊，埃希想。

他把武器握得太僵硬了，也太靠近身体了。

看到他那样子，西奥得意地笑了起来，他踢中了达克斯的肚子，扑了过去。达克斯跌跌撞撞地回来，胳膊挥舞着想要保持平衡。西奥招架了下来，很容易就卸掉了他的武器。

剑再一次落到地上。

西奥上前一步，逼到了达克斯身前："一如既往的可怜。"

"行了，"罗阿说，"你已经证明了你的观点。"

西奥没有理她，而是双手将达克斯推到了墙上。达克斯现在没有武器了，他的后背撞在了石头上，然后哼了一声。西奥把他的剑压在达克斯的脖子上，将他固定住。

罗阿将埃希的刀从她小腿的鞘里拔出来，上前一步。埃希从她的肩上飞到了莉拉贝尔的肩上。

"我应该为我们做点儿好事……"西奥凑在达克斯的耳边说道，"在这里杀了你。"

"我以前在哪里听到过这句话。"达克斯悻悻说道。

罗阿把刀尖按在西奥的肾部上方，刺穿了衬衫，刺痛了他的皮肤。

西奥马上僵住了。

"够了。"她警告说。

"挺有意思的啊。"西奥的剑依旧压在那位王位继承人的脖子上，"对吧，达克斯？"

罗阿望着达克斯，而对方严肃的目光也越过西奥的肩膀射了过来。

"达克斯似乎并不觉得这有什么意思。放了他。"

西奥没动。

"西奥，"她嘘了一声，逼得更紧了，"我不是一个需要你拯救的少女。"

他立刻把手放了下来。

"放下剑，然后从他身边离开。"

西奥按照她的吩咐做了，但还是瞪了达克斯一眼。罗阿盯着他，没有移开视线，直到他先看向别处。

"回家吧。"她说。

西奥拿起两把剑，把它们插进剑鞘。他没有再看她，也没有再看达克斯。刚走出废墟，他就缩起了肩膀，像一个刚刚失去了一切的人。

"谢谢你。"达克斯站在墙边说。

"不要感谢我。"罗阿看着西奥的剪影渗进了夜色，"但是……下次要表现得好一些。"

在破败的庭院里，莉拉贝尔说："也许咱们应该回家。"

罗阿点点头。

然而，其他人往马那边走的时候，罗阿留在了后面，用她的指尖抚过妹妹精致的翼骨。

如果他连挥剑都做不到，那么他将如何在这场起义中获胜呢？

这就是他需要你的原因，埃希说，这就是我们都需要你的原因。

七

他们的马同时停了下来。

沙子在空中绽开，西奥将罗阿拉进怀里，抱在了胸前。他心跳的节奏与她同步。

他的队伍从他们身边咆哮而过，前往国王的领地。罗阿呼吸着他温暖、熟悉的气味，这气味像蜂蜜和小麦。她将胳膊环在他的脖子上，用力抱住他。

"埃希找到了我。"西奥对着她的脸颊说道。接着，他抓住她的肩膀，把她拉开，这样就能看着她了。"我很害怕，怕我们无法及时赶到你这里。"

罗阿盯着她这位从前的未婚夫，他那强壮坚挺的下巴，他那头向后梳起的黑发，他嵌在被阳光亲吻过的脸上的小麦色的眼睛。

在她的沉默中，西奥伸手拿过来他的水袋，拔掉塞子，交给了她。罗阿喝了一大口。

"你还好吗？"西奥评估着她的受伤情况。

罗阿不知道该如何回答这个问题，用袖子擦了擦嘴，然后还回水袋，她说道："你一直没有回复我的信。你再也没有去过废墟。"

"我现在在这里了。"他依旧看着她。

突然，气氛变了。他们抬头，发现达克斯从黑暗中走出来，来到了西奥火炬的光芒下。他坐在夹竹桃上面，埃希现在坐在他的拳头上。火焰使她的白色翅膀闪着橙色的光。

达克斯盯着西奥的手，那只放在罗阿臀部的手。

但西奥并没有退缩。

"达克斯。"他咬牙切齿地叫道。若是在费尔嘉德，对国王这样无礼，西奥肯定插翅难逃。"不仅自己去冒生命危险，还要让整队人马都去冒险，这样的人真是罕见啊。"

达克斯的声音并不冷淡，实际上还很温暖："你错过了整场谈判，大概有更重要的事情需要处理，也许是在生闷气？"

罗阿盯着达克斯。这是他的外交理念吗？欠了他们一条命，还要侮辱他们？

"你认为这样很有意思吗？"西奥的脸上没有笑容，"你们没有补给，没有帐篷，没有食物，你打算怎么活到明天早上？"他低头看着罗阿，紧紧抱住她，"今晚你把那么多的生命置于危险之中，先让我们家族把他们带走吧。"

达克斯看着西奥保护性地托着罗阿的脸。他的眉毛略微抬起，问了一个无声的问题。

罗阿抬起下巴。

"咱们欠西奥这么多条命。"她承受着达克斯的目光。

　　远处，她听到锤子已经把木钉打进了沙子里。救援队成员全都强壮而灵巧，新的帐篷迅速立了起来。西奥带来了补给，适当的补给。因为他，他们能活到早上了。

　　"如果西奥没来……"

　　"我绝对会来，罗阿。"

　　她抬头看着西奥的脸，发现他正盯着自己。

　　达克斯转转眼珠，把夹竹桃转过来，催着它走向了帐篷："你们两个心情正好，怎么不趁现在亲热一番呢？待会儿营地见吧。"

　　离开的时候，他的马踢了他们一脸沙子，埃希也跟着他离开了。

　　罗阿和西奥怒目注视着离去的国王。

　　"你最好不要再低估沙海！"西奥冲他背后吼道，"它可不是一位仁慈的妇人！"


　　罗阿把手伸向火焰。队伍中的其他人早已入睡，但是她、莉拉贝尔、雅和西奥还醒着。西奥的帐篷一面敞开，三面密封，这样可以挡住大部分的寒冷，又让他们可以俯瞰整座营地。

　　在罗阿的膝上，埃希把头藏在翅膀下面，睡熟了。今晚，她似乎很茫然，就像低吟一样，安静而疲惫，仿佛找回罗阿已经让她付出了全力。

　　罗阿抬起头，把目光从睡着的妹妹身上移开，注意到莉拉贝尔瞥了一眼达克斯和罗阿的帐篷。那帐篷是西奥为他们带来的，里面透出了温暖的光芒，把达克斯的影子投在了帆布上。罗阿看着她看的地方，看着国王的身影，达克斯解开了衬衫，把衣服脱了下来。

莉拉贝尔从未这样透过火光看雅，而正在与西奥聊天的雅也没有向莉拉贝尔问起过什么。这很奇怪。雅和莉拉贝尔之间应该有比常人更多的话题。自从达克斯将莉拉贝尔任命为他的特使派到灌木地之后，她经常能看到罗阿的弟弟。

达克斯帐篷里的光线消失了，莉拉贝尔从羊皮地毯上站了起来，将她的纱巾紧紧裹在了肩膀上。她将鬈发编成了一条长长的辫子。"越来越冷了。我要去睡了。"

罗阿朝国王的帐篷的方向看了一眼。

雅甚至没有说晚安。

莉拉贝尔不在了，罗阿观察着他。她的这个小弟弟是那种喜欢沉思的人，但沉思时也总喜欢带着愉快的表情。最近他有些闷闷不乐，就像暴风雨已经沉积在他体内，阻挡了通常从他眼睛里闪耀出来的阳光。

是因为莉拉贝尔终于摆脱了他吗？罗阿很好奇，还是因为他担心歌家族与空家族之间的裂痕？

后者是她的错，她做出那个决定的另一项后果。如果她没有和达克斯结婚，就不会和空家族之间产生裂痕，这样她弟弟的肩上也不会有任何负担。

莉拉贝尔离开后不久，雅伸伸懒腰，打了个哈欠，用手搓了搓脸。"我想我也该离开了。"他站起身，然后看到了姐姐的目光，"走吗，罗阿？"

罗阿摇了摇头。

她的弟弟皱起了眉头，用埃希称为"谨慎的观察"的那种表情看了看罗阿。他从母亲那里学到了这种表情，只要罗阿或是她家的兄弟姐妹做了什么她不赞成的事，她就会露出这副表情：眉头紧蹙，眼睛眯起，嘴唇紧紧地抿在一起。

雅不赞成姐姐在天黑之后和一个不是她丈夫的年轻人独处，但这根本无法压倒罗阿内心的内疚。她需要确认她和她所背叛的男孩之间没有问题。

看到自己的努力徒劳无功，雅叹了口气，俯身吻了吻罗阿的额头。"这是漫长的一天，"他抚摸着她的肩膀，"你应该早点儿去睡。"

罗阿听出了他语气中警告的意思。

如果你让他们有理由怀疑你不忠……

她摇摇头，说："我一会儿就去睡。"

"晚安，雅。"西奥说。雅皱起了眉头，然后点了点头，走出了帐篷。

雅一离开能听到他们说话的区域，西奥就站起身来，起身走到帐篷的正面，帆布被卷起来固定在角柱上，他开始解起扣子。他把卷起来的帆布拉开，打算紧紧地系在屋顶上，这样既可以保持帐篷内的温度，又可以挡住那些窥视的目光。就在此时，罗阿望向了外面的黑暗，望着达克斯的帐篷。

灯熄了。

她不能久留。

西奥回来坐下，一只手放在罗阿身后，放在摆在沙子上的羊皮上。他们的肩膀碰了一下。

如果说她这一路走得很辛苦，那其实西奥更加辛苦。她可以从他弓起来的背和低垂的头上看出这一点。疲惫在他的眼睛下面雕刻出深深的黑眼圈，在火光的照射下，这眼圈变得更深，但他的目光还是燃烧着熟悉的渴望。尽管她做了那些事情，但这渴望依然没有消去。

弟弟的警告闪过罗阿的脑海。

她迅速扭开头，盯着仍然蜷缩在她膝盖上睡觉的埃希。

达克斯可能破坏了誓言，但罗阿不会这样。

"我很抱歉，"她说，"我嫁给了他。"

西奥僵住了，然后抓起了放在围着篝火那圈石头上的棍子。他捅了捅那堆火。"咱们不需要这样。我已经知道你要说什么了。在你离开之前我就知道了。"

无论如何，罗阿需要把话说出来。

"我嫁给了他，带来了一位暴君。"她抚摸着妹妹的翅膀，动作又轻又柔，以免吵醒她，"巩固了联盟。"

他抓紧了手里的棍子："嫁给我也会巩固联盟。但我觉得家族间的联盟不如和费尔嘉德联盟重要。"

火焰噼啪作响，闪闪发光，照亮了他的皮肤，在他的眼睛里舞动。他那柔软的唇紧紧抿成了一条线。

她看着他的脸："达克斯的父亲需要下台。他想要杀死自己的儿子。"

西奥耸了耸肩："我希望他能成功。"

罗阿抚摸埃希的手指停了下来："别这么说。"

"你能怪我吗？达克斯带走了咱们的人民，让他们穿越沙海去参与一场他的战争。他偷走了歌家族的女儿，让她成为王后，这样我们其余的人就会顺从他。"

"是我带领那支军队穿过沙海，不是达克斯……"

"记得上一个嫁给国王的灌木地女孩吗？"

他说的是阿米娜，达克斯和阿莎的母亲。罗阿攥紧了拳头。没有人偷走阿米娜。她完成了她要做的事情，就像罗阿一样，她有自己的意志。

"她死了。"西奥把烧剩下的木头拢到一起，然后全部推向火中。烟气袅袅地飘出帐篷顶部的洞口。"我不希望你走向同她一样的结局，"他用比刚刚低得多的声音说，"我不希望让他拥有你，请不要因此而感到烦心。"

"没有人拥有我。"罗阿怒不可遏，"这可不是达克斯为了羞辱你而赢得的一场比赛。"

"你确定吗？"他的脸沉了下来，也不再捅那堆火了，而是压低了声音，"达克斯将成为他的父亲，就像他的父亲成了之前的那个怪物一样。达克斯的继承人也一样。他们一直以来都是这样的，罗阿。血统这种东西是不会变的。你无法从中逃脱，我也一样。"

一阵寒意掠过罗阿的皮肤。她搜寻着他藏在阴影中的脸："你在说什么？"

"我是说达克斯的血统只能产生出那种恶毒的国王。我说只要龙裔还坐在王座上，灌木地人就无法摆脱他们的暴政。咱们永远不会得到自治权。咱们永远不会拥有和平。"

他低头看着她，像石头一样一动不动，仿佛发现了她竟敢反驳他。

"然后呢？"她低声问，"你的解决方案是什么？"

"让他放弃他的王权，如果有必要的话，我们可以使用武力。"

罗阿心里一凉。

叛国。他提议叛国。

"请不要再说了。"她从羊皮地毯上撑起身子，站了起来。埃希吓醒了，她拍了拍白色的翅膀，从屋顶上的烟洞飞了出去。她困倦的思绪在罗阿脑中仿佛一团混乱的迷雾。"我会假装没有听过你的话，因为你是我的朋友。"因为我爱你，罗阿想。"但如果你再说一遍的话……"

他抬起头来："你会怎么样？"

她停下了脚步，低头看着他。他的眼睛隐藏在黑暗中，她无法读懂。

请不要这样，她想，不要那么鲁莽，不要密谋推翻我的丈夫。

"你累了，"罗阿告诉他，"你不知道你在说什么。好好休息一下，明天早上咱们再聊。"

"我完全知道我……"

罗阿走向了帐篷入口。她和他在这里待得太久了。

"你要去哪里？"

"去睡觉。"罗阿伸手掀开帐篷帘，把它拉到了一边。

西奥从羊皮地毯上站起来，跟在她的身后："不要去找他。"

他的胳膊滑过罗阿的腰间，她摔倒了。

"和我待在一起，"他把她拉到怀里低声说，他身上的气味闻起来像蜂蜜和温暖的沙子，"当然，如果传言属实，那你在哪里过夜并不重要。"

那些话仿佛烧灼着她。关于达克斯的传言……如果西奥听到过，就有可能流传到王国的各个角落。

所有灌木地人都知道吗？甚至我的父母也知道？

这真令人丢脸。

"我想你，"他低声说，"从你离开的那一刻起我一直都在想你。"

西奥吻她的脖子，她闭上了眼睛。她没有反抗，所以他脱掉了她的纱巾。她的衣领那里宽大的空隙让他的唇慢慢地在她裸露的肩膀上滑过，接着，他将嘴唇压在那里，压在埃希的爪子在她的皮肤上留下的疤痕上。

"我需要你，罗阿……"

她知道不应该这样，但被抚摸和亲吻的感觉很好。

但是她弟弟的声音在她脑海中发出了警告：如果你让国王有理由相信你不忠……

"我不能这样。"她说。

在这一切开始之前，她曾经将身体交给过他一次。但事情已经发生了很大的变化。她现在和达克斯结婚了。并且，与丈夫不同，她会认真对待自己的誓言。

她再也不能把自己交给西奥了。

他的吻停了下来。她觉得他的身子僵住了。"你怎么能躺在他的身边？"他提高声调，用粗粝的声音说，"那个人根本不关心你，还把你最亲爱的朋友带到了床上。"

什么？

罗阿转头看着他的脸，吃了一惊："你刚刚说什么？"

西奥的眼睛瞪大了一些："你不知道……"

罗阿感觉仿佛体内的什么东西锈住了。她推开了西奥。

"如果你想说和达克斯睡在一起的是……"她想起了莉拉贝尔盯着达克斯的帐篷，拼命思索着该说些什么。她想到昨晚在歌家族大宅的大厅里咯咯笑的声音，想到莉拉贝尔并没有上床睡觉……

"不，"罗阿想甩掉这股思绪，抱紧自己来抵挡对方的质问，"她绝对不会那样做。"

"你确定？"

罗阿瞪着西奥，对他会说出这样的事情而感到非常生气。

"为什么她不能拿走你明显不想要的东西？"他说，"这提升了她的地位，而那正是她迫切需要的。"

罗阿张嘴想要反驳，但西奥打断了她。

"她是你家的养女，罗阿，除非有人能像你父亲那样同情她，否则她就一无所有。她不会得到遗产，只有三个年幼的妹妹要抚养，只有一份她永远无法还清的债务要偿还。除非情况发生变化，否则她将继续作为歌家族的养女，直到去世。"

罗阿吞了一口唾沫："她的情况已经发生了变化。现在，她是国王的特使。"

"如果她要为她的新职位付出代价呢？如果为了换取这个职位，达克斯要求某种……额外的东西呢？"

罗阿腹部一阵痉挛。这种想法让她觉得很恶心。

"我是不会听的。"她走到了一边，"我知道，我赶去帮助他，这伤害了你。我知道，我嫁给他，这彻底背叛了你。但你这样说就是在嫉妒。"

"我嫉妒？"他抵住了她的额头，用那双大手捧住了她的脸，"我很担心你，罗阿。"

罗阿躲到了一边，摇了摇头。

"你知道过去几个月我在做什么吗？"

罗阿停了下来。

"我在寻找织天之刀。"他说，"为了你。"

这话让她僵住了。

已经很多年没有人说起过织天之刀的事情了。据传这把武器能够让人起死回生。

埃希发生意外之后，确定这把刀真实存在的西奥说服悲痛欲绝的罗阿与他一起开始了搜寻。在罗阿意识到这种事有多愚蠢之前，他们已经花了数年时间在古老的故事中追逐线索。

现在她知道得很清楚，织天之刀是一个神话，仅此而已。

"它不存在。"

"我找到它了。"他伸手按住她的双肩，把她转了过来，"我亲眼见到了它。"

罗阿恼火地甩开他的手："那么它在哪里？"

"在从达尔穆尔来的路上，费尔嘉德的一位男爵将它作为私人收藏买了下来。"

她不敢相信那神奇的刀真的存在。不再相信了，太多的期待会让人心痛。

"我是不会去的，"她坚定地顶了回去，"晚安，西奥。明天早上再见。"

罗阿飞快地走出帐篷，走进了寒冷的沙漠。

埃希飞在她的身后。

你没事儿吧？

妹妹的声音模糊而憔悴，但是罗阿并不清楚这是因为睡意还是其他的什么。

她努力思索着。

西奥不能密谋推翻国王，罗阿告诉妹妹，而莉拉贝尔不能与达克斯睡在一起。

西奥生气了，受伤了，正因为如此，他才会这样说。

织天之刀呢……

那是个神话。

她颤抖着把这个想法从脑海中抹去。把纱巾拉到头上，罗阿在黑暗的帐篷之间移动，前往国王的所在之处。

她站在帐篷前，侍卫小心翼翼地看着她，这让罗阿想起了早些时候她与达克斯的争吵，他们把手伸向了剑柄，这让罗阿想起了他们本来是不信任她的。

她把帐帘掀到了一边。

温暖的金色灯光落在空荡荡的铺盖上。罗阿眨了眨眼睛。

"他在哪里？"她退回到寒冷的夜晚中，质问道。

警卫紧张地交换了下眼神："我们受命留在这里。"

"这不是在回答我的问题。"

他们静静地站着，不去看她，没有回答。

恐慌像沙暴一样越来越猛。时刻留意他的去向不是他们的工作吗？达克斯那天早上不是直接走进了沙暴吗？他现在被空家族的成员所包围，他们是最讨厌他的灌木地人，他比以往任何时候都更需要他的侍卫。

她刚想要厉声逼问他们，却突然发现事实变得非常明显了，只有一种情况，达克斯不让他的士兵跟着他。

他去了别人的帐篷。

你怎么能躺在他身边？西奥的话在她的脑海中回荡，那个人根本不关心你，还把你最亲爱的朋友带到了床上。

罗阿想起了达克斯和莉拉贝尔私下会面时一起度过的时光。她想起了门外大厅里的声音，两个人走向她的房间……

为什么她不能拿走你明显不想要的东西？

他们的形象一起闪过她的脑海。罗阿退后一步，沙暴在她体内消失了。

"王后陛下，"一位灰发斑驳的士兵问道，"您怎么了？"

"没，都很好。"她撒了谎，然后再一次掀起帐帘，走了进去。等到帐帘落下，她站在了那里，集中精神深呼吸了起来。

不要妄下结论，她告诉自己。但当她解开纱巾往羊皮地毯上放的时候，她的双手都在颤抖。她脱下便鞋，爬进了睡袋。寒冷使她颤抖。罗阿把膝盖贴到胸前，紧紧抱住它们，想让它们暖和过来。

一下心跳之后，她听到了声音。又一下心跳之后，帐帘被掀了起来，达克斯爬了进来。在光线下，罗阿看到他仍然没有刮胡子。

"罗阿。"打招呼的时候，他的声音很短促。

她立刻就扭开了头。她不想去看他是否脸颊泛红，或是头发是否被汗水弄湿，不想去看他的衣服是不是在匆忙中被扯下来，还被随意地抛到一边。罗阿转过身来，听着那些衣服被脱下来，折好，放在她的身边。

他爬到她的身边，冷空气也同时涌了进来。这个睡袋比之前的那个要大，这样的话他们可以睡在一起而不会接触到。

达克斯关掉了灯。

罗阿醒着，在黑暗中颤抖了很长时间。他的手臂没有像前一天晚上那样环过她。他也没有把她拉进怀里，让她接受他的温暖。

他背对着她，很快就睡着了。

## 两个月前

罗阿走在黑暗中，她的脚步穿过营地的中心。她一个接一个地拽下骑行手套的手指部分，然后把它整个脱了下来。她从海边的港口达尔穆尔一路艰难地骑行到山上的新港营地。她一路上都在思索。

各种想法像无拘无束的大海那样翻滚转动着。

各种想法让她从内心里感到害怕。

营地中的人大部分都睡着了，但罗阿偶尔会听到有人在微弱的火光中窃窃私语或是大笑。她双腿颤抖，背部因为长时间骑行而疼痛。她的肚子因饥饿而咕咕作响。但是没有时间可以浪费了。

在改变主意之前，她需要立刻采取行动。

罗阿走向会议帐篷。两名灌木地人站在外面守卫着。每次看到她，他们都会将拳头举到胸口，罗阿也回应了他们的问候。

入口处，罗阿站了一会儿，深深地吸了一口气，拿出了她剩下的所有勇气，走进了亮着灯光的帐篷中。

达克斯独自一人。他坐在椅子上，伏在粗糙的桌子前，木椅的两条腿悬在了空中。他盯着费尔嘉德的地图，拳头抵着太阳穴。他的眼睛有一圈黑眼圈，一道沟壑出现在他的眉间，胡楂爬满了整张脸。

她一走进达克斯的视线，那句话就从她的口中吐出："和我结婚吧。"

　　他抬起头，凝视着她的脸，好像他一直在等她，好像不知怎的，他早已预料到了这个情况。

　　"你甚至都不喜欢我。"椅子的后腿撞到了地板上，他终于说道。

　　"你怎么知道我喜欢什么？"

　　他凝视着她，那样子既疲惫又比往常清醒。

　　"我给了你一支军队。我带你去了达尔穆尔。"罗阿向他迈了一步，"你现在需要援军。和我结婚，我会弄到你需要的军队。"

　　他的眉毛向上挑了一下："用军队来换取王冠？比起我来，这项交易对你更有利。"

　　"你我都清楚，如果没有灌木地持续的援助，你将输掉这场战争。"

　　他什么都没说。

　　"很好，"罗阿说，"那咱们的合作就到这里了。我会带我的人民回家。"

　　但就在她转身离开的时候，达克斯站了起来，从桌子后面走出来，朝她走来。

　　"罗阿！"他抓住了她的手腕，"等等。"

　　她站住了，心脏怦怦直跳，接着，她转过身来面对着他。

　　他搜寻着她的目光："为什么？"

　　"因为如果你赢得了这场战争，你将成为国王。"她低下了眼帘，支吾着。

我不相信你能保证我的人民的安全，她想，能够确定你做的事情对灌木地有利的唯一方法就是我也留在这里，就在你身边，一起进行统治。

他皱起眉头。但她抬起眼帘想去看这是否就是他的答案，却发现他盯着她的嘴巴。

罗阿的脉搏加快了。

他的拇指慢慢地划过她的手腕，一股暖意淹没了她，她的心脏跳得那么快。

他把另一只手也伸了过去，在指尖划过她的脸颊之前，罗阿退后了一步，她的心脏在胸中像鼓一样怦怦作响。

"成交吗？"她低声问。

他的手落到他的身侧，他的脸沉了下来，就像一扇锁住一间密室的门。

"一笔交易。好的。"他说，"送来援军吧，我会让你成为王后。"

罗阿冲着他一低头："援军已经到了。"

在他说出下一句话之前，罗阿离开了帐篷。


婚礼结束后，营地里飘荡着音乐，人们喊叫着，跳着舞，罗阿和达克斯并排躺在帆布帐篷里，盯着帐篷顶。整个晚上他一点儿酒都没喝。人们一次又一次地向他劝酒，但罗阿看到，每次他都拒绝了。

达克斯每拒绝一杯酒，罗阿就会喝掉两杯。她想要麻痹自己，不去想她现在正在做什么，不去想她之后将要做什么。

她的嘴里有一种苦涩的味道。她的身体因炎热而嗡嗡作响。

"我不会伤害你，"他打破了沉默，低声说道，"我永远不会伤害你，罗阿。"

罗阿知道接下来会发生什么。他们结婚了，婚姻必须要以亲密的行为加以确认。

她想起了西奥正睡在沙海的另一边，完全没有意识到她刚刚嫁给了他最讨厌的男孩，完全没有意识到她多么严重地背叛了他。

罗阿绞着双手藏住它们的颤抖。

拿下达尔穆尔比躺在达克斯身边容易。

她记得她第一次也是最后一次那样做的时候。那么快就结束了，那么疼。她记得西奥那样微笑着吻了她，她知道那时候他没有意识到他会弄疼她。

他本不打算拿走什么，也不打算回报什么。但他还是去做了。他让她感到孤独和疼痛。

这里，另一个男孩，一个她不爱的男孩，会去做同样的事情。

罗阿再也不想去做了。太过分了。

她坐起来，转过头。

达克斯看着她。

"你永远不会伤害我，"她的声音比想象中平静得多，"因为你永远不会碰我。"

这是命令，温和但坚定。随着这句话在她耳中响起，她把他独自一人留在了那里，一个人，然后蹒跚着走向了莉拉贝尔的帐篷。

她的头因酒而剧痛，胃中翻滚着，世界在她周围倾斜。罗阿爬到她朋友的旁边。几下心跳的时间里，四下一片沉默。

　　然后莉拉贝尔伸出手，抚过罗阿的手。

　　这让她放松了下来。泪水涌出她的眼睛。她咬住嘴唇忍住了奇怪的呜咽。莉拉贝尔扶她站起来，拉着她进了帐篷，而罗阿哭着抱住了她。

　　我做了什么？那个夜晚以及之后的那么多个夜晚，她都在思索着，我都做了什么？

# 八

罗阿醒来的时候，闻到了薄荷的气味，听到了强劲而平稳的心跳声。太阳照亮了周围的帆布帐篷，空气闷热而温暖。她的脸颊紧贴着某个人的胸部。

她被抱在某个人的胸前。

薄荷的气味。

罗阿吞了一口唾沫。

达克斯。

她一动也不动。从呼吸声中可以听出，他醒着。醒着，想要这样保持不动。她感觉他的胳膊搭在她的后背下部，手指轻轻地蜷在臀部的曲线上。

罗阿闭上眼睛。这样不好。不好。不好。

她肯定是在夜里觉得很冷，爬到了他的身上想要获取温暖。

"如果你不愿意，我不会告诉任何人。"他温柔地说。

罗阿撑起身子。她瞥了一眼上身赤裸的国王，他的另一只胳膊枕在脑后。一把生锈的铁钥匙用绳子挂在他的脖子上。

她想要扭过头去，但她的视线在他肩膀的光滑形状上徘徊。肩膀微微倾斜，身体曲线从脖子开始向两侧延伸，向下到他强壮的手臂处。她的目光继续向下扫过，她注意到了他的腰部逐渐变细，注意到了肚脐下面的鬈曲的黑色毛发。然后继续往下……

别再看了，罗阿！

她转开视线，直视他的脸。蓬乱的黑色鬈发，温暖的棕色眼睛，满是胡楂的下巴。

她突然有一种令人不安的冲动，想要用指尖沿着他的脸颊划过，只是为了感受那种粗糙。

看到她正看着自己，他的嘴角弯曲了起来。

"好吧，"他说，"慢慢看吧。"

恐慌在她身上蔓延开来。她滑出睡袋，想要离开这座帐篷。

在地板上摸索衣服的时候，她的心跳声在耳中响着。她穿上衣服，一直背对着达克斯。

他坐起来看着她："你什么时候变得这么怯懦了？"

罗阿没有回答他，不敢看他的样子。她不像他的其他女孩。她不会被他那迷人的微笑诱惑，不会被他的舌灿莲花吸引，不会让他得到自己，最后再让自己被抛在一边。

为了打破沉默，她说："今天要注意你的背后。"看到自己的纱巾，罗阿迅速抓了过来，然后缠在了肩膀上，"西奥不是你的盟友。只要空家族和咱们在一起，你就需要保持警惕。"

达克斯伸了个懒腰，打了两个哈欠，然后伸出一只手挠着他乱糟糟的鬃发。

她避开了他的眼睛，低头看着帐篷的地板。"真的，罗阿。我很感动，就仿佛你很关心我似的。"

罗阿瞥了他一眼，发现他的脸上带着恼人的笑容。

"关心？"她冷冷地说，"你认为我关心的是一位国王？这位国王的智慧只在他选酒还有找床伴的时候存在。"胸中似乎有什么东西在爬动，在噼啪作响，在低声咆哮，"我对你的关心与你的有用程度相称。你不再要灌木地财物的那一刻，就是我的关心耗尽的那一刻。"

她的话稍微消去了他眼中的温暖。

"那么，为什么不废掉我呢？"

罗阿在帐篷口处僵住了。"什么？"她低声问。

"你可以独自统治，"他说，"那肯定会非常方便。"

"不要诱惑我。"把纱巾罩过头顶的时候，她喃喃说道。接着她撩开帐帘，走到阳光下。

帐帘落下的时候，一团白羽差一点儿撞到她身上。

罗阿！埃希在她身边绕着圈，她的担心流入罗阿的脑中，快来。

罗阿追了过去，想要跟上她，埃希把她带到营地的边缘。在那里，她发现莉拉贝尔呕出了前一天晚上吃掉的晚饭。

"莉拉贝尔……"

"我没事。"她的朋友蹲在地上，胳膊颤抖了一下。

"你的样子可不像是没事。"罗阿低声说。她跑去拿来了一个水袋，在她的朋友身边蹲了下来，打开塞子，把水袋递给她。

莉拉贝尔没有理她。她用手腕擦着嘴，有点儿颤抖地站了起来："我说了，我很好。"

不过她的声音依旧在颤抖。

怎么了？罗阿问埃希，妹妹在她肩膀上梳理着羽毛。

咱们回到灌木地之后，她每天都很不舒服。我以为你知道呢。

她们一起看着莉拉贝尔走回营地。

为什么罗阿没注意到？

达克斯注意到了。上午他们骑马前行的时候，这已经非常明显了。在一起前往他母亲的住所的路上，达克斯一直那样盯着莉拉贝尔，紧挨着她。

罗阿小心翼翼地看着他们，西奥的指责在她脑海中响起。

如果她要为她的新职位付出代价呢？

罗阿不相信，不想相信这一点。达克斯绝不会那样利用莉拉贝尔。而莉拉贝尔绝不会允许自己被利用。

罗阿不想放纵这种可恶的想法继续肆虐。


到了傍晚，高温中，他们的目的地在远处若隐若现。在这里，苍白的沙子变成了干燥的泥土。在东西两边，黄色的野草在夕阳下闪闪发光。而在这一切之中，阿米娜的沙漠离官的白墙洁如玻璃。

今晚，他们会睡在这白墙内，明天黄昏就能抵达费尔嘉德了。

这座房子位于费尔嘉德和灌木地之间的大道的北侧，除了阿米娜，任何人都禁止进入。它是阿米娜的丈夫为她建造的结婚礼物。

在她去世之后，达克斯继承了它，加冕之后，他曾几次来到这里。这里距离费尔嘉德只有一天的路程，又可以让人轻松地远离宫中的生活。最近的那两次，莉拉贝尔都陪着他，因为她是灌木地的特使。罗阿之前从未踏足过这里。他们今晚留下来的另一个原因是达克斯需要找回他上次留在这里时忘记的东西。

一匹马在莉拉贝尔旁边停了下来。她们俩都看着国王，看着前方。

"比一场吧。"他说。

莉拉贝尔显得很不安，她摇了摇头："我就不要了。"

所以达克斯向前倾身，环顾四周："罗阿呢？"

起初罗阿认为这是一个玩笑。但随后他露出了一副奇怪的笑容。这让她想起了那个下着雨的下午，她与他一起玩神怪棋。她了解那笑容。他认为自己即将获胜的时候，就会露出这副表情。

"奖品是什么？"她有些怨恨自己。

达克斯咧嘴一笑，好像她的问题表明，他已经取得了胜利。

"失败者必须给胜利者一个吻。"

罗阿露出了反感的表情。

他的笑容消失了："那好吧。如果你赢了，你想要什么？"

罗阿想要说什么都不要，因为她不打算和他比赛，除非有她想要的东西。

"我们希望你一回到费尔嘉德就召集议会。"

议会上，达克斯会和他的内阁成员们一起在公众面前做出决定：通过或推翻律法。按照时间表，下一次议会要在三个星期之后召开。罗阿不想等那么久。她希望条约能够尽快落实。

达克斯抬起头，观察着她。"很好。"他转过身眯着眼睛望着远方，"但如果我赢了，你就欠我一个吻。"

"好。"她同意道。毕竟，夹竹桃是一匹有些缺乏生气的马，而且并不是总会服从命令。

罗阿没有等他开始倒数，她的脚往罂粟花身上一踢，身下的马冲了出去。马蹄扬起了一片金色的沙子，马从达克斯和莉拉贝尔身边冲了出去。

罗阿一直盯着前方的白墙，沿着黄色草地上的那条小径前进。埃希升上了天空，跟在她的身后。

突然，第二匹马的蹄声从她身后响起，在她的右侧变得越来越响。

罗阿看了看她的身后。龙王俯身骑在马上，飞快地赶了上来，一层薄薄的沙子笼罩着他。

罗阿稍稍放慢了速度，问他终点线的位置。

"马厩！"风吹过他的鬈发，他喊道，"在房子的后面！"

罗阿催动着飞奔的罂粟花。

墙上并没有门，只有一个宽度足以供马车穿过的缺口。这让罗阿想起了自己的家，家门总是敞开或是虚掩着。甚至大门本身都没必要装。

她骑着罂粟花穿过爬满绿色常春藤的墙。一座小山在他们面前隆起，红色的、绿色的，山坡上是花园与锯齿状的岩石。

阿米娜的房子矗立在山顶，半藏在蓝花楹树下。

这是龙后的离宫，但感觉和费尔嘉德那满是约束的氛围一点也不像。这里能让人感到狂野、凶悍和自由，就像她的家乡灌木地一样。

路径分岔，罗阿不得不放慢速度。达克斯说，马厩在房子的另一边，但是哪条路会把她带到那里呢？

埃希飞得更高了。帮帮我，罗阿恳求道。但在她的妹妹看到最清晰的路径之前，蹄子的嗒嗒声让罗阿转过了身。达克斯从她的身边冲过，风扑打她的脸。他回头看了看身后，向罗阿露出了一副嘲笑的表情。

跟着他！埃希猛地扑向国王，我会为你找到捷径！

罗阿用脚一踢罂粟花，马又冲了出去。

小路七扭八歪地穿过丛生的树木，然后一次又一次地在不同的方向上断开。她跟丢了达克斯。在这段路上，她两次让罂粟花停下，寻找夹竹桃的蹄印，等待埃希的指示，然后咬紧牙关，继续前进。

最后，透过树木，她看到一座带茅草屋顶的长长的马厩。

他们跑了进去，罂粟花的蹄子敲在石头地板上。回声打破了寂静，里面凉爽而朦胧，闻起来有灰尘和干草的气味。

罗阿在畜栏间扫视着，寻找达克斯，但并没有发现他的踪迹。

她长出了一口气，放松下来。

在她下马的那一刻，一个身影从阴影中浮现出来。

"你真是有一匹灵马啊。"

罗阿转过身。达克斯靠在一处畜栏的门上，双臂交叉在胸前。傍晚懒散的阳光透过狭窄的窗户斜射进来，在他身上罩上了一层温暖的金色光芒。

夹竹桃把它的鼻子从畜栏里伸了出来，它身上的马具已经卸了下来。

他肯定没有那么长时间……

"这是一场不公平的比赛。"

他的眉毛向上挑起："怎么不公平？"

"你对这里的地形很熟悉。"她挑起下巴，"我从来没有来过这里。"

"在同意跟我比赛之前，你就很清楚这一点了。"他从罗阿手里拿走了罂粟花的缰绳，"但我会怜悯你。"他摸了摸罂粟花的天鹅绒色的鼻子，"就算你输了，我仍然会召集议会。咱们回宫之后，我会立刻开始行动。"

他上前一步。那么近，罗阿可以看到他嘴唇上的尘土。这让她想舔舔自己的嘴唇，看看上面是否也有尘土。

她想起了那一次——也是唯一一次——她吻他的事情。

很久以前的事了。

记忆让她悲伤，她退后一步。她的肩膀撞到了马厩的墙。她吞了一口唾沫，说："咱们在其他人到来之前解决这件事吧。"

达克斯放开了罂粟花的缰绳，缩短了两个人之间的距离，将两只手按在罗阿头两侧的石头上，把她困在了里面。

罗阿想要发出警告，但她还没来得及发出声音，他们的鼻尖就蹭在了一起，罗阿内心那个怒不可遏、瞋目切齿的自己立刻变得沉默而柔软。

"傻姑娘，"他低声说，唇上带着一股温暖的气息，"我不想在这儿吻你。"他抬起拇指，慢慢扫开她下唇上的尘土，"我会在适合的时候再来拿走它。"

这份无礼灼痛了她。罗阿抬起了她愤怒的眼睛。如果他认为她和他的情妇一样，如果他认为她很高兴在他愿意的任何时候接受他，那么他就是……就是……

很难想象，达克斯像那样看着她，目光固定在她的嘴上。这让罗阿想知道他是否会改变主意。他可能会在这里俯身吞噬她。

但是吵闹的蹄声打破了寂静。十几匹马小跑到马厩里，达克斯立即走到了一边，双手交叉在脖子后面。

凉爽的风吹过他们之间的那片空间，这让罗阿意识到她有多暖和。

达克斯伸手拿起了罂粟花的缰绳，没有一句话，也没有回头，将马带到了夹竹桃旁边的畜栏里。

罗阿抬起眼睛，看到了雅和莉拉贝尔，队伍最前面的这两名骑手穿过大门，在他们身后的是西奥。

他们的目光相遇了。罗阿立刻避开了。她感到惭愧，然后又因为羞耻而感到气愤。

　　埃希也飞了过来，现在站在她的肩膀上，爪子轻轻地钻入罗阿的皮肤。罗阿把脸转向妹妹的羽毛，感受着那种柔软、舒适。

　　怎么了？

　　没事。

　　那你为什么在颤抖？

　　随着队伍中其他人拥入马厩，这里开始充满噪声和骚动，罗阿和妹妹一起离开了。她们走过安静的喷泉和水池，走过大片的高地玫瑰和嗡嗡作响的蜜蜂。罗阿在山坡边停下了脚步，努力地抱住自己，盯着下面的花园——曾经属于另一位异域王后的花园。

　　慢慢地，罗阿把手指伸到下唇处，达克斯触摸了它。

　　傻姑娘，他说。

　　也许他是对的。也许这就是为什么，只在那一下心跳时分，罗阿希望他俯身带走她欠他的东西。

## 从前

罗阿挣得武器是在她九岁的时候。当时，她和妹妹一起站在打谷场中央。天空是深灰色的，浮着一层薄雾。在她的身边，埃希不羁的黑色鬈发上闪着雨滴。埃希的双手一直在动：不断紧握和松开，轻拍她的大腿。

在挣得武器这件事情上，埃希比罗阿更加认真。过去几个月，她一直在与教师争论谁有权挣得武器。有好几次，罗阿深夜醒来，发现她的妹妹在她们的房间里踱步。她问出了什么事，埃希就会回到床上说一些奇怪的话。比如"定义'敌人'这个词"，还有"你觉得哪个更优先，武器还是对手"。

最重要的是，埃希比罗阿学习更努力，练习更勤奋。她今天应该挣得她的武器。

然而现在，她们站在打谷场上，埃希的下巴紧绷着。她的双手不断摆弄着蓝色连衣裙前面的纽扣。罗阿不停地看着妹妹，因为她的躁动而焦虑不已。

"不要坐立不安。"罗阿咝的一声吸了一口气，盯着她们的父亲。歌家族的主人立在他的女儿身边，抓着他自己挣得的东西的一头，那是一把罗阿的祖母雕出的权杖。他的皮肤因雨水而闪闪发光，紫色的棉衬衫已经浸湿了，就仿佛是黑色的一样。歌家族的其他人也站在这里，围成一圈，见证着这一切。

她们的父亲向莉拉贝尔示意。这个女孩和罗阿、埃希同龄，是她们家族的养女。在白色瘟疫让她们全家几乎饿死的时候，歌家族收养了莉拉贝尔和她的妹妹们，迫使她们的母亲离开了她们。

莉拉贝尔上前一步。她把头发绑成粗粗的辫子甩在肩上，去年夏天挣得的弓箭背在背后。她的那张弓的皮革护套上刻着一行字：由歌家族养女莉拉贝尔挣得。

罗阿想起了她朋友挣得武器的那一天的情景。在读到这行字的时候，莉拉贝尔泪流满面。罗阿认为，歌家族为她做了这么多，这是她的感激之泪。但那之后，埃希纠正了她。

上面刻着"养女"，埃希解释说，不是"女儿"。

但她就是一名养女啊！当时，罗阿想。

几年之后，罗阿才意识到那意味着什么：莉拉贝尔永远不会与她们平等，从来不是她们的妹妹，只是在接受她们的施舍。

你们如此轻易地就给了我一处住所，莉拉贝尔告诉她，也能如此轻易地把它拿走。

现在，雨一直在下，莉拉贝尔将丝绸包覆的两个包裹中的第一个递给了她们的父亲。

他打开包裹，拿到了罗阿面前。

那是一把镰刀，歌家族最喜欢的武器，正符合他们与土地、与农业的联系。钢刃是由空家族的铁匠精心地锤击出来的，木头制成的刀柄镶嵌着雪花石膏，还刻有她和埃希出生的时候出现在天空的那颗明星，上面刻着一段铭文：由歌家族的女儿罗阿挣得。

她看了看父亲温柔的目光，又看了看双胞胎妹妹明亮的乌眸。低吟声在她们之间闪烁着。

埃希冲着她微笑，罗阿回过神来。

第二个包裹，父亲从里面抽出一把刀。这把刀大概是埃希手臂的长度。刀身没有像罗阿的镰刀那样弯曲，而是渐渐变细，一直到针一般的剑尖。

然而，父亲把它拿到埃希面前的时候，她退后了一步，摇了摇头。

罗阿的笑容消失了。

你在做什么？她想。

埃希没有看她。所以罗阿瞥了一眼莉拉贝尔，仿佛她知道答案。但是莉拉贝尔也瞪大了眼睛。

"我很抱歉，"埃希盯着她的凉鞋，她的脚上散落着泥土和干草，她说话的声音足以让那些聚集在打谷场边的人听到，"我不能接受。"

她们的父亲站起来，紧紧抓住权杖上雕出的狮子头："女儿，请解释一下。"

埃希抬头看着他的脸。

"古老的故事说我们属于彼此，"她平静地说，好像很害怕却下定决心说出这些话，"如果那是真的，那么咱们的敌人并不是敌人，而是咱们的兄弟，"她看着罗阿，"和咱们的姐妹。"

罗阿盯着埃希，皱起了眉头。

罗阿现在意识到，这件事她已经谋划了很久，她记得埃希与她们的教师的辩论，记得自己醒来发现她在踱步。

但为什么她不先告诉我呢？她们会把一切都告诉彼此。

她们的父亲走上前，擦掉了眼帘上的雨水。他弯下腰，这样他就可以平视埃希了："你知道这意味着什么吗？"

埃希点点头。

"你会被认为是弱者。"

埃希什么也没说。

"你将被视为一个无处可归的女孩。"

埃希承受着父亲的目光。"我知道我属于哪里。"她说，"属于谁。"

好像这就足够了。

她们的父亲放下刀，看看埃希，又看看罗阿，他在用目光恳求她的帮助。但只要一看埃希的脸，罗阿就知道自己无法说服她。

罗阿伸手去拿刀，盯着她妹妹挣得的武器。铭文写道：由歌家族的女儿埃希挣得。刀身可能不同，但是刀柄是完全一样的，都镶嵌着雪花石膏，都刻着相同的星星。

真是非常相称。

"我会为她留下这把刀，"罗阿说，"以防她改变主意。"

# 九

晚餐后，罗阿和埃希出发去了前代王后的房间。

罗阿现在的房间。

夕阳西下，东厢房的前厅里有些冷了。罗阿把她的纱巾拉到头上来保持温暖。

这座房子是以灌木地的圆形住宅为原型建成的，上面架着陶土屋顶，中央有一座大帐。但是相比于灌木地，这座房子有太多的厢房了，而这则是借用了费尔嘉德的建筑样式。花园里到处都是高地玫瑰、杜松树、蓝花楹，以及罗阿家和达克斯家土生土长的其他植物。这里是两个世界的完美结合，也提醒她在成为王后之前，达克斯的母亲是一名灌木地人。出生在星家族的阿米娜是罗阿的母亲童年时代的朋友。罗阿记得前代王后第一次来拜访他们时的情景。当时她和雅正在父亲书房的地板上玩神怪棋，罗阿正准备吃掉对手的织天女神，就在这时，前代王后走进房间，在罗阿身旁跪了下来。罗阿记得她美丽的蓝绸裙层层堆在泥土地上的样子，记得在她亮闪闪的黑眼睛上方箍着一个细细的金环。

她很完美，就像一幅画。

现在，罗阿赤脚踩在瓷砖上，她想知道住在遥远的沙海对面，阿米娜有着什么样的感觉。阿米娜要与她所爱的人分开，要成为王后。

西奥曾将罗阿与阿米娜进行比较，认为她们都是受害者，认为她们的故事会走向同样的结局。

我不相信。埃希在罗阿的肩膀上打断了她的思绪。她的妹妹一整天都很安静，但是低吟回来了，响亮而强劲，将两个人连接起来。

罗阿往一扇熟悉的门走了过去，看了看她的妹妹，不相信什么？

阿米娜是受害者。

罗阿不太确定。

我想她清楚地知道自己到底走上了一条什么样的道路，埃希说，我认为她嫁给国王有着自己的理由。

也许吧，罗阿想，也许她一开始并没有意识到他是个怪物，结果到最后为时已晚。

门上刻着一个灌木地的徽记：圆圈里有三条竖线。这是她父亲书房上的标志。罗阿抬起手指，沿着线条划过。"咱们已经三次穿过这扇门了，"她重重地叹了一口气，大声说道，"我想咱们迷路了。"

罗阿在门上移动的手指肯定是太用力了，因为门在吱吱作响，慢慢地开始向前敞开。

她的手指停在半空中。

"有人吗？"

没有人回答，所以她把门彻底推开，走了进去。

这是一个昏暗的小房间，里面全是蜡烛和羊皮纸的气味。墙上装着一个粗糙的架子，每一格里都塞满了卷轴。

"有人在吗？"

回答她的只有沉默。罗阿往架子那边走了过去，埃希先飞过去察看。年深日久，大多数卷轴都泛黄起皱了。但在最后的那个小格子里，有一些还是新的。

罗阿正要伸手拿过其中的一根，突然心中一惊。

罗阿，埃希的声音在她脑海中响起，看。

她转身发现妹妹那鹰的身形停在了窗户下面的桌子边上，她正盯着那新鲜的白色羊皮纸，这纸折着，上面打上了红蜡封。罗阿走了过去。令人印象深刻的是，那蜡封是一朵优雅的七瓣花，是纳姆萨拉。在达克斯的妹妹阿莎逃离城市之前的那个晚上，罗阿把这朵花的名字赋予了她。

罗阿看着埃希。

上面没有写地址。她的妹妹说。

罗阿撕开蜡封，展开纸页，开始阅读：

三天后，达尔穆尔的一批货物将抵达席尔瓦男爵的城堡。尽管我们仍在被悬赏缉拿，但托文坚持要去拦截这批货物。这批货物中有一件武器，它若是落到错误的人的手中，就可能释放出怪物。

我们为这件事吵过。晚上我睡着之后，他带着木津离开

了。起初我很生气，但现在他早该回来了才对，我担心他们早就
猜到了他会去。如果他被抓住了，他们会怎么对他？我很害怕。

我不能再等了。我要去追他。

没有签名，但是当罗阿把这张纸翻过来，触摸着蜡封上的
纳姆萨拉花，她知道这是谁写的。

"阿莎。"

起义之后，律法要求达克斯的妹妹付出弑君的代价，罗阿
帮助她和托文逃走了。他们现在已经走了一个多月，抓到他们
能得到大笔的赏金。并不是每个人都对新国王的统治感到高
兴，而达克斯的敌人只能利用他的妹妹来对付他，当然他们首
先要能抓住她。

阿莎在这儿？埃希问。她的银色眼睛扫视着书房的阴影和
角落，寻找阿莎留下的痕迹。

罗阿又浏览了一遍那黑色笔迹："谁是收件人？"

不是很明显吗？埃希用喙衔起了那封信，把它放在桌子
上，这样她就可以更仔细地看信了。

对罗阿来说，情况并不是很明显。

达克斯是唯一会来这里的人。他来的时候，只带少数几个
人。阿莎和托文从城中逃走之后，他们可能就是用这种方法传
递信息的。她又用喙衔起了信，把它带到罗阿面前，如果他们
正处于危险之中，必须让达克斯知道才行。


达克斯不在餐厅里，之前罗阿和埃希就是在这里和他及其
他人分开的。她们找遍了露台，又找遍了花园，但他都不在。

最后，厨师把罗阿领到了达克斯的房间，让罗阿在那里等着。他会找到国王，把他带过来。

外面没有侍卫。罗阿走进屋子，关上了门。

傍晚的阳光汇集在泥土地上，洒在床上，照亮了白墙上的挂毯。

在这里，没有人会看到她。罗阿走到了第一幅挂毯前。上面绘着一个有着黑色鬈发和清澈的黑眼睛的灌木地女子。她头上戴着一个小小的金色圆环，脸上的笑容仿佛在说她知道某些罗阿不知道的事情。她的两个孩子和她在一起：一个是非常小的阿莎，脸上没有疤痕，被母亲抱在怀里；还有一个略显年长的达克斯，站在她们旁边。艺术家捕捉到了他眼睛的颜色——温暖的棕色。好奇的眼睛瞪得大大的，还有那双水壶柄一般的招风耳。

除了这幅挂毯，旁边还挂了另外两幅。因为这两幅的色彩更加鲜亮，她可以看出它们都是最近制成的。

第二幅挂毯上绘着阿莎，上面装饰着红线和金线，她的脸上有那道烧伤留下的疤痕。她一手拿着猎斧，一手拿着卷轴，她的身旁有一个脸上满是雀斑的年轻人正弹着琉特琴。

是托文。罗阿右手抚摸着挂毯上的丝线，左手紧紧握着那封信。

她希望他安全。她希望他们俩都安全。

最后一幅挂毯是达克斯的堂妹，萨菲尔。新任指挥官。她那双敏锐的蓝眼睛凝视着罗阿，仿佛在判别她是否是一个威胁。

这是国王一家的肖像。

但为什么要挂在这里？埃希问道。罗阿研究挂毯的时候，她的妹妹一直在房间里四处窥探，现在，她来到达克斯的床柱顶上，为什么要挂在离王宫这么远的地方？

罗阿不知道。

转身面对妹妹的时候，罗阿发现自己站在达克斯的床边。

罗阿低头看着柔滑的蓝色床单和金色靠垫，触摸着半透明的帷幔，她很好奇他曾带来多少个女孩，还有……她们是不是会在这张床上过夜。

她想知道那会是什么样的感觉。

也许你应该爬上去试试。埃希在床柱顶上说。

罗阿的脸烧了起来。这是他们婚姻中的不幸后果之一。埃希知道她这最令人尴尬的想法。

罗阿瞪了她一眼。

什么？那双银色的眼睛一闪。

罗阿怒视着她的妹妹，而对方向她散发着温暖的喜悦之情。

哦，行啦，罗阿，你不敢。

你说我不敢？咱们现在还是八岁的孩子吗？

你显然很害怕。埃希回击道。

熊熊的怒火在罗阿的体内爆燃了起来。她把这份怒火烧向了妹妹，然后把帷幔掀到了一边。

她凝视着这张床。她的心跳得厉害。

也许罗阿确实害怕，但只有一点点。

她脱掉便鞋，爬上床，盘腿坐了下来，盯着床柱顶上的白鹰。

我上来了，看到了吧？

也许你应该躺下，埃希的话中满是戏谑，真正试一下这张床。

罗阿咬紧牙关。好的。她僵硬地靠在了枕头上。

床单柔软而光滑，闻起来像是喷上了玫瑰水，也许是哪个仆人喷的。

罗阿闭上眼睛，在那一下心跳的时间里，呼吸着那甜美的花香。

似乎并不那么糟糕，埃希说，也许我应该……

一个声音差点儿让她心脏停跳，门把手正发出吱吱声，慢慢转动了起来，门轻轻地呻吟着敞开了。

罗阿睁开了眼睛。

快！埃希的声音里充满了笑意，藏起来！

她飞进花园里。罗阿从床上滚下来，来到地板上，感到一阵屈辱。她迅速滑到了床下，心跳得厉害，她觉得自己的胸口就要突然爆开了。

"罗阿？"达克斯叫道。

从大厅到露台，他的脚步声在地板上回荡着。罗阿望向门口，门被关上了。

那最糟糕的事情呢？她的便鞋就躺在一眼就能看到的地方，还正好在她可以触及的范围之外。

罗阿咒骂着自己的粗心大意。

她冲着藏在花园某个地方的埃希说道：这都是你的错。

埃希用一种美好的方式回复了她，也就是她的笑声，就仿佛这很有趣似的。

罗阿觉得自己像个傻瓜。如果她答应了，达克斯就会清楚地看到她躲在床底下。他肯定会想知道这是为什么。但如果让他知道她刚刚做了什么——躺在他的床上，闻着枕头的气味，那他只能得出一个结论。

罗阿的手里拿着那封信。

我需要把信给他。她僵在了那里，脸颊压在凉爽的泥土地上。

达克斯现在站在窗前，微风吹拂着他的鬈发。罗阿看到他的手指松开了他衬衫上的带子，然后将袖子卷到了肘部。罗阿的心脏怦怦地跳了起来。罗阿看到，他盯着沙海，脱掉了靴子，赤着脚靠在窗台上。

他重重地叹了口气，转过身，然后慢慢地从墙上滑到了地板上。他弯着膝盖，双手抓着头发，仿佛正试图解决一个无法解决的问题。

迟早，他会看到床边的便鞋，然后看到床底下的罗阿。

最好赶紧出来……

但就在罗阿决定起身出来的时候，有人敲响了门。

达克斯站了起来，罗阿又缩了回去。然而，在去开门的半路，什么东西使他停下了脚步。他转过身，停了一下，然后走向了床边。

他弯下腰，伸手去拿便鞋。罗阿只能看到他的赤脚。他捡起了其中的一只。他需要做的就是跪下来……

然后就是看一看。

罗阿咬紧嘴唇，向所有可能恰好正在倾听的神明祈祷。

敲门声又来了。达克斯站直了身子："谁呀？"

"是我。"一个非常熟悉的声音——莉拉贝尔。

国王穿着便鞋去应门了。

罗阿长出了一口气。

"哦，达克斯，"莉拉贝尔紧张的声音在房间里回响，"咱们遇到了那么多麻烦。"

她在踱步，疯狂地踱步。她的凉鞋带进来的沙子散落在身后："我希望我只是生病了……"

"莉拉贝尔……"

但无论达克斯想要说什么，声音都消失了，整个房间陷入沉闷的沉默。罗阿只能看到她朋友的双腿，但能听到莉拉贝尔轻微的喘息声。

她在哭。

"今天我算了，"她努力控制着自己的情绪，低声说道，"已经十一个星期了。"

达克斯站在门边，一句话也不说。

"我上次出血已经是十一个星期之前的事情了。"

一股冰冷的感觉传遍了罗阿的身体，就仿佛天寒地冻之时，清晨的霜冻落在地面上。

达克斯仍然没有回应，莉拉贝尔继续说："十一个星期太长了，达克斯！"

罗阿想出去看着他们。但如果那样做，她肯定会被看到。

"莉拉贝尔，"达克斯终于说道，"我不明白你在说什么。"

"我是说……"她低声说，"我怀孕了。"

罗阿颤抖了一下。

几下心跳的时间里，一切都很安静。然后达克斯低声说："什么？"

十一个星期。那应该是在起义之前了。达克斯访问灌木地，请求罗阿援助的时候。

他们……这种事……已经持续了这么久吗？就在罗阿的眼皮底下？

这是莉拉贝尔想要和她保持距离的原因吗？

她的脑海中突然浮现出：达克斯和莉拉贝尔，她的丈夫和她的朋友，待在她藏的这张床上。埃希说她不敢爬上的这张床。

她告诉自己，她不在乎，这没关系。

但如果真的是这样，为什么她感觉自己仿佛被刺了一刀？

"我该怎么办？"莉拉贝尔低声说。

罗阿稍稍动了动，想要看看外面，门那里又传来了敲门声。

她看到达克斯的双手紧握然后放开。这是她从他身上看到的唯一显露出来的痛苦迹象。

最后，他去应门了。莉拉贝尔转身面对着墙壁，对那个打断了他们的人藏住了眼泪。

"怎么了？"达克斯问道。

"我被派来找您，陛下。"这个声音听起来像是一名仆人，他喘得上气不接下气，"您的队伍和空家族成员之间爆发了冲突。我们……我们不知道该怎么办。"

"给我们一点时间。"达克斯关上门，转身面对莉拉贝尔。

"我很抱歉，"他告诉她，"我需要处理一下那件事。"

罗阿皱起了眉头。达克斯可以让侍卫来处理这样的小冲突。

莉拉贝尔仍然面对着墙。

"我保证你会得到很好的照顾。等咱们回到费尔嘉德，我会立刻研究我能为你做些什么。好吧？"

冰冷的沉默凝在空中，莉拉贝尔没有别的事要对他说了。

所以达克斯转过身离开了房间。

暴怒席卷了罗阿的全身。他保证她会得到很好的照顾！他会研究他能为她做些什么！

什么样的男人会这么说话？

那种和妻子的朋友一起睡觉，还让她怀孕，最后让她独自一人暗暗哭泣的男人。

这让罗阿想要追上他，逼问他，让他解决这个问题。现在就解决，而不是等回到费尔嘉德之后。

罗阿握紧拳头，看着莉拉贝尔慢慢滑倒在地板上，她的身体颤抖着。罗阿听着她的朋友在哭泣，阿莎的那封来信几乎被她忘了。

如果……西奥的声音在她脑海中响起，如果为了换取这个职位，达克斯要求某种……额外的东西呢？

罗阿的指甲嵌进了手掌。她不想相信那样的事情。究其原因，莉拉贝尔成了罗阿家族的养女，就是因为达克斯的父亲实施的制裁。制裁摧毁了莉拉贝尔家的农场，使她们家陷入了贫困。尽管已经做出了承诺，达克斯依然没有取消制裁。

莉拉贝尔不可能选择那样的人。

我应该保护你，她想。

罗阿渴望去安慰她的朋友。但如果莉拉贝尔希望罗阿知道这些，她会告诉她，不是吗？罗阿担心自己现在出去会让莉拉贝尔感到耻辱，使整个情况变得更糟。她不想再把自己的朋友推得更远了。

最终，莉拉贝尔沉默了。她用手捂住眼睛，然后用骑装衬衫的下摆把眼泪擦干。颤抖着深呼吸了几次之后，莉拉贝尔站起来离开了。

十

罗阿没有办法立刻离开那个房间。

莉拉贝尔的脚步声仿佛雷鸣一般，在空荡荡的大厅里回荡。炽热的怒火模糊了双眼，她用一只手紧紧抓着埃希的刀，她现在需要去找达克斯。

她会让他解决这个问题。

罗阿想起了马厩里的那一刻，他用拇指擦过她的嘴唇。如果没有被打断，她就让他亲吻自己了，当时她还很希望他那么做。

现在，她感觉一阵恶心。

达克斯是敌人，这是有理由的。她怎么能让自己忘记这个呢？

罗阿！埃希的白色身体在罗阿面前飞快地闪过，然后她转了个弯，挡住了罗阿的去路。罗阿停下了脚步。埃希拍打着翅膀，银色的眼睛闪闪发亮。你还好吗？

"我还好吗？"罗阿大声说道，"我觉得你应该担心的是莉拉贝尔。"

埃希在她身边盘旋了起来。

就连西奥都听到过达克斯和莉拉贝尔之间的传言。罗阿看着这只盘旋的白鹰。过去的几个月的时间里，西奥并没有去过费尔嘉德附近。因为我的疏忽，她咬紧了牙关，如果我之前多多注意……

不，埃希说，这不是你的错。

不是吗？

如果罗阿并未与达克斯结婚，从未帮助他推翻他的父亲，莉拉贝尔就不会陷入这样的处境。罗阿的行为似乎只会给她所爱的人带来不幸——西奥、雅，还有现在的莉拉贝尔。

也许西奥是对的。罗阿和阿米娜并没有什么不同。就像阿米娜一样，罗阿也认为嫁给国王会给他们的人民带来和平。

就像阿米娜一样，罗阿也没有意识到她嫁给了一个怪物。

罗阿开始继续前进。

埃希飞在她的身后。

你还有其他上千件事需要担心。

罗阿在一扇宽敞的彩色玻璃窗前停了下来，落日让窗子闪起了红色和蓝色的光华。

为了这位国王，罗阿已经放弃了一切。这位国王要为埃希的事故负责。这位国王不在乎他父亲对她的人民的制裁正在让他们挨饿。这位国王和莉拉贝尔睡觉，然后就把她抛弃了，就像扔掉什么毫无价值的废物。

低吟声开始在罗阿的脑中响起，像闪电一样，嘶嘶作响，闪着火花。

在埃希体内，低吟声也清晰而嘹亮，就像将她们两个融合在一起的火焰。

"我讨厌他。"罗阿怨恨地说。

就在她说这话的时候，泪水刺痛了她的眼睛。

哦，罗阿，埃希的声音似乎突然变得小了很多，我希望我能解决这个问题。

"我讨厌他利用了她……"

低吟声在罗阿耳中响起。她的骨头咯咯作响，这让她的体温开始上升。罗阿摇摇头，控制着自己不要张开嘴巴，发出咆哮。

"我讨厌他把我当成一个傻瓜……"

绕着罗阿盘旋的时候，埃希的目光比往常更加凶狠了。有那么一刹那，罗阿似乎感觉到她妹妹的灵魂在闪烁。"我最恨的是他对你做的事情。"她紧握着拳头。她们之间的空气仿佛要燃烧起来似的，她的下一句话简直就像一声呜咽："我讨厌他粉碎了咱们两个！"

低吟爆炸，灼烧着她们俩。就在此时，回声响起，走廊上的窗玻璃炸裂开来。

她们之间正在升起的热量消失了，寒冷的空虚涌了进来。

罗阿盯着她面前的白鸟。那双银色的眼睛也盯着她，但她似乎吃了一惊。害怕，困惑。

埃希？

妹妹的沉默刺穿了她的身躯。

罗阿伸手想要触摸她们之间的连接，却发现它已经消失了。她再次伸手，但妹妹的灵魂就像水一样从她的手指间滑落。低吟声，曾那么清晰而嘹亮，此刻就像一个受伤、垂死的生物的心跳，还在那里，但是那么微弱。

这吓坏了她。

她看着那只白色的鹰从破碎的窗户冲了出去，直飞到石榴色的天空中。罗阿跟着它走到了窗前。太阳落山了，但光芒在沙漠的地平线上闪闪发光。

"埃希！"

但没有人回答。

# 从前

达克斯来到灌木地的第一个夏天,她们的母亲让罗阿和埃希带着他到处游览。除非达克斯去,否则埃希不能靠近悬崖。除非和达克斯一起玩,否则罗阿不能去玩神怪棋。

厌恶跳水游戏的罗阿从未去过悬崖,而讨厌下棋的埃希会去找莉拉贝尔一起玩,让罗阿和国王的儿子整个下午都待在一起。

她们知道母亲正在做什么。母亲在干涉,而她们并不喜欢这样。

所以这对姐妹达成了协议。她们不会与费尔嘉德那带有破坏性的访客成为朋友。原则上,她们会避开他。

起初事情很简单。国王的儿子以前从未玩过神怪棋。他是一个令人无聊的对手,这让罗阿感到恼火。如果她多次击败对手,最终,对方就会不想继续玩了。

至少她是这么想的。

但是她在棋盘上越无情,他就越渴望学习。她越是打败他,他就越是乞求再下一局。

他不屈不挠的热情使她的态度软化了,但只有一点点。有时候,他盯着方格石板长时间地沉默,努力思索。她放弃了,帮助他看到他看不到的招数,告诉他如何预测她的落子,教给他自己刚开始学的时候父亲曾教给她的知识。

之后，他的水平得到了迅速的提高，奇怪的是，她很高兴。

更奇怪的是，看到她很高兴，他似乎也很高兴。

若能说出能够让罗阿微笑的话，他会笑得比罗阿灿烂两倍。若能让她笑出声来，他那样子就好像已经解出了几个月来一直困扰他的谜题。笑容让他整个人都仿佛在发光。

他们越是在一起玩，她就越难遵守与埃希的协议，很快她就不再厌恶这个来自费尔嘉德的烦人男孩了。实际上，她觉得他其实并不烦人。

叛徒，在她体内，有个声音低声说道。

有一天，达克斯让罗阿带着他和埃希一起去悬崖那边。罗阿从未去过悬崖。她不喜欢看着妹妹和朋友们从高处跃入水中。看着她们往下落啊，落啊，落啊，她会感到非常不安。

但达克斯说服了她。

正是那天在悬崖上，她意识到她的妹妹也是叛徒。

达克斯请求罗阿和他们一起跳下去，但是罗阿把脚扎扎实实地踩在地上，丝毫都不打算动。所以他们把她留在了身后。她站在草地上看着他们，看着达克斯让埃希哈哈大笑的样子……就和他让罗阿笑的样子一样，只不过埃希笑得更响，更自由。埃希就是这样，无拘无束。她可以把秘密告诉自己刚刚遇到的人，完全不去多做考虑。

罗阿不知道怎么做才能变成那样。

如果她和妹妹是父亲的书房里的两本书，那么埃希就是躺在桌子上的那本，在诱惑你去读它；而罗阿则在一排排书之间，被高高地放在书架上。

不过，那里传来的不只是埃希的笑声。埃希和达克斯玩耍嬉戏，在岩石间追逐着，在没有她的情况下玩得开心，看到这些，罗阿意识到一件她不想意识到的事情。

她从草地上起身离开了。埃希跟在她身后。

"怎么了？"她的妹妹沿着泥泞的小路穿过悬崖，浑身湿漉漉的，身体颤抖着。

"没什么，"罗阿说，"我很无聊，就是这样。"

从什么时候起，她开始骗妹妹了？

"那就和我们一起跳吧。"

罗阿想起了埃希从悬崖上飞身跳下，达克斯跟在后面也跳了下去的样子。

罗阿继续往前走着。

"达克斯是对的，"埃希对她说，"你像龙一样囤积着自己的情绪。"

这些话伤害了她——不是因为说得不对，而是因为这意味着埃希和达克斯会在她不在的时候谈论她。

罗阿转身面对她的妹妹。

"我没有意识到你们是那么亲密的朋友。"她的声音有些颤抖。

埃希张开了嘴巴，她的鬈发正在滴水。

"罗阿……"

但她没有说完，她不需要说完。埃希就像桌子上那本打开的书，很容易就能读到，一切反应都在表面上。

在她妹妹的眼里，罗阿看到了真相。这就像她们赢得武器的那一天。埃希一直在对她保守秘密。

埃希喜欢达克斯。

这让罗阿嫉妒。但她不是嫉妒埃希，而是嫉妒达克斯。

罗阿从来没有想过她会失去妹妹。虽然这样的想法很愚蠢，但是一想到妹妹会和达克斯在一起，罗阿就觉得异常害怕。

反正，她不知道该说些什么，只能逃走了。

这种想法其实很荒谬。从妹妹那里逃开？埃希会找到她。她总是能找到她。这样的行为就像想要逃离自己。

"我不是唯一保守秘密的人。"埃希赤脚在罗阿藏身处的烂泥地面上画出一道线，她重重叹了一口气。

罗阿抬起头，抱紧了膝盖。埃希走过来坐在她身边，背靠在影家族破败的房子一面坍圮的墙上。

"我不会对你保守秘密。"罗阿将下巴搭在胳膊上，低声说。她直愣愣地盯着锈蚀掉了一半、沉入地板的火盆。

埃希把头靠在罗阿的肩膀上，用湿润的头发浸湿了罗阿的衣服："这是一个你自己都没有意识到的秘密。"

罗阿没有理解这句话，对着妹妹皱起了眉。她甩开了那些胡思乱想。"咱们达成了协议，"她说，"不能让他介入咱们两个之间。"

"他不在咱们两个之间。你看。"埃希又把身体往罗阿那边凑了凑，两个人的身体有了更多的接触。她对罗阿咧嘴一笑。

罗阿扭开头，想要躲开，但是妹妹的笑容消除了她的愤怒，触动了她的嘴唇，让她也笑了起来。

"他不会把我从你身边带走，"埃希知道罗阿内心的恐惧，低声说道，"此外，你才是他喜欢的人，而不是我。"

罗阿站了起来，盯着埃希。"什么？"

她想起了达克斯最近对她笑的样子，他喜欢让她开怀大笑。

也许这是真的。但即便如此，谁在乎呢？罗阿当然不在乎。

"如果他要带走哪个人，"埃希有些严肃地说，"那肯定是你。"

罗阿摇了摇头："你这个笨蛋。"

埃希朝着罗阿那边弯下腰，让她们的太阳穴触碰到。"拭目以待吧。"她一只胳膊搂着罗阿的腰，紧紧地抱住了她。

十一

罗阿没有听到踩过碎玻璃的脚步声。她没有感觉到有人站在她身边，叫着她的名字，直到他将自己衬衫上撕下来的一条布包裹在她的胳膊上。

"你还好吗？"西奥温柔地问道。

罗阿低下头，发现她的周围散落着蓝色和红色的玻璃碎片，还有一些被吹出窗外。就在这时候，她感到温暖的血液透过了绑在她胳膊上的布。肯定有一块碎片割伤了她。

罗阿看了看被西奥包扎好的胳膊，接着抬头看向了他的眼睛。

西奥的目光扫过碎玻璃，扫过空荡荡的窗子和窗外红色的天空，然后回到了罗阿的胳膊上被鲜血浸透的亚麻布上。

"出了什么事？"

罗阿回想着碎掉的玻璃窗飞出之前，妹妹的银色眼睛里透出的那种奇怪的神情，好像她没有认出罗阿，好像她不认识自己的姐姐，好像她的时间不多了。

为什么埃希会被困在一只鹰的身体里，罗阿和埃希从来没有谈起过这个话题。她们从未谈过为什么上一次放手节之后，埃希的羽毛会变成白色，眼睛会变成银色。

但她们知道：没能跨过那道门的灵魂无法永远在世上徘徊。

"我失去了她。"她低声说。

这其实是大声地说出了她最深切的恐惧，搅乱了罗阿的大脑。她记得事故发生后的情况。难以忍受的寂寞。温暖、快乐而生气勃勃的妹妹所在的地方也变得冰冷。

她再也没法忍受了，再也不会忍受了。

罗阿不知道如何生活在没有埃希的世界里。

其他人上床睡觉之后，罗阿和西奥熄了灯。

这是灌木地家庭中的一项例行公事，通常在放手节之前一个月的日落之后进行。没能跨过那道门的灵魂会被温暖和光亮吸引。所以，在一年中最长的那个夜晚把房子弄得越黑，那些没能跨过那道门的灵魂在取回真身、走进生者的世界之后，就越不可能去拜访你。

罗阿为埃希开了一个先例。

没有人知道罗阿在一年中最长的那个夜晚为她的妹妹点亮了一根蜡烛。

没有人知道她无比珍惜这个机会。

但是，如果她消失了，罗阿想，今年会发生什么呢？

罗阿和西奥穿过房子，熄灭蜡烛。熄灯的时候，罗阿低声说："我想我犯了一个错误。"

西奥静静地在她旁边的黑暗中走着："一个错误？"

罗阿走在绕过花园的环形小路上，朝着亮着橙色光芒的窗户走了过去，西奥凝视着她的轮廓。

"我以为他是个傻瓜。"

这里的空气凉爽而干燥。罗阿的手滑过墙壁。白天的酷暑让墙壁残留着温暖。

"现在呢？"西奥问道。

她记得莉拉贝尔在地上哭泣，被达克斯抛弃的情景："现在我认为他比那更糟糕。"

她走到隔壁房间的门口的时候，西奥的脚步声落在了后面。那里是书房，她在那里找到了阿莎的信。信仍然在达克斯的床底下。

"你在说什么？"

"如果你是对的，那该怎么办？"她把指甲攥进了手掌中，回头看了看身后，"如果他和他的父亲没什么区别，那该怎么办？如果他是那种会拿走自己想要的东西，却不在乎自己伤害了别人的人，那该怎么办？"她看向北方天空中的双子星，那是埃希的最爱。

她试了试门上的闩锁，门很容易就开了。罗阿走进房间，将房内打量了一番，确认里面没有人，然后灭掉了灯。返回外面之后，她发现西奥在与她分开的地方等着她。

"所以你同意我的看法。"他拉起了她的手。两个人走进了花园，远离那些房子。她能感受到他脉搏的跳动。罗阿感觉到他在环顾四周，但花园内空无一人。"达克斯必须放弃王位。"

罗阿抽回了手，盯着对方。她可没有那么说。"不。我不是那个意思……"

"我带了五十个空家族的人。他们已经做好了准备，就等我下令了。"

罗阿张大了嘴巴："你没法让五十个空家族的人进入费尔嘉德。"

西奥将手臂环在她的腰间，将她拉进了怀里："我希望你可以帮忙解决这个问题。"

罗阿一阵颤抖。太阳落山之后，气温下降，但她颤抖并不是因为寒冷。

"我在城里和他们有接触，达克斯的敌人会站在咱们这边。"他再次去握她的手，拇指在她指关节间划过，"他们想帮助咱们。"

达克斯的敌人……

罗阿摇了摇头。他彻底搞错了。"咱们不能去。"她甩开手，低声说道，"虽然我讨厌达克斯，但他是国王。策划推翻他就是叛国。那样我就背叛了所有相信我的灌木地人，所有相信我嫁给他会给咱们的人民带来改变的灌木地人。"

西奥在黑暗中皱起了眉头："这有什么不同呢？"

罗阿的心一沉。

什么不同都没有。

但很快事情就会改变。等他们一回到费尔嘉德，她就会利用那个约定让达克斯守住他的承诺。

"听我说。"他紧紧抓住罗阿的肩膀，"每个费尔嘉德国王都是怪物。如果达克斯现在还不是，那他以后也会变成那样。咱们需要迅速采取行动。没有时间再给你其他的机会了。"

罗阿摇摇头，望向了别处，望着他们周围陷入黑暗的花园。谁都有可能在那边偷听。他这样说话是会害死自己的。"西奥……"

"你先……听我说。至少你可以这样做。"

罗阿咬紧牙关，她的心软了下来："至少你可以小声一点儿。"

西奥吸了口气，然后吐了出来。他扫视着花园，把手从她的肩上拿了下去。

"我告诉过你我找到了织天之刀。"

别再说这件事了。罗阿记起很久以前，他们一直在寻找的那把不仅仅可以切开肉体的刀子，那把可以将一个灵魂换成另一个灵魂的武器。

罗阿想要抗议，想再说一遍，那只是一个神话。但在她开口之前，西奥继续说了起来。

"我找到了它之前的主人，那个把它卖给费尔嘉德男爵的女人。她和你一样，失去了她所爱的人。"

罗阿没有开口，点了点头让他继续说下去。

"多年前，她最好的朋友被判犯有一项可怕的罪行——为了获取遗产而毒害了自己的父亲。人们认为，她应该受到与她的罪行相符的惩罚，因此她也得到了被毒死的判决。即便人们烧光了她的尸体并举行了仪式，她也没有前往另一个世界。她的灵魂留了下来。"

罗阿走近了一步，她被吸引了。

西奥继续说："年复一年，她一直都没有离开。每一年的放手节，她都变得越来越弱，好像死神的召唤越来越强，每次都要带走她的一部分似的，好像她要渐渐消失了。

"在她完全消失之前，她告诉了她的朋友一个秘密——她的父亲并不是她杀的。她的丈夫想要继承遗产，所以罗织罪名诬陷她。应该受到惩罚的是他，应该死的是他。这就是她被困在世上的原因。

"那个女人发誓要为她的朋友复仇。她听过桑德的故事，以及他为了拯救女儿的性命而用灵魂做成的刀。她知道如果想要拯救自己的朋友，她需要找到那把刀。

"她寻找着这把刀，随后发现它在一个商人手里。商人很乐意把这把刀卖给她，他告诉那个女人要如何使用这把刀——她需要等到放手节，在那个晚上，如果她能把刀插进那个逃避死亡的人的身体，织天女神就会带走他的灵魂，而她的朋友将会恢复生命。"

"然后呢？"罗阿问道。听西奥说话的时候，她越靠越近。两个人之间现在只有一丝的距离了。

"然后她就去行动了。"

"有用吗？"

风在花园里低语。夜虫在他们周围唧啾。

"是的，"他最终说道，"有用。"

"而且你确定刀在费尔嘉德？"

他点了点头。

罗阿离开了他的身边，她一步又一步地踱着步，脚步随着思绪移动。她在思考这件事的意义：埃希，恢复。这需要什么：在放手节杀死要为她的死亡负责的人。

罗阿停下了脚步。

她真的可以杀死自己的丈夫吗？

当然不行，她用手捂住了双眼，我在想什么？

西奥摸了摸她的胳膊，双手落在了身侧，她抬头看着他的阴影下的脸。"你可以拯救她，罗阿。你可以拯救我们所有人。"

她抬头痛苦地看着他："但要杀死国王。"

"仅仅是把另一个暴君从宝座上推下去。"他牵着她的手，温暖着它们，"我们可以互相帮助。你帮我把我的人偷偷带进王宫，我帮你拿到织天之刀，我们进行一场交易。"

她摇摇头，感觉很空虚："然后呢？"

罗阿想要她的妹妹，但是要付出什么代价？

"然后你独自统治，做一个公正而强大的女王。"他用手捧住了她的脸，"想想你能为咱们的人民做多少好事，罗阿。你不需要他。"

如果织天之刀真的存在，如果它真的像故事中那样，可以拯救她的妹妹……

"不，"她的语气非常决绝，"我不做一个凶手。"

达克斯承诺过，他们回去之后会立即召开议会。条约签署后，他必须履行自己的诺言。他不得不解除制裁。事情很快就会发生变化。罗阿几乎可以确定这一点。

"那好吧，"西奥离开了她的身边，"如果你改变了主意，请来找我。"

我是不会那样做的。她把这个打算从脑海中抹去了。

# 从前

罗阿和埃希十一岁的时候，国王的儿子来到了灌木地。时节正值暮春，大雨过后，河水猛涨，成千上万的鱼被冲到了岸边。

他抵达的第二天，他们来到湖边修补渔网，而他们的父母在帮助泉家族收拾他们捕到的鱼。罗阿坐在埃希身边，她们的小型双人芦苇舟漂在湖水上。两个人都低着头，伸手解着绳结。达克斯和雅坐在另一艘小船上。湖面上还有很多芦苇舟，上面都坐着孩子，所有人都是来整理渔网的。

"告诉我们，达克斯，你学会了读书吗？"

罗阿抬起了头，她看向了西奥——那个说话的人。除了达克斯，西奥最为年长。其他船上的男孩都因为他的问题而在窃笑。

达克斯无视了他们，但罗阿看到他的手紧紧抓住了渔网。

"这是在回答'没有'吗？"

"别说了，西奥。"莉拉贝尔在他们旁边的船上说道。她正在用剖鱼刀割着一处特别讨厌的结。

西奥没理她："嘿，告诉我这是什么意思。"

他在空中比画着写出了"白痴"这两个字，让所有人看到。

罗阿、埃希和莉拉贝尔都看着达克斯，而达克斯紧紧抓住手指间的网，站稳身子，为即将到来的事情做好准备。

"西奥。"埃希将自己的刀放在膝盖上，厉声说道。

"那这个呢？"

罗阿也放下了她的刀，看着西奥用黝黑的手指写出了那些笔画——弱智。

达克斯脸一红，生气了。

"这个也不知道吗？"西奥向其他男孩做了一个嘲弄的表情，"嗯。你认为你是从父亲还是母亲那里继承了这样的愚蠢？"

达克斯站起来之后，雅也立刻站了起来，他想要阻止达克斯。浅黄色的芦苇舟在他们身下晃动，一不小心，他们就会把小船弄翻，渔网也会落到湖底。

"他想要把你弄得心烦意乱，"雅说，"别理他。"

达克斯瞥了一眼罗阿，对方也在凝视着他，无声地同意了雅的看法。

坐下，她想。

西奥看着她们，就像在寻找下一个目标的一支箭一样，他把注意力转移到了罗阿身上。

"她绝对吸引眼球。对吧？"

"什么？"这次轮到罗阿脸红了。

"够了。"埃希放下了手中的刀，警告道。她的黑眼睛里目光一闪。

罗阿感觉到他们之间仿佛发生了爆炸，清晰而愤怒。但西奥还没完。

"所以你才总是来这里吃沙子？因为你喜欢她的长相？"

达克斯的双手攥成了拳头。

罗阿伸手去抓妹妹的手，眯起眼睛看着西奥，她们把手指握在了一起。为什么他要这样做？嘲弄达克斯是一回事，这是西奥最喜欢的消遣，毕竟达克斯是个局外人，但将罗阿牵扯进去就是另一回事了。

"闭嘴，西奥。"达克斯说。

"或许你想做的不仅仅是看看她。对吗？"他做了一个无礼的手势，捏了捏自己的屁股。

罗阿握紧了埃希的手。

达克斯抓住雅的剖鱼刀，将最近的那艘小船拉了过来，来自泉家族的两个女孩正坐在小船里聊着天，没有注意周围酝酿中的争斗。他走上她们那艘芦苇舟，小船摇摇晃晃地，两个女孩在继续她们的谈话之前，只是稍稍停顿，瞥了他一眼。现在距离西奥的船只有一步之遥了。达克斯俯身穿过，他的脸与另一个男孩只相距几英寸。他说："闭嘴，立刻给我闭嘴。"

"如果我不闭嘴你会怎么做？"西奥站了起来，他比达克斯更高，更强壮。他的眼睛闪闪发光，但脸上没有笑意。他的手里也拿着一把剖鱼刀。"你不喜欢我这么说罗阿？为什么呢？每个人都知道我说的是事实，所有人都知道你是怎么看她的。"

这些话就像拳头一样，所有的空气都从罗阿的肺里被排了出去，她无意识地放下了手中的网。

她的血液仿佛在嗡嗡作响。在她旁边，埃希的表情变得冷酷了起来。

"他们只是朋友。"莉拉贝尔在旁边的船上轻轻地说道。

罗阿突然觉得很热，就仿佛她从里到外开始燃烧了起来。她看着她的妹妹，知道她也感受到了这一点。埃希瞪着西奥，希望他能够消失。

西奥继续嘲笑着，他猛推了达克斯一把。达克斯站的小船往雅那边漂了过去，他努力保持平衡，双臂疯狂地摆动着。

"从哪里来回哪里去，你这个吃沙子的。"

低吟在罗阿体内咆哮起来，埃希眯起了眼睛。罗阿盯着国王的儿子，希望他能反击，能保护自己。

但是达克斯却转过了身，按照西奥说的去做了，他爬回了雅的船上。

突然，罗阿眼前一片白色，低吟灼烧着她的身体。她紧紧抓住埃希的手，这种感觉最后一次汹涌而来的时候，她差一点儿叫出声来。

西奥的船倾覆时，他发出了一声尖叫，接着巨大的水花溅起，将他扔到了船外。有那么一会儿，球状的芦苇舟扣在水面上，就像一条大鱼的肚子。

安静。

然后西奥冒了出来，在水上扑腾着。

罗阿体内的低吟安静下来。她看着她的双胞胎妹妹，而对方只是拿起了她的网。埃希一直低着头，解着一处绳结。

西奥咒骂着奋力把船翻过来的时候，埃希抬起头来，看到了罗阿的目光，得意地笑了起来。这是在为她而笑。

罗阿低头看着自己的网，也咧嘴笑了。

十二

回到费尔嘉德的第一天早上，罗阿在天空中搜索着，呼唤妹妹的名字。但和上次一样，天空中并没有埃希的痕迹。罗阿呼唤的时候，回应她的只有沉默。

她渴望埃希熟悉的重量贴在她的肩膀上，感觉她温暖而亲切的灵魂，倾听她们之间一直响起的低吟。

如果她没有回来，怎么办？

如果她们没有时间了，怎么办？

但是仿佛黑暗中滋长的树根，在这些问题之下的，是另一个问题：如果西奥所说的一切都是真的，又该怎么办呢？如果织天之刀不仅存在，而且真的就在费尔嘉德，又该怎么办？

自从他们在花园里有了那次交谈，罗阿就一直想着这把刀的事情。过去的日子越多，她的冲动就越强烈，她想把它握在手里，想自己去判断它和关于它的故事是否是真的。

西奥的话仿佛掘出了罗阿内心的某些东西，她以为自己在多年前埋葬的东西。这让她意识到，除了希望她的人民能从暴政中解放出来，她还希望得到更多的东西——她想让埃希回来，不是以鹰的形象，而是她的妹妹。

她希望埃希再次赤脚走在歌家族大宅的小路上，希望能和她吵架，然后再因为和她吵架而道歉，希望所有盘子都撤下之后，她们能和她们的母亲一起在深夜聊天，就像以前一样。她希望看到她从悬崖上跳下去，然后甩着卷发里的水，希望她坠入爱河，抚养孩子，慢慢变老，过上充实、幸福的生活。

她的灵魂被困住，这些事情都不可能实现。她一旦在放手节上被带走了，就永远不可能去做这些事情了。

正因为如此，罗阿发现自己在问这个问题：如果真的有机会让埃希起死回生，你真的认为她不会接受吗？

几天后，罗阿坐在议会厅里，这是一座位于市中心的巨大圆厅，上面盖着一个铜圆顶。那把华丽的大理石椅子让她感觉到了彻骨的寒冷。

达克斯坐在她的右侧，在与王后那把成对的座位上半睡半醒着。他的鬈发疯狂地缠在了一起，下巴仍然留着胡楂，好像从床上滚下来就直奔这里似的。

另一边坐着萨菲尔，达克斯新任命的指挥官和他最为亲密的朋友。她用蓝眼睛一遍一遍地扫视着这间大厅，手指敲打着椅子的扶手。

他们三个人坐在一个半圆形高台上。在他们面前坐着内阁的十一名成员，他们已经在进行激烈的辩论了。

阳光透过圆形议会厅西侧高大的窗户照射进来。光线在刷着石灰的墙壁上闪动，从上面铜圆顶上反射回来，照亮了大厅内的人群。

罗阿的目光掠过那些家境殷实的听众色彩缤纷的丝绸短袍和精心缝制的长袍，他们来这里是为了表达他们的不满，看国王议会如何制定或修改律法。

你们到底有什么不满？看着他们的手腕上的金环和镶嵌着宝石的戒指在阳光下闪烁，罗阿思索着。为了让人们吃饱，罗阿的母亲变卖了所有的黄金和珠宝。我的人民受苦的时候，你们当中有多少人变得更富有了？

然而，这里讨论的并不是这些不公及如何进行纠正，而是那些猎龙的律法。

加冕之后，达克斯禁止猎龙，并批准在大裂谷山脉研究和训练这些野兽。

在罗阿看来，议会希望那片保护区能够产生利润。他们认为，如果龙可以被控制，那么他们就可以将这些野兽出售给出价最高者。达克斯认为这是一种剥削，不希望发生这样的事情。

罗阿不关心龙。她关心的是人，她的那些人。费尔嘉德的制裁仍在使他们挨饿。最近获释的斯克莱尔人的生存状况似乎并没有得到改善，她也很关心这一点。在达克斯推翻他的父亲之前，这些斯克莱尔人已经在费尔嘉德被奴役了几十年。

她希望达克斯履行他在条约上的承诺。

一旦他解除了制裁，灌木地人就可以再次进行自由贸易，并在枯萎病流行结束、他们能再次种植作物之前获得粮食贷款，她的人民就不会再挨饿。他们不需要离开家园，去海上寻找工作。家人将会团聚。他们可以再次开始发展。

看到椅子上的达克斯集中了注意力，罗阿打算打断辩论并将议程转到条约的问题上。罗阿和萨菲尔都瞥了他一眼，发现他盯住了那个从座位上站起来的议员。那是一名身材高大的年轻女子，她的年龄可能和罗阿差不多，都是十九岁左右。她身着一件惹眼的靛蓝色长袍，头发上绑了一条绣花围巾，脖子上挂的金坠子带着国王纹章——一条黑龙，胸口是红色的火焰之心，其他十位议员也戴着同样的吊坠。

"这件事情已经解决了。陛下，您有什么其他事情要说吗？"这位年轻女士询问达克斯，显然，她也厌倦了这样的讨论。

她一直没有去看罗阿。

"实际上确实还有一些事情。"达克斯说。几下心跳之前，他似乎还处于睡着的边缘。

罗阿看到他向和雅一起站在墙边的莉拉贝尔一挥手。她穿着紫红色的长袍，袖子上绣着奶油色的茉莉花，黑色鬈发上戴着象牙梳子。她抓住了一根带着金合欢轴头的卷轴，轴头上刻着歌家族的纹章。

这是他们在灌木地谈判并签署的条约。

罗阿盯着达克斯，紧握的手松开了。在内心深处，她不相信国王真的会这样做，不相信他会信守他的承诺。

莉拉贝尔把卷轴交给了那位年轻的议员，在接过卷轴之前，对方对着这位国王的特使露出了一副不耐烦和不屑的表情。

"这是什么？"她展开卷轴时问道。

"我与灌木地五大家族签订的条约。"

议员展开卷轴的手停了下来。罗阿看着她的手指在轴头上微微收紧。

"上面写了三件事，"达克斯靠在椅子上继续说道，那种奇怪的警觉突然离开了他的身体，取而代之的是一股懒散的劲头，"首先，本次议会结束之后，制裁将会取消。"

震惊的低语声在人群中卷起了涟漪。在达克斯的另一侧，萨菲尔挺直了后背，眯起了眼睛。

"第二，"达克斯无视周围的喋喋不休，继续说道，"从下次议会开始，我的内阁将平等地代表整个王国，确保能够做出有利于龙裔、灌木地人和斯克莱尔人的决定。"

惊讶的低语声变成了愤怒的惊呼。对内阁进行重组意味着超过一半的议员将会离任，因为现在所有人都是龙裔。

但是，如果想让起义之后仍然处于弱势地位的斯克莱尔人在费尔嘉德获得与他们从前的主人同样的地位，那么这样的举动就非常必要了。

罗阿的心跳加速了。这比她希望的更好……

"第三，"达克斯并没有在喧嚣中提高声调，只是继续说道，"禁止弑君的律法将会被废除。"

人群爆炸了。萨菲尔站起身来，与房间里的每一名士兵进行了无言的交流。他们立刻在被激怒的观众和内阁成员之间筑起了一道强大而稳固的"城墙"。

禁止弑君是费尔嘉德最古老的律法。几个世纪以来，王朝兴衰起伏，但禁止弑君的律法古老而坚不可摧。

而这条律法就是达克斯的妹妹阿莎为了活下去而逃跑的原因。

"如果你们无法控制自己……"萨菲尔的声音像一把尖锐的刀子切断了喧闹，"我的士兵会护送你们出去。"

她的眼里闪烁着危险的光芒，她的手指轻敲着飞刀的刀柄——飞刀是萨菲尔最喜爱的武器。

人群陷入了沉默。

罗阿忍不住了，钦佩的火焰在她的心中燃烧。

然而，沉默被打破了：有人笑了。悦耳的笑声像钟声一样鸣响，在议会厅内回荡。

圆顶内所有的目光都落在了那位年轻女议员的身上。那个女孩虽然在笑，但她的眼睛像罗阿坐的大理石椅子一样冰冷无情。

"你当然是在开玩笑，国王陛下。"

达克斯叹了口气："恐怕这不是开玩笑，席尔瓦议员。"

席尔瓦。罗阿在哪里听过这个名字？

她甜甜地笑了，太甜了："咱们之前已经讨论过了，国王陛下。您的起义行动和随之而来的胜利已经给这个城市和市民造成了严重的影响。您提出的取消制裁的建议将影响费尔嘉德已经受损的经济。这是一项需要逐步推行的计划，要由专家决定。"

席尔瓦议员继续说了下去，达克斯用手撑着脸听着。

"至于你的第二项议案，内阁成员由投票选出，而不是由您任命，您无权签署这样的条约。谁能进入内阁是由您的人民决定的。"

人们点着头，低声表示赞同。罗阿等待着达克斯开口反驳她。但他没有。

"至于弑君的律法……"她的微笑中带着怜悯，"我们都知道您为什么要废除它。我们同情您。"

内阁成员们都保持着沉默，他们看着国王。罗阿认为他们在回想被斩首前的那个早晨，阿莎逃走了。

所有人都认为是达克斯帮助了她。

但他们错了。

"您不能仅仅因为自己的利益而修改古老的律法。"席尔瓦议员压低了声音，靠近达克斯说，"否则您没有办法统治这个已然很脆弱的国家。"

国王和他的议员之间正在进行一场无声的战斗，他们彼此盯着对方，房间里的其他人都没有注意到。

罗阿盯着达克斯，希望他开口维护自己。他是国王。那些承诺已经在条约中写了出来。他没有选择，必须坚持下去。

但是，他屈服了。

他移开了看着议员的目光，说："那么我希望能够先与这些专家进行交流，随后决定如何更好地解除制裁。"

席尔瓦议员慢慢露出了胜利的微笑。

罗阿盯着达克斯，达克斯看着议员坐回了座位上。

"你在做什么？"罗阿靠了过去，质问道，她不会让事情就这样结束，"下令解除制裁。"

他没有看她。"她是对的。鲁莽行动会带来混乱。"他说得很平静，仿佛他早已料到事情会变成这样，"我不能将我的意志强加给我的人民。"

"你可以，而且应该那么做。"罗阿的手因为愤怒而颤抖着，"你是国王，达克斯。"

他看着她满怀愤怒的眼睛："但我不是暴君。"

"还有比暴君更糟糕的呢。"

"真的吗？"他所有的注意力都放在了她身上，"你更喜欢暴君？"

"和一个在他的内阁指挥下跳舞的傀儡相比吗？那我更喜欢暴君。"

席尔瓦议员已经坐了下来，一位年迈的驼背的白发男子主持着会议继续进行下去。达克斯称这位负责主持的议员为巴雷克。看着那些激动的人，罗阿觉得议会即将结束。"你说你不想将你的意志强加在你的人民身上。"她盯着国王，压低了声音，"但是，你的人民已经把他们的意志强加在我的人民身上几十年了。如果你认为这是一个民主的解决方案……"她冲着个个腰缠万贯的龙裔议员，还有后面更富裕的人群一挥手，"那你就是个傻瓜。"

达克斯靠得很近，罗阿可以感受到他身上的温暖。"如果我是个傻瓜……"他的目光迷住了她，"那么与我结婚的人是什么？"

罗阿没有注意到议员们都在盯着他们，但达克斯注意到了。某些东西出现了变化，他身上的紧张感消失了，取而代之的是圆滑的表情。他冲着罗阿露出笑容，仿佛她不是他的王后，而是某个被迷住的愚蠢的小东西。

罗阿想打他。

她看向别处，带着愤怒和羞辱。如果这是真的，如果达克斯已经预料到了这样的结果，那他就是在有意欺骗灌木地五大家族。他签署了条约，宣誓自己将遵守，他做出了虚假的承诺。

这真的是她放弃一切要与其结婚的男人吗？

罗阿的怒火在她身上燃烧着。因为她的人民无能为力，她难受得要死了。母亲们抛弃无力抚养的孩子，然后生活在耻辱之中。父亲们在沙漠或大海间游荡，寻找方法支撑他们的家庭，却无法看到自己的孩子的成长。营养不良带来了疾病、虚弱和空虚。

罗阿不会再忍下去了。

她把注意力集中在席尔瓦议员身上，"如果我的父亲意识到他签订的条约没有得到执行，你认为会发生什么？"她的声音响彻整个大厅，在圆顶上回荡，"如果灌木地五大家族明白自己被出卖了，你认为会发生什么？"

这是席尔瓦走进大厅以来，她第一次抬起棕色眼睛看着罗阿。

"出卖？这说得有一点点……过分，你不觉得吗？"笑容再次在席尔瓦议员的脸上闪过，但并没有爬上她的眼睛，"这就是费尔嘉德的行事方式——细致而谨慎。你如果想成为我们的王后，就需要习惯我们的方式。"

她转身面对议员们，不再理罗阿。

"你们的方式不公平。"罗阿的声音在大厅中响起。

空气冷了下来。大厅陷入了沉默。

达克斯伸手去抓她的手腕想阻止她,罗阿猛地一甩。

席尔瓦议员转过身来。

"这是因为我的人民正在慢慢饿死,"罗阿继续道,"所以很抱歉,我不太相信你们龙裔的方式。"

席尔瓦议员看着达克斯:"灌木地人的行事方式是因为他们自己的问题而责怪其他人吗?"

人们都在点头,低声议论着。

这种说法让罗阿震惊了。他们怎么会这么看她?他们怎么会这么看她的人民?

"信任是双向的,王后陛下,"席尔瓦议员说,"如果一个灌木地人勒索我们的国王,让他娶了自己,我们只会天真地认为她关心的只有自己的利益。"她转身面对众多议员,"今天的会议结束了。"

"实际上,"罗阿身边的达克斯说,"还有一件事。"

所有从座位上站起来的议员都停下了脚步。

罗阿瞥了一眼她的丈夫,希望他改变主意,希望他做些什么。

"今年,作为对灌木地的善意的回应,费尔嘉德将庆祝放手节。"

随之而来的是困惑的沉默,甚至罗阿也有些摸不着头脑。

放手节是灌木地的节日,为什么费尔嘉德要进行庆祝?

"这个王国需要团结,"达克斯微笑着继续说道,"除了庆祝,还有什么更好的方式能把咱们所有人聚集在一起吗?"

庆祝什么？罗阿苦苦思索着，你这是多么没用啊！

达克斯对向灌木地表达善意不感兴趣，也没有想过要努力建设一个统一的王国。他只是通过屈服于议员们的要求，而不是坚持自己的承诺来证明这一点。

为什么要庆祝放手节？

一些议员远离其他人，低声说着什么。罗阿看着他们，努力倾听。

他喜欢沉迷于美好的东西，她听其中一人说，有比庆祝放手节更好的放纵方式吗？

罗阿皱起眉头，回头看着国王。

这是什么意思？达克斯是否在对灌木地释放善意，同时给自己一个借口痛饮昂贵的葡萄酒，勾引漂亮的女孩，并分散自己对真正重要事物的注意力？

罗阿不想相信。不过她也不想相信他会在内阁的压力下屈服，但他还是屈服了。

"龙裔不庆祝放手节。"席尔瓦议员的声音像冰一样冷，打破了喧嚣。

"现在开始庆祝了，"达克斯看着在莉拉贝尔身边、靠在墙上的雅点了点头，"我刚刚已经宣布过了。邀请函已送到所有大家族。南北城门将在接下来的七天一直敞开，允许人们安全地进出城市。"

席尔瓦议员盯着国王，就像盯上猎物的龙。她从座位上离开，向他走了过来，靛蓝丝绸唰唰作响。

她是优雅而恶毒、慈悲而愤怒的。

"将一个敌人带到这里，让她成为女王是一回事。"议员和国王之间的空气似乎闪着火花，"为了安抚她损害这座城市的安全就是另一回事了。"

安抚我？罗阿想，显然她误会了。

席尔瓦议员离国王只有几步之遥的时候，萨菲尔站起身来，挡在了她面前。萨菲尔的眼神仿佛在说，谅你也不敢再往前迈一步。

"我可以向你保证，"萨菲尔说，"这座城市的安全是我唯一关注的问题。"

席尔瓦议员挑起眉毛："如果这是真的，萨菲尔，第一次被任命为指挥官的时候，你拒绝了。"

这太奇怪了，这个女孩对国王和他的堂妹这么熟悉。她那么轻易地反抗他们，还召集其他人与自己站在一起，却不担心会有任何后果。

她是谁？

"让城门敞开七天？允许咱们的敌人随意出入？抱歉，我不会像你一样信任一个任命之后就有一半的军队叛逃的指挥官。"

"议员阁下，我不在乎你是不是信任，"达克斯起身走下了台子，"邀请已经发出，命令已经下达。"在他站到议员身边的时候，两个人的肩膀碰了一下，罗阿看到了他们双方眼中的厌恶，但只有一下心跳的时间，接着达克斯倾身说道："城门将会敞开，费尔嘉德将会庆祝放手节。我希望你能服从命令，丽贝卡。"

达克斯走过她身边，集合侍卫，然后走向拱门。

罗阿盯着他，挫败感仿佛在她心上压了一块沉重的石头。

虽然她那么努力——起义、婚姻、条约，但灌木地仍然受到费尔嘉德的支配，斯克莱尔人仍被视为二等公民。一直以来，只有龙裔繁荣昌盛。

毫无疑问，达克斯刚刚证明，他不在乎。他不在乎其中任何一件事。

对一个国王来说，这种品质完全不可接受，特别是一个危险的国王。

什么都不会改变，她现在意识到，达克斯当上国王，依然没有任何改变。

该罗阿出手了。

但她能做什么呢？她是一个来自异域的没有盟友的王后。她与丈夫或内阁没有任何关系。她在这里不被信任，无能为力。

她需要帮助。

罗阿想到了她与西奥的最后一次谈话。

想想你能为咱们的人民做多少好事，他的话在她脑海里响起，你不需要他。

如果城市的大门一直敞开，那么灌木地人前往费尔嘉德庆祝放手节……西奥的人就能像呼吸一般容易地聚集在首都了。

在不知情的情况下，达克斯让她有机会做出真正的改变。

一个计划开始在罗阿的脑海中形成。这样做鲁莽而危险。但另一种选择是坐下来看着达克斯和他的议会将她的人民推向饥饿的边缘。达克斯今天证明他不是这个王国所需要的国王。在他的统治下，罗阿的人民将继续受苦。

一群议员靠近了走向大门的国王，他们挡住了达克斯和罗阿离开议事厅的路。

罗阿看向拱门，大门仍然紧闭。她需要向西奥传达信息并告诉他自己的计划。但议员们都挤在门前。

"王后陛下？"

听到那甜蜜的声音，罗阿挺直了身体。

"终于能亲眼见到您了，真好。"

罗阿转身面对着身旁这个高个子的年轻女子。

"席尔瓦议员。"她冷冷地打了个招呼。

"叫我丽贝卡就好。席尔瓦是我父亲的名字。"近处看，这个女孩显得更漂亮了，优雅的颧骨，大大的棕色眼睛和长长的黑色睫毛，就像用最棒的丝线编织成的织锦，"您的宠物鸟在哪里？"

"宠物"这个词使罗阿僵住了。

"埃希不喜欢看不到天空的地方。"确切地说，这不是谎言。看着上面的圆顶，罗阿因为妹妹的缺席而感到一阵痛苦。

"我明白了。"丽贝卡露出了甜美的笑容，改变了话题，"我将于明天晚上举办晚宴，希望您和达克斯能来。"

罗阿体内的警钟响了起来。丽贝卡称呼国王的名字，而不是他的头衔。而且她没有遵循习俗向罗阿鞠躬行礼。不仅如此，她在很久以前就完全清楚地表明，她并不认为一个卑贱的灌木地女孩值得尊敬——即使她是王后。

那她为什么会邀请罗阿去吃饭呢?

达克斯叫她的名字时,罗阿正努力想出一个令人信服的理由去拒绝。她转身发现国王走回了她的身边。他的深蓝色的短袍显出了他高大的身体和宽阔的肩膀。但他脸上的表情却混合着烦恼和……恐惧?

他在害怕什么?

"丽贝卡。"他微微点点头,来到了她们身边,"你在欺负我的妻子,我看到了。"

"丽贝卡",他面前的女孩因为这个昵称颤抖了一下,也可能是因为"我的妻子"。

罗阿看看丽贝卡,又看看达克斯,然后又将目光转回到丽贝卡身上。显然这里有故事。

但是什么样的故事呢?

"你几个月都没有去看望我父亲了。"丽贝卡的注意力放在了国王身上,"他开始生气了。"

达克斯将手放在罗阿的手腕上。

被触摸到时,她的皮肤一阵刺痛。她扭开了胳膊。

"我有点儿……忙。"落到身侧之前,达克斯的手在半空中笨拙地停了下来,"你父亲好吗?"他的目光落在丽贝卡身上,但他对答案并不感兴趣。

"和以前一样。"她似乎对此感到十分伤心,"还在收集他的小古董。"

达克斯再次伸手去抓罗阿的手腕,这次是用拇指敲了她的骨头两次。

罗阿低头看着他的手指。

他在做什么？

"你知道我父亲是什么样的人。他会把大把时间花在别人看不出价值的事情上。"丽贝卡看着达克斯抓住了罗阿，"实际上，前几天有一批货物刚刚送来。如果你来参观，我相信他会很乐意向你展示。"

罗阿想再次挣脱，但她突然想到了什么。

一批货物。

她记得阿莎的信仍躺在床下的地板上。

就是在信上，她知道了议员的名字。罗阿回忆起羊皮纸上用优雅的黑色墨水写着：三天前，达尔穆尔的一批货物将抵达席尔瓦男爵的城堡。

这是罗阿并未传递给达克斯的消息。

"你必须替我向席尔瓦男爵道歉，"达克斯紧紧抓住罗阿的手腕，他的拇指又轻轻地敲了敲，"告诉他我一有空就去拜访他。"

"明天晚上怎么样？"丽贝卡逼问道，"我今天在城堡举办晚宴。父亲专门邀请你……你们两个出席。他非常想见到新……王后。"

罗阿的大脑飞快地旋转着，她想起了沙海中，在西奥的帐篷里的那个夜晚。他说织天之刀正在从达尔穆尔运来的路上。费尔嘉德的一位男爵将它买了下来作为私人收藏。

然后阿莎的信提到了同一个城市——达尔穆尔的一批货。这批货物有多大的概率就是西奥提到的那批？丽贝卡的父亲拥有织天之刀的可能性有多大?

"我们刚刚从灌木地返回，"达克斯退后一步，拉着罗阿，"经过这么累人的旅程，我的妻子……"

"我很荣幸能够出席。"罗阿说。

达克斯焦急地看着她。

丽贝卡的嘴唇滑过一丝微笑。"太棒了。我会让厨师准备特别的晚餐。"

织天之刀是否在席尔瓦男爵手中，罗阿打算找出答案，她想亲眼去看看。

"哦，罗阿？带上你的宠物。"丽贝卡的眼睛闪闪发光，"我父亲喜欢鸟。"

## 从前

就在埃希掀翻西奥的船之后的那个晚上，罗阿无法入眠。她一直在思考西奥说的话，思考那些她认为自己知道，实际却不知道的事情。

埃希在她身边迷迷糊糊地吼道："罗阿！别乱动了！"

她们虽然有两张床，但总是睡在一起。

罗阿停了下来，等待妹妹入睡。她也在努力让自己睡着。

但她的思绪不断地回到船上，还有达克斯身上。他从不反驳西奥的话。

所有人都知道你是怎么看她的，西奥说。

不久之前，埃希说过同一件事：你是他喜欢的人。

罗阿翻了个身。

埃希的枕头重重砸在了她的头上："下次我要把你推到地上。"

罗阿微笑着用自己的枕头对妹妹展开了反击，还没等埃希报复，她便从毯子下面逃了出来，举起双手。

"休战。"

埃希坐了起来："你要去哪里？"

"散步。"

也许散步会帮助她尽快入眠。

罗阿刚一踏进大厅，埃希就顺着房门把她的枕头扔了出来。但天很黑，她没有被打中。

枕头打在墙上，落在地上。

罗阿咧嘴笑了。

除了她们这里，歌家族的大宅一片沉寂。大家早就上床睡觉了。但从卧室走到厨房的路上，她注意到父亲的书房正流出一丝光芒。

这很奇怪。她的父亲总是第一个就寝的人。

走到门口，罗阿推开门，发现有人正坐在父亲的办公桌前，或者说，睡在他的办公桌前。

达克斯用胳膊抱着他那头黑色鬈发，手指上沾满墨水。在他旁边燃着一根蜡烛，差一点就烧到黄铜支架的末端了。

罗阿进入房间，把他摇醒："达克斯！"

他吓了一跳，挥舞着手臂，差一点儿敲翻烛台。在烛台翻倒之前，罗阿抓住了它，蜡油洒在了地板上。

在柔和的灯光下，他眯起眼睛。终于认出她之后，他挺直了后背。

"你在这儿做什么？"她问道。

达克斯看了看笔，又看了看雪花石膏墨水瓶。就在他的视线落在桌面上散落的羊皮纸上的时候，他立刻想要把它们团在一起。

罗阿摸了摸他的肩膀，达克斯平静了下来。罗阿放下蜡烛，伸手去拿纸。

这是一封信，罗阿写的。

作为课程的一部分，她整个冬天都会给他写信。她的教师告诉她，这是练习，因为她会成为歌家族的女主人。

她盯着自己优雅的字迹。他从她的信中圈出各种各样的字，然后一遍又一遍地在羊皮纸上模仿出来。这是去年夏天他们的教师给他布置的练习，帮助他解决读写困难的问题。

她从纸上抬起头说："我以为信没有寄到呢。"达克斯悲伤地盯着他的膝盖。

"你为什么不回信？"她问道。

"你为什么这么想？"他的膝盖紧张地抖动着。

"如果我知道，"她喃喃道，"我是不会问的。"

"因为我看不懂！"

她张开了嘴巴。这也是他去年夏天在歌家族学习的原因之一，他来向她的教师学习，因为他自己的教师没办法教他。

罗阿以为他会取得进步。

"你没看过这些信？一封都没看过？"

他的沉默证实了这一点。

出于某种原因，这让她很生气："你是国王的儿子，达克斯。你可以让别人为你读。"

红晕浮现在他的脸颊上。

"你本可以口述回信。"她继续说道，"有很多人会这么做。"

达克斯瞥了她一眼，看起来更加悲伤了，仿佛她根本不懂似的。

罗阿低头看着手中的羊皮纸，注意到上面有她的名字。

他颤抖着一遍又一遍地用黑墨水写下那些字，写满了这页纸。

看到这些，她的脉搏加快了。

　　"如果西奥说得对，那该怎么办？"他盯着羽毛笔和墨水瓶，低声说，"如果我的脑袋真有问题，我永远没法学会读写，该怎么办？"

　　西奥的想法和那天早上他在船上说的话让罗阿的怒火再次燃烧了起来。

　　"听着。"她坐到了他面前的桌子上，"首先，西奥是在欺负人。"达克斯盯着她裸露的摆动着的双腿，"其次，你的脑袋没有任何问题。"

　　他抬起头来："那为什么我没法做到其他人那么容易就能做到的事呢？"

　　罗阿不知道答案。

　　看到这样的情景，达克斯转过脸去推开椅子："太晚了。咱们应该去睡觉。如果你的父亲……"

　　罗阿伸手抓住了他的胳膊，拦住了他。达克斯立刻停了下来。

　　"我有个主意。"她从桌子上跳了下来。

　　他看着她在火盆里生起了小小的一团火，然后坐在地毯上。接着，她让他从桌子上拿一沓信。他把它们拿了过来，小心翼翼地坐在她旁边。

　　罗阿展开了第一封信，读了起来。

　　她读了自己那年冬天写的每一封信。那封关于在田里工作的人的无聊的信，那封关于她与埃希比试的私人的信，那封关于她害怕自己有一天会继承歌家族这一严重问题的信。甚至她自己都承认，她在想他——至少是在想与他一起玩神怪棋。

　　读信的时候，她用手指跟着每个字，这样达克斯就能够知道这些字的形状和声音了。她一直读到声音变得嘶哑，眼皮变得沉重，一直读到她的头开始下垂。

在父亲的书房里，他们睡着了。罗阿在黎明时分醒来，此时太阳尚未升起，但整个世界都在期待中绽放着蓝金色光芒。她转身时发现达克斯在她旁边睡着了。罗阿看到他的胸口起伏着。今年夏天，他十三岁了，比她大两岁，他不仅高一点，而且肩膀比她记忆中的要宽。他用胳膊抱着头，她可以看到肌肉的曲线。

看着他睡觉的时候，一股惊人的温暖传遍了罗阿的身体。她凝视着他喉节的弧线，他的下巴，他的嘴唇的形状。

她为此感到内疚。

喜欢达克斯的是埃希，而不是她。

她应该立刻站起身来默默溜走。这才是正确的事情。

但罗阿并没有去做正确的事情。

她用手肘撑起身子，在清晨的光线下观察着达克斯的脸。她的目光一次又一次地移到了他的嘴边。

她想知道亲吻国王的儿子会是什么样的感觉。

罗阿俯下身。

仿佛感觉到了什么似的，达克斯动了动。

罗阿不情愿地躲到了一边，假装睡觉，心脏如雷鸣般鼓动。她能听到达克斯在她身旁醒来。她听到他翻过身，伸展着身体，但她的脉搏背叛了自己。

罗阿睁开眼睛，看到他扭过头，正在揉脖子后面，仿佛那里疼得厉害。

花园里，公鸡啼叫了起来，这预示着新的一天开始了。

"咱们应该离开这里，"他望向窗户，窗外几根烟囱冒出的烟气缭绕在早晨的天空中，"省得你父亲找到咱们，将我赶出家门。"他一边微笑，一边又因为这种想法而觉得畏惧。

一股热流冲到了罗阿的脖子上。他是对的。他们不再是孩子了，不能让别人看到他们这样，在一起，待在这里。

罗阿首先站了起来。

他们一起悄悄地走到了门口。罗阿打开门，朝外看了看，但大厅里没有人。达克斯打算直接穿过中央大帐，但罗阿抓住他的手，阻止了他。他低头看着她。她摇了摇头。仆人们会点燃那里的火盆，为她父亲温暖房间。她从另一边拉他走进客厅黑乎乎的走廊的时候，他们的手指扣在了一起。

他们的心一齐怦怦地跳动着，一直到他们来到他卧室的门前，达克斯放开了她的手。

在他消失在门口之前，罗阿伸手去抓他，把他拉了回来，她想起他用颤抖的笔写出她的名字的情形。

"达克斯……"

他低头看着她。

罗阿的脸颊发烧了。她在做什么？

达克斯肯定知道。因为他触碰了她，他盯着她的眼睛，然后倾下身子。

还没来得及多想，罗阿踮起了脚，吻了他。

这个吻笨拙而短暂，更像是嘴唇碰在一起。但是有那么一会儿，他温暖而柔软的嘴唇贴着她的嘴唇，罗阿认为她感觉到了内心的低吟。

不过……并没有。

这是另一回事。

退后一步，达克斯露出了她所见过的最害羞的微笑。大厅里传来的声音使他们分开了。

但那里并没有人。没有人看见。不过，罗阿轻轻地往门的方向推了推他，然后转过身去，把他留在了身后。

她回头看了一眼，发现他还在盯着她，仍然微笑着。罗阿扭过头，也露出了微笑。

这将是很长时间之内他们两个之间露出的最后的微笑。

# 十三

月出时分来见我。

罗阿折好了西奥的信，这是西奥对她在议会后要求的回复。

她在自己的房间里踱步，手里拿着羊皮纸，研究了一下前往他所住的宾馆的路线，然后透过露台的拱门向外瞥了一眼。月亮悬在宫殿屋顶上方，它的周围绕着一圈光晕，罗阿打开门，走进了大厅。

"王后陛下！"传来了她的一名侍卫的声音，这是一个名叫斯林的年轻人，蓝眼睛，有一口整齐漂亮的牙齿，身材又高又瘦，"这么晚了您还在做什么？"

"我睡不着，"说话间，她已经穿过了大厅，"我想去散步，去城里。"

她穿着一件由灰羊毛织成的朴素连衣裙，纱巾蒙到了头上。

她的侍卫跟着她。

侍卫，罗阿讨厌这种东西。他们就像带着武器的影子，随时随地跟着她，绝对不会让她独自一人。

灌木地没有类似的职务，因为灌木地人不需要侍卫。所以罗阿从宫里回家的时候并没有带着他们。当时达克斯的侍卫都交出了武器，在歌家族大宅中获得了自己的房间——因为国王知道将带着武器的侍卫带到一个灌木地人的家里是一种侮辱，是在表明你不相信他。

"王后陛下……"

罗阿把双手攥成拳头。接着，她镇定了下来，停下脚步，然后转身："怎么了，斯林？"

"宫殿大门会在晚上上锁，需要特别许可才能打开。"

罗阿挑起眉毛："我不是王后吗？我出入也需要许可？"

侍卫们紧张地交换了下眼神。

"这是萨菲尔的命令。"斯林身后的一名侍卫说。他是一个有着浅棕色眼睛和灰白头发的男人。

"你们没有人会违抗萨菲尔。"罗阿低声说道。

丽贝卡在议会上所说的事情是真的：达克斯将他的堂妹任命为指挥官确实让他失去了一半的军队，因为大多数士兵都不相信一个有斯克莱尔血统的年轻女子能够领导他们。

但大多数人不知道的是，每一个质疑萨菲尔权威的人都会得到一次选择的机会：打败她或是离开她。那些选择与萨菲尔战斗的人，都被击败了。因为能够击败他们，萨菲尔得到了他们的钦佩。

军队的规模可能只有原来的一半，但忠诚的程度却是原来的两倍。

罗阿仔细观察着她的四名侍卫，四个人都挺胸站在自己面前，胸前挂着国王的纹章。她知道他们不会挑战指挥官的权威。

好吧，也许有例外……

罗阿转头看着正在看着自己的斯林。罗阿早就注意到了斯林，作为一名士兵，他显得太有魅力了。所以他非常大胆，有时候显得很爱卖弄——即使是在面对罗阿的时候。

说实话，斯林总会让她感到不舒服。

"那你呢？"她问。

"我？"斯林挑起眉毛。

"你也会选择你的指挥官而不是你的王后？"

"我们有责任维护这些规定。"他说。

"而且有责任保护我的安全。"

看出了她要做什么，斯林笑了笑："这一条也对。"

"所以如果我告诉你我想去城里转转，你肯定不会让我一个人去，对吗？那样不安全。"

斯林的笑容更灿烂了："确实，外面不安全。"

"好吧。"罗阿转过身，继续说道。

"你要怎么说服他们打开大门？"他冲着罗阿喊道。

罗阿放慢了脚步。如果门口的士兵和罗阿的其他三名侍卫一样忠于萨菲尔，她就无法说服他们。

斯林追上了她，他站得笔直，剑鞘紧贴靴筒上面的扣子。"别担心，王后陛下。"他回头看了看其他三名侍卫，看到他们的伙伴违反了规定，他们显得有些焦虑，"有一个值班的侍卫欠我一个人情。"

正如斯林所说，他们穿过了大门。罗阿看着他把手伸进了短袍的口袋，拿出了什么东西，展示给值班侍卫。接着，斯林和那些侍卫低声说了些什么，又将那东西藏了起来。

罗阿不知道他们在交流什么，不过那两个男孩都用一种让她感到不安的目光滑过她的身体。

她突然想知道，斯林是不是对他们的城市之旅抱有什么错误的想法。

但罗阿需要去见西奥。至于斯林怎么想，就随他去吧，毕竟，她的小腿上绑着埃希的刀。如果需要的话，她会拿出点儿颜色给他们看看。

罗阿和她的侍卫一起沿着黑乎乎、空荡荡的街道来到了城市中一座较为豪华的宾馆前。在冉冉升起的月亮的照耀下，这座房子那白色的雪花石膏墙仿佛闪着光，与黑色的天空形成了鲜明的对比。罗阿在后门处停了下来，西奥告诉她要从这里进去。她把纱巾拉到头顶，藏住了自己的脸。

"在这里等我。"她对斯林说。

"如果有人认出您来该怎么办？"他摇了摇头，"我要和您一起进去。"

她举起手，警告他。"不，"她说，"你不能来。"

他的眼睛在黑暗中闪了一下，速度那么快，但他立刻就露出了微笑。罗阿认为自己可能搞错了，所以放下了手。

"我不会待很久。"打开门，她走了进去。门后面是一条狭窄的走廊，对面飘来烤肉和香料的味道。她听到了锅碗瓢盆相互碰撞的声音。穿着满是污渍的围裙的厨师把装着热气腾腾的食物的盘子高高地举过头顶，他们一边咒骂着一边经过她身边，进入宾馆的主楼。

经过厨房去楼梯口那里，西奥在信中告诉她，我的房间在二楼。

罗阿找到了吱吱作响的楼梯，爬了上去，然后找到了西奥的房间。

敲到第二下，西奥打开了门。

他的头发湿湿地披在肩膀上，好像刚刚洗过澡。他穿着一身朴素的棉质长裤和衬衫，罗阿知道，他睡觉的时候就穿这身衣服。

她知道这一点，因为她曾在他身边睡过一次，就在她骑马为达克斯而战的前一天晚上。

或者更确切地说，他在睡觉，罗阿只是躺在那里，清醒着，思考他们都做了什么。

"罗阿！"他把她抱进了怀里，罗阿闻着他身上的肥皂味，感受着他身上的温暖，想起了那天晚上。

有时候她想知道自己是否是因为内疚而屈服的，仿佛她当时就知道，她不会回到他身边了。

"我不能久留。"最后她脱身离开西奥的怀抱，把纱巾拉回到肩膀上，"外面有一名侍卫在等我，我不太信任他。"

西奥皱起眉头，点了点头，将她带进了房间。墙壁是藏红花色，床占据了房间近三分之二的空间。角落里，一个需要重装椅面的深红色沙发抵在墙上。

床头柜上，一个细长的花瓶里放着一朵白色的高地玫瑰。

"会议开得怎么样？"西奥坐在破旧的沙发扶手上问道。

罗阿沉入垫子，把一切都告诉了他，最后是达克斯关于放手节的宣言。

"这是在展示和平的意图吗？"西奥翻了个白眼，"为什么他不能遵守承诺去解除制裁？"

"因为他是一个懦弱的国王，"罗阿回想着达克斯在内阁施加的压力下那么简单地就改变了主意，"他并不在乎。但是你不明白吗？这是你的机会。大门将从现在一直敞开到放手节。达克斯将展示他的热情好客，让灌木地人自由地进出这座城市。一年之中最长的一个晚上，距现在还有六天，每个人都将为节日戴上面具。"

西奥安静地盯着她，惊讶地张开了嘴巴。

"这是一个绝佳的机会。"她说。

这些话让他从遐想之中脱身。他从沙发扶手上挪到了坐垫上。"那你改变主意了吗？你会帮我吗？"

罗阿低头看着她的腿，点点头："有一个条件。"

西奥举起双手，手掌向上，仿佛在献上祭品："为了你，我什么都会做，罗阿。你是知道的。说吧。"

罗阿深深吸了一口气："你不能伤害他。"

西奥对她眨了眨眼睛。

在他反驳之前，罗阿继续说了下去："有了足够的武装人员和执行良好的计划，我们就可以占领宫殿，迫使他放弃王位。”

“退位，”西奥低声说，“然后呢？让他流亡，你独自进行统治？如果他还活着，就会一直对你构成威胁。”

罗阿耸了耸肩："这是咱们必须承担的风险。"

"这不是我愿意承担的风险，"西奥严厉地反驳道，"我希望你坐上那个宝座，坐很长时间。"

她把埃希的刀从刀鞘里抽了出来，用拇指抚过剑柄上刻的字。"我在费尔嘉德很难获得足够的支持。如果杀了他，我就会失去所有支持。更重要的是，我会被判弑君的罪名。这是一项死刑判决。"

最重要的是，罗阿不想成为杀人凶手。

经过长时间的停顿，他温柔地说道："如果你能得到你需要的支持呢，有能够保护你的人呢？"

罗阿把刀放在膝盖上："什么？"

他靠在垫子上，双手抱在脑后："我明天会和一位同情咱们的人会面。"

“谁？”

"达克斯的一个强大的敌人。他没有对我说出他的名字。我认为他害怕我会告诉国王。一旦我确定他真的可以帮助咱们，我会送信给你，咱们可以一起决定如何推行计划。"

罗阿从沙发上站起来，把埃希的刀插入刀鞘。她的手在颤抖。几下心跳的时间里，西奥的目光一直跟随着不断踱步的她。

“你可以这样做，罗阿。”

她可以吗，阴谋推翻几周前还在并肩战斗的人？

"你为他放弃了一切，他却这样对你。你自己也说过：达克斯不是你想象中的那种国王。他没有兴趣解除制裁。在他的统治下，人们——不仅仅灌木地人——都会继续受苦。"

罗阿停下了脚步，将双手捂在了脸上。这些她都知道。

西奥更平静地说："他导致了她的死亡，罗阿。"

罗阿盯着他时，放下双手，握紧拳头："不要这样。"

"不要怎样？"他坐在沙发上问道。

"说得仿佛我不清楚她是怎么死的似的。"

"自从动身去加入他的战争，你就忘记了留在身后的我们。你没有忘记她的事？"

愤怒如闪电般穿过罗阿的身体。他怎么敢这么说！

"你可以跟我一起去！"她大步走回沙发那里，站在他身前，"在我身边作战的本可以是你！"

西奥站起身来，低头瞪着她。"看着我爱的人把自己交给我讨厌的人？不，罗阿。拒绝与你同行是我做出的最好的决定。"说这句话的时候，他扭开了头，把嘴抿成一条直线，眼睛里充满了遗憾，"那天死的应该是达克斯，而不是埃希。"

"你觉得我不明白吗？我一看到他，就会想起这件事！"

他迅速把脸转了过来，眼睛里含着忧郁："那么这就是你为埃希、为灌木地的人民做出正确选择的机会。"

这次轮到罗阿扭开头了。

"你是可以救她的，"他说，"难道你不认为如果当时的情况是反过来的，她会尽一切努力去救你吗？"

罗阿咬紧了嘴唇。

"是的。"她低声说。埃希当然会去救她。

罗阿希望埃希能告诉她应该做些什么。

但是埃希不在这里。西奥是对的,在所有这些事情上。达克斯是一个懦弱的国王,很容易被他的内阁操纵。他不关心承诺或是人民的痛苦。他是一个拿走自己想要的东西,并且不在乎这会伤到谁的国王。

通过拒绝采取行动,拒绝做必要的事情,她并没有变得更好。

罗阿已经几天没有见过她的妹妹了,她能感觉到自己内心的低吟正逐渐消失;她需要做出选择。她正在失去她的妹妹。如果不采取行动,不迅速采取行动,埃希将很快永远消失。

罗阿不能让这种情况发生。

这是一个她成为人民需要的王后,成为埃希需要的姐姐的机会。

达克斯是一个危险的国王,是她妹妹去世的原因。

灵魂的交换是公平的。

"好吧,"她说,"我会找到织天之刀,做好需要我做的事情。"

西奥托起她的脸,让两个人互相对视。"我会让你得到你需要的支持和保护。我不会让你受到任何伤害,我发誓。"他捧着她的脸,低头看着她,"我会在明天的会议结束后去请你,咱们可以一起制订一个计划。"

她点点头。妹妹不在了的痛苦比以往任何时候都更加强烈。埃希应该存在的那片空虚每天都在变大，想要吞下罗阿。

如果我失败了，她想，我希望它能吞下我。

西奥走到床头柜旁，晃醒了被阴郁的思绪淹没的罗阿。他从花瓶里抽出了那支白玫瑰，把花朵从茎上扯下来，然后回到她身边。

"你在干吗？"看到他把花插在自己的耳后，罗阿问道。

"像你应得的那样对待你。"西奥用手背抚摸着她的脸颊。

这不是你来的目的，罗阿告诉自己。她退后一步，在两个人之间留出了空间。

西奥的手在半空中徘徊了一会儿，然后握紧，放回到身侧："你的大脑正在策划对你的丈夫谋反，但你的身体仍然忠于他。"

她看向了一边，盯着脚下的地毯。

"我应该回去了，"她说，"不能等我的侍卫来找我。"

然而，在开门之前，她想起了阿莎的来信。她想要问一下托文正在追踪的那批货物的事。

"你还记得买下织天之刀的那名费尔嘉德富翁的名字吗？"

他歪了歪头："他的名字叫席尔瓦。"

罗阿的血液在血管里嗡嗡作响。她是对的。

"我明天晚上会去他家吃晚饭。"她说。

西奥瞪大了眼睛："什么？"

"你对他有什么了解？"

"只知道他是费尔嘉德最富有的人。"

"除了国王。"罗阿纠正了他。

"不需要除了谁。"他说。

罗阿看了他一眼。

"丽贝卡是席尔瓦唯一的孩子。他溺爱她，甚至在内阁中为她购买了席位。"

罗阿摇了摇头："那是不可能的。内阁成员是投票选出的。"

西奥哼了一声，摇了摇头："选举每三年举行一次，但谁如果想得到选票，就必须付钱。"

罗阿不了解这一点。

"来自空家族的女孩塞琳娜被他家雇用了。根据她的说法，丽贝卡口袋里装着一半的费尔嘉德，"西奥说，"她似乎是一股无法忽视的力量。"

"你确定刀在席尔瓦手里吗？"

西奥点点头："塞琳娜证实说是几天前送到的。"

罗阿又一次想起了阿莎的信，它仍然躺在阿米娜家的床下。如果织天之刀已经送到，那么托文就无法拦截它。

担忧啃咬着罗阿的内心——也许托文和阿莎碰上了麻烦。

或许我错了。也许他要找的并不是织天之刀。

她明天会去调查一下。

"塞琳娜有没有说它被保存在哪里？"她问西奥。

他跟着她走到门口："我会问问。如果她知道，明天我会送一封信进宫。罗阿？"

她转身面对西奥，已经开始思考之后的任务了。西奥把手放在门楣上，身体靠在她身上。

"也许我应该送你回去。街上很不安全。"

"谢谢你，"罗阿把她的纱巾拉到头顶，小心不要碰坏插在耳后的那朵玫瑰，"但是我在没有你保护的情况下领导了一场起义。我想我能处理好这样的事情。"

## 埃希的故事

从前，有一个女孩像爱她姐姐那样爱着天空。

她爬上屋顶，爬上悬崖，爬上金合欢树，只是为了能离天空更近一些。她知道每一种云的名字，了解每一颗星的故事。她想要知道翱翔在那片广阔的蓝色中会是什么感觉，她嫉妒鸟儿们的翅膀。

一天晚上，在歌家族大宅最高的屋顶上，她与朋友们一起躺在镶满钻石的天空下。他们上午一直在攀登悬崖，然后将身体投进采石坑那蓝绿色的水中。这个女孩比其他孩子跳得更努力，更远，更高。但无论多么努力，她总会掉下去。

她的姐姐担心地看着她。她的姐姐讨厌高处，而喜欢把脚踩在地面上。

现在，这个女孩抬起眼睛看着星星："你觉得咱们认识的人有在那里的吗？"

"别瞎说了。"她的姐姐用手指灵巧地梳着她的头发。

不像短发的姐姐，埃希的头发长到可以编成辫子。这是分辨两个人最简单的方法。她们之间的低吟仿佛在熠熠生辉，比任何一颗星星都亮。在视野的边缘，女孩看到了她们的朋友——那位来这里避暑的害羞的国王的儿子，他漫步到了屋顶边缘。

"这不是瞎说。"她想象着织天女神将死者的灵魂变成星星，低声说道。她想起了自己的灵魂紧紧地与姐姐束缚在一起。"很漂亮。"她转过头看着天空中那两颗最亮的星星——双子星，"有一天，你和我，咱们会成为它们。"

　　突然，尖锐的碎裂声打破了沉默。她看着声音传来的方向，辫子松开了，头上的鬈发自由地飘动着。她们一起看到了国王的儿子的手臂伸出，身体僵住，正在努力恢复平衡，因为越来越多的裂缝正从他脚下的黏土瓦片向四方蔓延。

　　他站在屋顶的边缘，那里的瓦片下面并没有芦苇或横梁，没有什么东西能够支撑他。

　　他们的目光相遇了，在那一刻，她感受到了他的恐惧。恐惧像脚下的裂缝一样从她身上蔓延开来。

　　她没有多想，扑到屋顶的边缘，抓住他的衬衫，用力向后面甩了过去，扔到其他人坐的地方。

　　就在此刻，瓦片碎了。她从房子最高的屋顶上掉了下去。

　　她想到的最后一件事是，我希望我是一只鸟，一只会飞的鸟。

　　她感觉到的最后一件事不是痛苦，而是低吟。她听到姐姐在叫她的名字，感觉到她内心的低吟闪亮着。

　　低吟闪亮跃动，仿佛一颗星星。

# 十四

罗阿穿过夜晚的城市，万千思绪在她脑中萦绕。她仍然不习惯费尔嘉德迷宫般的街道。纷乱的街道再加上纷乱的思绪，她并没有注意到斯林领着她走上了一条错误的道路。

等到他们拐进了一条小巷，罗阿站住，看到面前是一面绿色的墙壁，发现这是一条死胡同，她才开始注意自己周围的情况。

罗阿转了个身。斯林站在她面前，沐浴在月光下，挡住了她的去路。他的眼睛闪闪发光，钢盔边缘遮住了他的脸。

那天晚上的第二次，她的头发立了起来。

她本能地呼唤着埃希。

但埃希并不在这里。罗阿独自一人，跟着一名显然经常越矩的侍卫。

罗阿盯着他："你在做什么？"

"为国王解决他的问题。"

斯林的声调变了，变得不再那么迷人了。他的笑容早已消失，取而代之的是一副冷酷的眼神。

"首先，你通过讹诈让他娶了你，而来到这里之后，你还在晚上偷偷与他的敌人会面，就像一个卖国投敌的妓女。"

听到这些话，罗阿怒发冲冠："我从未讹诈过谁。"

但第二项指控嘛……则是相当真实了。

"国王应该有一位更好的王后。"

"所以你是来这里处理我的？"罗阿眯起了眼睛，"你最好不要失败，否则我可以保证你绝对无法看到黎明降临。"

"我得到了非常高的报酬，不能失败。"他说。

报酬？罗阿想，谁付的？

他从刀鞘中拔出了军刀，钢铁刮擦着皮革。他的手在颤抖，但只有一点点。

真奇怪，罗阿想。他害怕她吗，还是怕付报酬的那个人？

罗阿退后一步，回想着身后的墙有多远。她的小腿上绑着一把刀。但是用这把刀无法击败军刀，而且她也不想透露自己带着武器，除非迫不得已。

他没有浪费时间。刀片划过空气，直奔她而来。罗阿向右倾身，勉强躲过了这一击。她感到一股气流擦过了皮肤，听到羊毛撕裂般轻柔的咝咝声。斯林迅速转了个圈，站在了她和巷口之间。

罗阿的手上满是冷汗。

他拔出了第二把军刀，朝她走了过去，将她困在角落里，确保她再也无法躲开。

罗阿在她的羊毛裙子上抹了抹手掌，她非常想拔出妹妹的那把刀。

不，还不是时候。

斯林龇着牙冲了过来，将她逼到了角落，刀锋在月光下闪闪发光。正在这时，上方传来了一只鹰愤怒的嘶鸣。

斯林停了下来，他的注意力被扰乱了。

罗阿的灵魂在冲着那声音低吟。

两个人都抬起了头。

埃希从黑暗中冲了下来，她展开白色的翅膀，锋利的金色爪子闪闪发光，准备去抓正逼近姐姐的男人的眼睛。

斯林举起两把军刀，准备砍她。

罗阿拔出刀冲了出去。

她抓住他一只握刀的胳膊，将指甲嵌了进去。

但是斯林有两只胳膊和两把刀。他举起第二把刀挥向了埃希，想要杀死她。

但在这之前，罗阿把刀插进了他的喉咙。

她感觉到尖锐的刀尖陷进柔软的皮肉。热乎乎的血溅满了她的手腕。斯林双手抓住脖子，两把军刀都甩在了地上。

罗阿踢开武器，然后气喘吁吁地退后一步，瞪大了眼睛。

埃希尖叫着拍打翅膀，想要去抓他的眼睛。

埃希，看到对方跪在了地上，罗阿呼唤道。

但是埃希没有停下来。她挥动着白色的翅膀和闪闪发光的爪子。

"埃希！"

听到罗阿的声音，她的妹妹顿了一下。埃希摇了摇白色的头，仿佛想摆脱这股嗜血的冲动，飞到了罗阿伸出的拳头上。斯林的眼睛瞪大了，露出了眼白。血从他脖子上如微笑的嘴巴一般的伤口里流出来，一直流到了手上。

他瘫倒在地，死了。罗阿被惊得晃了几晃。

在沉默中，她用颤抖的手举起了沾满鲜血的刀。

她在起义时也杀过人，但这不一样。那些人没有名字，她睡觉的时候，他们不会站在门外。

她想起了斯林颤抖的双手，仿佛他在害怕。

罗阿强迫自己走了过去，蹲在她死去的侍卫身边，用他的衬衫擦掉了刀子上的鲜血。还刀入鞘，她想站起身来，却正好看到藏在他口袋里的东西。想起了斯林和门口的侍卫的谈话，罗阿把手伸进了他的口袋，掏出一个木质令牌，上面刻有一幅图案——一条黑龙，有着一颗火焰形的红色心脏。

这是达克斯的令牌。需要同时待在两个地方的时候，他有时会把这枚令牌交给萨菲尔或他信赖的某个人。这是其他人以他的名义执行国王命令的一种方式。

罗阿低头看着从死去的侍卫尸体上取下来的丈夫的令牌，感觉心中一阵痛苦。

他不会……

他会吗？

今天晚上罗阿没有密谋推翻他吗？

她不是他王位的威胁吗？

她摇摇晃晃地站起身来，手里拿着达克斯的令牌。等走出小巷，开始继续前往宫殿，她才注意到妹妹的沉默。

"埃希？你还好吗？"

埃希没有回答。罗阿的脑中完全是一片空白。

埃希的沉默一直持续到回到宫中。罗阿问她去哪儿了，她是怎么回来的。但她的想法没有办法传达给埃希，仿佛埃希的思绪被浓雾笼罩了。

我找不到路，那天晚上，埃希在沙海曾这样告诉她，我不记得家在哪里了。

罗阿知道这意味着什么：埃希快没时间了。

在大门处，那个之前目送她出去的士兵惊讶地发现这次只有罗阿一个人。

"斯林在哪里？"他为她打开了大门。一扇巨大的铁门吱吱作响，上面精心铸造着一组组月亮和纳姆萨拉的图案。

"他需要为国王处理一些事情。"她经过那名士兵身旁，麻木地说道，任由他自己去得出结论。

现在已经是午夜了，宫中很安静。几名侍卫或是站在门口，或是在大门和房子间巡逻，但没有仆人在外面。相比之下，罗阿的脚步声和柔软的灰色羊毛连衣裙在她的腿上擦过的声音就非常不自然了。

她穿过长长的大厅和豪华的室内花园的时候，一直想着血从斯林的脖子上流出来的样子，想着他窒息时发出的声音。

不仅仅是这些，还有斯林所说的话。

我得到了非常高的报酬，不能失败。

罗阿拒绝圆房，同时也拒绝了给达克斯留下一名继承人。

她坚持与五大家族签订条约，然后在议会拒绝履行条约之后威胁内阁成员，这让她的处境变得更加艰难了。

官中的很多人不喜欢她，很多人希望她消失。

但这些理由足以让达克斯处死她吗？

她想要解开这个谜题，却径直撞在了一名士兵身上。

一双手扶住了她。

"罗阿！你在这里做什么？"

她的心跳开始加速。被困住了。她不想再被困住了。

罗阿把那双手推开，赶紧后退了几步，埃希展开翅膀发出警告。

达克斯正站在她们面前。

他穿着一件白色的棉衬衫，脖子那里的带子散开着，眼睛周围有黑眼圈。

"你的侍卫在哪里？"他观察着她和鹰，问道。

她的皮肤因为警惕而刺痛着。她又退后了一步，手中紧紧握着那枚令牌。"我的侍卫？"

"对，那四个日夜跟着你保护你的安全的人。"

这些话刺痛着罗阿的身体。

"有时候，"她说，"身边的人才是最危险的。"

"确实。"他看到了太多东西。他看到了她在颤抖，看到她的手腕上仍然溅满了血。

罗阿拉下袖子把它们隐藏起来。

他的目光扫过她的灰色羊毛连衣裙。这是一件一直到脚踝的灌木地服装。她出宫时就穿着这件，以免被人认出来。

他的目光从衣服移动到了插在她耳朵后面的花上。她完全忘记了这朵花。

罗阿迅速伸手摸了一下西奥送给她的玫瑰花。

"应该找人告诉他，你更喜欢蓝花楹。"

罗阿的手指僵住了："什……什么？"

达克斯朝她走了过来。罗阿绷紧了身体，准备在受到一点点威胁的时候就立即逃走。但他仅仅是从她耳后摘下了那朵玫瑰。他把它托在两个人之间，花瓣优雅地躺在他的掌心。

"你喜欢花落的情景。"他低声说。她盯着他，想起了他来歌家族的第一个夏天。

她和埃希想要探索影家族的废墟，如果带上达克斯，她们的母亲就会让她们去。蓝花楹树几乎长在每个破败的房间里，柔软的紫色花朵落在地上，铺满了地板。

"那是十年前的事了，"她用手捏住了那枚令牌，"十年间很多事情都是会变的。"

变化最大的是你，她想。

曾经，他是那个坐在神怪棋棋盘对面的男孩，接受着她所有的友情和建议。

现在，他是那个会把每个女孩都带上床的男人。他是违背所有承诺的国王。他是偷走她妹妹的敌人。

今晚……

他是否会下令将她打倒？

罗阿抬起手，伸直了握着令牌的手指，让它躺在手掌上。

"我认为这是你的。"她不再去想他是否会看到自己手腕上的血迹，而是让他看到了那枚令牌。如果下达命令的是达克斯，那么他应该知道去执行该命令的那名侍卫身上发生了什么。

他的眼睛仿佛蒙上了一层阴影。他伸出手，问道："你是在哪里……"

就在他拿走那枚令牌的同时，罗阿迅速地退了几步。

"下次你应该更加小心，"她绕过国王的身旁，"晚安。"

国王陷入了沉默。走到大厅中央的时候，罗阿被他喊住了。"你的房间在另一边，罗阿。"

但她不想去她自己的房间。还有三名侍卫站在门外，其中有几个人会去做斯林做过的事情呢？

"今晚我不想一个人睡。"她抚摸着埃希的羽毛，想要得到慰藉。


罗阿站在王家居住区的拱门门口。两名士兵站在两边。

她打开门，静静地走进里面。

莉拉贝尔的房间的大小是罗阿的一半，床也是。她的朋友睡着了，侧身蜷缩在床上。月亮透过窗户照进来，照亮了她有着柔和的曲线的脸。

罗阿僵在了门口，看着睡着的她，想知道她们是什么时候、在哪里出了错。

她向那张床走了过去。

罗阿拉开被子爬上床的时候，莉拉贝尔动了动。埃希跳下罗阿的肩膀，趴在枕头上，蜷缩在她们的头顶附近。

"罗阿？"莉拉贝尔低声叫着她的名字，声音因为倦意而变得嘶哑，"怎么了？"

埃希正在消失，罗阿想，我参与了西奥的谋反计划。而且我发现达克斯的令牌在想要杀死我的侍卫身上。

胳膊环过莉拉贝尔，罗阿说："我想你了。"

直到话说出口，她才意识到真的是这样。

"哦，罗阿，"莉拉贝尔拉近了罗阿，亲吻她的头，低声说，"我就在这儿。"

但她们的友谊陷入低谷，已经持续了几个月，罗阿不确定要如何进行修复。莉拉贝尔正越走越远。

"你想家了？"被罗阿紧紧抓住的时候，莉拉贝尔低声问道，"是这样吗？"

想家这个问题对罗阿来说其实没有那么严重。

"想家也没关系，"莉拉贝尔抚摸着罗阿的背，"我每天都在想家。"

罗阿把她抱得更紧了，她想问个问题，但又害怕听到答案。

她想起了自己在达克斯床下听到的话，想起了达克斯离开之后莉拉贝尔独自哭泣的情景。

"如果你遇到了麻烦，肯定会告诉我，对吧？"罗阿低声问道。

她感觉到莉拉贝尔皱了皱眉："什么？我不是……"

"如果你需要帮助，不管是什么样的帮助，你都会来找我，对吧？"

莉拉贝尔陷入了沉默。

"是的，"很久之后她答道，"如果我需要帮助，会去找你。"

"能保证吗？"

"我保证。"

罗阿放松了紧紧抱住朋友的胳膊，但只有一点点。

"无论发生什么，"她想着莉拉贝尔腹中的胎儿，想着西奥，以及他们打算做什么，低声说道，"我会保证你的安全。"你们两个的安全。

莉拉贝尔双臂抱住罗阿的腰，紧紧地搂住。

她们就这样睡着了，抱着彼此。

## 痛失胞妹

将妹妹火化的那个晚上，女孩无法将目光移开。

她看着他们将她妹妹的身体裹上棉花，放在柴堆上，风悲伤地号叫着。她看着他们一次又一次地撞击燧石，直到火花点燃木柴，火焰燃烧起来，吞噬了她最爱的人。

她看到她妹妹的身体落了下去，听到了她的身体撞到四层楼之下的地面时那令人作呕的声音，感受到了耳朵里的低吟比以往更响亮，更猛烈。

但她从未觉得妹妹的生命就这样消逝了，反而觉得她们之间的关系变得更加明晰和紧密了。

它现在甚至在发光。

也许这就是她没有哭的原因，正因为如此，当信使来到这里，向她父亲低声说着什么的时候，她转过了身。

"阿米娜王后去世了，是被国王杀死的。"

女孩看到父亲瞪大了湿润的眼睛。他转过身，远离火堆，俯视田野，沿着土路，一路回到了歌家族。

愤怒的人们正在那里聚集。

他们的火把让女孩屏住了呼吸。

国王的儿子正在这座房子里面，独自一人，没人保护。

"他们打算伤害国王的儿子，借此来攻击国王。"她的父亲大声说道。

"也许你应该让他们进来，"信使说，"国王的儿子应该对你女儿的死负责。要是让他长大了，他会带来多少恐惧？"

她的父亲没有再听。他拉住他的马，骑上马背，一踢马镫，离开了。

女孩回头看着那场葬礼，看着那些在前额抹上灰烬的悼念者，看着她哭泣的母亲、哭泣的弟弟及肆虐的火焰。

她的妹妹不在那个柴堆上。

她的妹妹根本不在这里。

所以女孩跟着她的父亲离开了。

她来到歌家族大宅的时候，愤怒的人们已经来到了门口。女孩催动她的马，一路跑进了院子里。人们哭泣着，喊叫着。有些人挥舞着武器和镰刀，另一些人只举着拳头。

他们把拳头砸在门上。

"带他出来！"

女孩躲进花园，无声无息地潜进了屋子。

屋子里很安静。仆人们聚集在黑暗的角落，紧握双手，望向东厢房。

女孩不需要问为什么。答案就在大厅里。

她看着她的父亲把一个挣扎、哭泣着的男孩拖进了她对面的小房间。

"嘘。这是为了你好。"

国王的儿子挥着拳头，拖着脚。

"我母亲在哪里？"他的声音在颤抖，眼泪顺着脸颊流了下来，"我想见我母亲！"

他用眼角的余光看到了女孩。

"救命！"他向她伸出手，喊道，"救救我吧！"

这个女孩沉默地站在那里，看着他在那里乞求，看着她的父亲把他推进储藏室，并将门从外面锁上。这是这座房子里唯一没有窗户的房间。

这惊到了她。

灌木地人不会上锁，这是违规行为。

她的父亲靠在木门上，听着男孩从门内不断敲打，他的嘴巴因为悲伤而扭曲了。男孩的喊叫越来越疯狂，最后他呜咽了起来。

女孩什么都感觉不到。

她的心已经碎了。

然而，她的父亲将一只手按在门上，另一只手捂住了脸。他的肩膀颤抖着。女孩看着他。

过了一会儿，他站直身子大步走到房子前面，开始向人群讲话。他们向他喊着，要求他交出国王的儿子。

"回家吧！"她的父亲说，"我已经处理好了这个男孩！他被关起来了，会一直被关到我女儿的服丧期结束。你们会得到正义，我发誓。"

愤怒而悲伤的人群散去，仆人们回去工作了。父亲小心翼翼地骑马回到了葬礼上。

女孩留在了后面，盯着上锁的门。慢慢地，她来到门边坐了下来。

她背靠着木门，听着他哭泣的声音。

"应该是你，"她想着妹妹在救了他之后从屋顶上掉下去，低声说道，"死的应该是你。"

女孩恨他。

因为他带走的东西，她永远不会原谅他。

然而，她无法让自己离开他。

她的父亲说，他们打算伤害国王的儿子，借此来攻击国王。

也许你应该让他们进来。女孩想说。

那个女孩像哨兵一样整夜守在那里，听着他哭泣的声音。午夜过后，她的父亲发现，她蜷缩在储藏室门外，睡着了。

他小心翼翼地打开了门。男孩坐在储藏室的地板上，双臂紧紧地抱着膝盖。男孩抬头看着面前的男人，眼泪干掉后剩下的盐迹留在了他的脸颊上。

女孩的父亲将手指放在嘴唇前向他示意。在夜色的掩护下，他悄悄地把那个男孩带到了马厩。

他们为一匹马备好鞍，骑上马，跑了出去。月亮高高地挂在天上，照亮了他们面前穿过歌家族枯萎的土地的路。

没有人应该为父亲的罪行而受苦。

# 十五

第二天早上醒来的时候，罗阿发现莉拉贝尔已经不在了，妹妹站在枕头上，用那双鹰的眼睛看着她。罗阿翻身面向她，弯起胳膊垫住脸颊，盯住了妹妹。

埃希。她像往常一样把这个名字送进了妹妹的心里，就像之前一直做的那样。但回应她的只有沉默，低吟比以前更弱了。

现在距离放手节只有五天了，罗阿就算在那之前没有失去妹妹，也肯定会在最长的夜晚失去她。埃希的灵魂已经徘徊了八年。八年太长了。她无法继续抵抗死神的召唤。

罗阿盯着她的妹妹。

织天之刀是她们唯一的机会。她今晚需要找到它，去敌人的家里，去她从未去过的一处房子里。

"埃希。"她这次大声喊道。白鹰抬起头，她的目光刺穿了罗阿。

要是我做不到怎么办？她的眼睛被泪水刺痛了，视野一片模糊，要是我失败了怎么办？

突然，枕头上的重量发生了变化。柔软的羽毛蹭着罗阿的额头和鼻尖，一种坚实、熟悉的温暖，紧贴着她的胸口，靠在她的心脏旁边。

罗阿抹掉眼中的泪水，发现埃希正紧紧地挨着她，静静地听着姐姐心跳的声音。罗阿把胳膊轻轻地绕过她的身体。

"我不会失败，"她低声说道，"我承诺。"


罗阿打开门进入大厅，萨菲尔满脸笑容地迎接了她。

"你终于来了。我还以为你整天都在睡觉呢。"

指挥官并没有佩戴国王的纹章——一条缠绕在剑身上的龙，而是戴着一朵火焰形状的七瓣花——纳姆萨拉。

萨菲尔金色的短袍很配她高大强壮的身材，她一脸从容不迫的平静表情，眼睛像明亮的蓝色火焰一样燃烧着怒火。

"萨菲尔！"罗阿皱起眉头，看着她身边的三名士兵。三个人都是年轻女子，站在萨菲尔身后。罗阿问："这是怎么回事？"

"我正在执勤。"萨菲尔说。她走进房间，立刻开始四处打量，罗阿不得不后退了几步。三名士兵排成一列跟了进来，两个人守在了门口。罗阿注意到，最后一名士兵是灌木地人，有着玛瑙一般闪亮的眼睛，鬈发盘在头上。看到罗阿，她抬手握拳放在胸口，行了一个灌木地的礼。

"我叫塞莱斯特。"女孩松开拳头，把手放回身侧，看着另外两名士兵，她说，"这是萨巴和塔蒂。"

虽然萨巴和塔蒂都不是灌木地人，但也都服从塞莱斯特的领导，她们同样向罗阿举拳敬礼。

罗阿吓了一跳，连忙回礼。

"执勤？"她转向萨菲尔低声说。

指挥官蹲在床边，扫视着地板。

"你在干什么？"罗阿问道。

"今天早上，王后的一名私人侍卫被发现死在了一条小巷里。"萨菲尔起身凝视着王后，"他的脖子被切开了。从伤口的形状来看，凶器是一把小刀。"

罗阿拉下袖子，遮住了她的手腕——上面仍然残留着斯林的血迹。

"宫门口的士兵告诉我，他晚上和你一起离开了。"萨菲尔的黑发被绾成一个简单的发髻，搭在脖子上，防止头发挡住脸。那双蓝眼睛密切地注视着罗阿，仿佛在观察她的反应："你去哪儿了？"

罗阿强迫自己保持沉着。

还有其他三名警卫，她敢肯定，他们已经把真相告诉了萨菲尔。罗阿在斯林的护送下离开了王宫，然后他们都没有回到她的房间。

"我出去散散步，"她说，"我需要一些新鲜空气。"

萨菲尔从腰带上抽出一把飞刀，观察着它锋利的刀刃。"你需要新鲜空气……在午夜？"她的目光回到了罗阿身上。

"我离开的时候月亮刚刚升起。"

"是斯林护送你出去的？"

罗阿点点头。

"但没有护送你回来？"

"这是审讯吗？"在她的肩膀上，埃希激动地张开了翅膀。

萨菲尔笑了，但眼中没有一点儿暖意："如果这是审讯，你现在就会被关进地牢。"

罗阿蔑视地抬起下巴。

"斯林没有护送你回来？"萨菲尔重复了一遍，等待罗阿承认或否认。

罗阿摇了摇头。"他说……"她因为那段记忆颤抖着，"他需要为国王处理一些问题。"

罗阿盯着萨菲尔的眼睛。罗阿以为她会继续施压，询问自己国王有什么问题需要处理。

但萨菲尔没有。她转身来到莉拉贝尔房间的三扇拱窗中的一扇前。

"在可以找到其他替代人之前，"萨菲尔回到罗阿面前，看着窗外，阳光照在她身上，"我是你的新任侍卫队长。"

罗阿皱起了眉头："什么？"

对达克斯最忠诚的人、他的亲人看着罗阿的一举一动？这是她最不希望发生的事情。

"而她们……"萨菲尔向门口的年轻女子点点头，"是我最信任的三名士兵。"

罗阿瞥了一眼这些侍卫，所有人都专注地盯着她们的指挥官。从她们脸上的表情来看，罗阿毫无疑问地知道她们的忠诚是无法用金钱买到的。从她们脸上的表情来看，她们会打倒任何想要对抗萨菲尔的人。

"她们收到的命令是不惜生命地保护你，"萨菲尔走回罗阿身边，"她们会服从命令。"

"完美，"罗阿咬牙说道，"我希望她们比斯林做得好。"

"你可以相信这一点。"萨菲尔说。她把飞刀扔到空中，刀光一闪，飞进了她腰带上的刀鞘里。

但是就算有这么多的不便，罗阿依然发现自己很放松。在这些新侍卫面前，她真正感觉到了安全。

"现在，"萨菲尔笑了，这一次，她笑得很开心，"我们陪你去你的房间吧？我觉得在今晚出席席尔瓦男爵的晚宴前，你需要先洗澡换衣服。"

晚宴。

她要怎么去寻找并偷走织天之刀？无论走到哪里，萨菲尔那双过于敏锐的眼睛都会看着她。

罗阿跟着塔蒂和萨巴穿过房门，塞莱斯特和萨菲尔走在后面。

我得想办法甩掉她。

那么该如何做到呢？罗阿并不清楚。

## 不速之客

妹妹去世后的第一个放手节，女孩帮助母亲吹灭了所有的灯，她的弟弟闩住门，只放活物进来。

放手节不是庆祝的日子，人们不会穿着华丽的衣服、吃奢侈的饭菜，不会唱歌跳舞。

在放手节，人们需要仔细观察，否则，最坏的情况就可能发生。

在女孩的家中，太阳落山之后，家人和邻居都戴上面具，聚集在中央大帐，依次给大家讲着故事，直到日出。

通常情况下，女孩和她的妹妹喜欢放手节，喜欢听父亲讲述织天女神和发生在这个世界之外的故事，喜欢今晚唯一可以亮起的火焰，桌心火照亮了她们的面具，藏住了她们的身份，她们甚至喜欢烧焦的面包，喜欢把它浸在酸酒中。

今年不一样了。

这个女孩不想听父亲的故事，也不再去想织天女神。她不喜欢白色的木制面具，因为它会藏住她爱的人的脸。她对烧焦的面包也没有了胃口。

这让她想起了她失去的一切。

女孩起身离开了。

她没有离开这所房子，她知道不能那么做。但她离开了大帐阁楼，穿过了黑暗寂静的走廊来到了客厅。

太黑了。桌心火燃烧在房子的另一端，她什么都看不到。所以女孩点亮了一根蜡烛，把它放在了窗台上。一根蜡烛能有什么影响呢？

女孩走到了放着神怪棋棋盘的桌子前，爬上窗台看着窗外。天空中并没有月亮，一切都是黑的。

她的蜡烛还在明亮地燃烧，就像一座灯塔。

不久，门开始吱吱作响。女孩吸了一口气，一动不动地站着。蜡烛的光线无法照亮那么远的地方，门仍然笼罩在阴影中。

她感觉到从走廊吹来了一股凉气。

"是谁？"她低声问道，脖子后面的汗毛都立起来了。

一个声音从阴影中回答："这是一年中最长的夜晚，你在窗口放了一支蜡烛？"

女孩的心脏怦怦地跳着。她抓过蜡烛，攥在了手里。

"你是谁？"她低声说，双手颤抖，蜡烛闪烁。

但她知道。

她当然知道。

门后面的东西走进了灯光。它有妹妹的脸、她的黑色头发和她死时穿的天蓝色衣服——一件及膝的棉袍。

"你好，姐姐。"

女孩在放手节面具后面吞了一口唾沫，她感觉到了危险，知道她面前的东西可能戴上了妹妹的脸，但却有着扭曲的自我。

"退后。"

那东西停了下来，皱起了眉头，仿佛在疑惑。

"你以为我已经堕落了，"那东西看着女孩的手在衣服下面滑动着，想要去取小腿上的那把刀，"刀是无法对抗堕落的，蠢货。"

女孩没有把她的手从刀上移开。"我妹妹死了，几个月之前就死了。如果你想让我相信你就是她，而不是她堕落的灵魂，你需要证明一下。"

那个戴着妹妹面孔的东西咬了咬嘴唇。它的目光扫过客厅，落在了窗台下面的桌子上，落在了神怪棋的棋盘上。

"一个堕落的灵魂能在神怪棋中赢你吗？"

"我的妹妹平时都无法在神怪棋中赢我。"

那东西把手放在臀部，微笑着，就和妹妹的笑容一样："是这样吗？"

事实并非如此。这是一次考验。

那东西走向窗户。

女孩很怕，退了几步。

它抬起手，然后慢慢伸手去拿桌子上散落的黑白棋子，以免再吓到她。

"一个堕落的灵魂会知道你最喜欢这个吗？"

坐在棋盘前的东西拾起了象牙做的笼中女王。女孩接了过来，但仍然保持警惕。随后，她从窗台上滑下来，坐在了桌子对面。

"如果我赢了，"那东西摆好棋盘，"我希望你能和我一起跳水。"

它的手指轻轻地划过轮廓分明的棋子，仿佛这是它的最后一场游戏，它想要记住一切。

"如果你是我的妹妹，你就会知道我讨厌玩跳水。"

那东西抬起头，双方的目光相遇了。"但我喜欢。我想今晚和你一起做我喜欢的所有事情。"

女孩的态度软化了。

她没有继续坚持下去，开始下棋。

那东西不再看女孩了。女孩开始观察它。它有着妹妹乌木般的眼睛、圆形的脸颊，黑色的鬈发绑成辫子。它甚至还有她那参差不齐的牙齿。时不时地，父亲的声音会飘到大厅里，他仍在讲着故事。戴着妹妹的脸的东西有时会抬起头来，女孩会看到她眼中难以忍受的悲伤。蜡烛烧到蜡油堆成山，那东西说："堕落的灵魂会知道密语吗？"

女孩抬起头，她很惊讶。她们的母亲患上头痛，身体虚弱的时候，那段非常消沉的日子里，她们的父亲制定了一个不在房子里说话的规定。所以女孩和她的妹妹发明了一系列复杂的手势。这些手势的大部分她们都不记得了，发明它们才是最有意思的。

然而，她呆住了。

那东西笑了。它慢慢地把手伸到桌子对面，摸了摸女孩的手腕。女孩颤抖着，尽管它的手很温暖，手指很柔软。当它摸到女孩的腕骨时，它敲了两下。

请注意，这个手势的意思是，我即将赢得比赛。

女孩看着棋盘，发现游戏确实结束了。她抬头看着它露出微笑的脸，发现它笑得那么灿烂。那笑声那么熟悉，是她在这个世界上最喜欢的声音。

"我相信你，"她低声说，"但如果你没有堕落，为什么会来这里？"

笑容消失了。"我无法离去。"她的声音中充满了悲伤。

突然间，一切都变得说得通了。妹妹以自己真正的形象来到了这里，在一年中最长的这个夜晚来到了活人中间……因为她没有离开。她没能跨过那道门。

"咱们有多长时间？"

妹妹看着窗外的天空。夜已经过去一半了。

"到天亮。"

"那好吧，"女孩熄灭了蜡烛，"如果想要及时抵达悬崖，咱们最好现在就开始行动。"

妹妹在黑暗中向她露出了微笑。


这一次，女孩爬上了陡峭的岩石，虽然她的腿依然在颤抖，虽然她很害怕，但她还是跳了下去，然后又跳了一次，接下来又一次。

她的妹妹握住她的手，两个人一起笑着落下去。她多么怀念那笑声啊。

不断地跳跃不会减少内心的恐惧感。女孩只是不在乎死亡，因为她只想永远看着那个仿佛她妹妹的存在。她想花这最后的一些时间去做妹妹想要做的事情。因为太阳升起的时候，一切就都结束了。她的妹妹会像所有灵魂一样离去。

天空变红的时候，她们从水中爬出来，牙齿在清晨的寒冷中咯咯作响，然后两个人瘫倒在草丛中。女孩紧紧抓住妹妹的手，深深地盯着她的眼睛，不敢看向别处，甚至不敢去看天空。

"别走，"她低声说，"没有你，我不知道自己该怎么办。"

"你是我的姐姐。你永远是我的姐姐。"

如果你走了，就不是了，女孩想。

天空变得金黄。妹妹仰望着天空，看着悬崖上的日出。

女孩没有去看。

"别走。"她恳求着，看着对方闪烁，褪色。她的视野因为热泪而变得模糊。

她一眨眼睛，妹妹消失了。

# 十六

　　罗阿站在敌方领土的中心，埃希坐在她的肩膀上，看着席尔瓦男爵大厅里那令人眼花缭乱的景象。

　　为了对新王后致意，丽贝卡的客人们都戴着放手节的面具，起码罗阿认为他们是那么打算的。但人们戴的并不像罗阿他们在一年中最长的夜晚所戴的那种面具，而是在展示自己的财富。面具都是闪闪发光的金子做的，有些镶嵌着宝石，或者系着鲜亮的缎带，每个人的面具都各不相同。

　　一名瘦弱的男子戴着大象的鼻子。一名戴着红宝石戒指的高大女子戴着鬣狗的脸。一名有着闪亮的黑眼睛的黑发年轻女子戴着龙头独自站在墙边。面具覆盖了她的半张脸。

　　客人们笑着互相展示着面具，傲慢地看着罗阿、莉拉贝尔和埃希，而这三个人则在冲着他们的东施效颦打着哈欠。这不是为了罗阿和她的灌木地传统庆祝，这只不过是一种嘲弄。

　　"这可以保护咱们免受鬼魂乱跑的影响？"一个女人假笑道，"我都不知道他们这么迷信。"

"这多落后啊。"她身边的一个男人赞同道。

罗阿和莉拉贝尔交换着愤怒的目光，埃希恼怒地皱起了眉头。她们得到的面具——一条眼镜蛇和一只狐狸，都被紧紧地握在她们的手里。

放手节的面具都很简单粗陋。它们由木头制成，全部涂成白色，故意做得很朴实，全部都是一个样子，因为人们需要用它们来迷惑和抵抗死者，而不是用它们耀眼的美丽吸引他们。

不仅如此，面具只会在一年中最长的那个夜晚被戴上，那是五天之后。

"没错。"莉拉贝尔盯着他们阴郁地说，"继续笑吧。"

但罗阿不能因为他们的傲慢而分心。她需要找到一种方法来甩掉她的侍卫，这样她就可以去找那把刀了。

"对你来说这有多丢脸啊。"

丽贝卡的声音吓到了罗阿和埃希。她的爪子嵌进了姐姐的肩膀，让姐姐抖了一下。她现在可能无法感受到妹妹的情绪，但能感觉到她的体重从一只爪子移动到另一只爪子上，罗阿确切地知道埃希对走过来的那个人的感受。罗阿抚摸着她的翅膀，想要安慰她。

"丽贝卡。"罗阿右边的莉拉贝尔回答，她绷紧了通常都很温柔的面孔，"这真是一场不错的宴会。"

丽贝卡一身金色走到罗阿的左边。她的长袍几乎与达克斯的短袍色调完全相同，而她的黑发则被精巧地绑成了辫子。腰带里藏着一把匕首，刀刃隐藏在浮雕银鞘里。

罗阿的装束则简单得多。为了融入人群，让自己更容易躲开侍卫，她穿了一件长袍，选择了最近很流行的粉红色。其他出席宴会的女性更可能穿这种颜色的衣服。她没有戴珠宝，一点儿都不会吸引眼球。

　　"流言说他会把宫中每个女孩都带上床。"丽贝卡说，她无视莉拉贝尔，冲国王点点头。国王半醉着和费尔嘉德最富有的女孩调着情。雅站在他身边，看着他的杯子。"有人在打赌他有多少私生子。"丽贝卡说。

　　罗阿小心翼翼地不去看莉拉贝尔，谢天谢地，莉拉贝尔也没有什么反应。埃希抓着罗阿肩膀的爪子收紧，刺穿了皮肤。然后她飞到莉拉贝尔那里，好像要安慰她。

　　"甚至有人在打赌他有没有和你上床。"

　　现在，莉拉贝尔的愤怒已经非常明显了。罗阿不想让她的朋友离开，直视着前方。

　　大多数费尔嘉德人怀疑罗阿和达克斯还没有圆房，但没有证据能够证明他们的看法。起义前夕他们的婚礼在营地举行。

　　"无论是哪位国王，未圆房的婚姻都是不稳定的，特别是这种懦弱的国王。"

　　罗阿知道事实就是如此。达克斯是一个懦弱的统治者，他需要的不仅仅是婚姻，还有一名继承人。

　　"这是你的观点？"罗阿说。莉拉贝尔握住了她的手，紧紧攥了一下。

　　"他是个男人，和其他男人一样。"丽贝卡靠近了，"他是不会一直等下去的。"

在她眼角的余光里，罗阿看到指挥官走了进来。但是，在这么多目击者的包围下，丽贝卡要是想在这里伤害王后，那她肯定是疯了。

"有一天，"丽贝卡喃喃地说，"他会变得不耐烦，从你这里把他需要的东西拿走。"

罗阿想到了那天在阿米娜的马厩里。她还欠他一个吻。

我会在适合的时候来拿走它。

"如果不行，"丽贝卡靠在罗阿的肩膀上说，"他会把你抛弃。"

罗阿瞥了一眼女孩的深棕色眼睛。她们互相观察了大概一下心跳的时间，罗阿想知道丽贝卡是否听说了斯林的事情。

"我会告诉她不必担心。"莉拉贝尔打断了丽贝卡，她看到国王正在对一个身穿鲜黄色长衫的年轻女子微笑。那个女孩的头发轻柔地向外卷着，她的脸上和肩膀仿佛笼上了一层光晕。达克斯的视线固定在她身上，就仿佛她是太阳，他需要吸收她的温暖。"国王的注意力一直不集中，你怎么看，罗阿？"莉拉贝尔问。

罗阿对莉拉贝尔的语气中毫无怨恨感到惊讶。达克斯忘记了莉拉贝尔和她的孩子，难道她不应该生气吗？

丽贝卡似乎没有听到。她盯着国王，目光似乎非常贪婪，就仿佛狮子看着毫无防备的鹿。

突然，钢刀抽出的声音从她们身后传来。这三个女孩都移动了起来，为威胁做好准备。在莉拉贝尔的肩膀上，埃希警告般地张开翅膀。

一名龙裔，嘴角到颧骨有一条厚厚的疤痕，离罗阿只有几步远……三把闪亮的刀子正指着他的喉咙。

其中两把属于萨菲尔，第三把属于塞莱斯特。

"离王后远点儿。"萨菲尔冷冷地说道。

"这里不是战场，"丽贝卡吹了声口哨，"放下你们的武器。加尼特是我们的雇工。"

萨菲尔没有理她，一直盯着加尼特："如果他是你的雇工，他应该知道像他这样带着武器的人不能接近王后。你不教他们吗？"

加尼特露出了一副不自然的微笑，笑容并没有爬上他的眼睛。他举起双手，小心翼翼地退了一步。

"我不会容忍我家里出现这种野蛮行为。"丽贝卡咆哮道，她的注意力集中在正开始兜圈子的国王的堂妹身上，"你是什么时候成为侍卫的，萨菲尔？你在这里骚扰我的客人，那谁来履行指挥官的职责？"

萨菲尔让丽贝卡绕着她踱步，像钢铁一样平静，而罗阿的其他侍卫则走了进来，在她需要的时候保护她。

"你在这样的游戏中一直表现得不好，对吗？"丽贝卡把声音明显地压低了，"可怜的萨菲尔。你的血管中流着你斯克莱尔母亲的血，所以你永远不能待在我们中间。"

罗阿犹豫着，想要为萨菲尔辩解。

但萨菲尔可以照顾好自己。她盯着丽贝卡，说："擅长那种我不感兴趣的游戏有什么用？"

所有人都专注于女主人和指挥官之间酝酿的风暴，罗阿看到了机会。她戴上了面具，穿着一件不起眼的长袍，肩上没有白鹰。王后变成了身份无法识别的人，她躲到了房间里。

## 无法放手

放手节之后的几天，这个心碎的女孩开始注意那只鹰。

这是一只普通的沙漠鹰，有着浅黄色的羽毛和棕色的眼睛，每天早晨醒来的时候，它都在窗户那里。

它喜欢看着女孩，根据她待在哪个房间，从一扇窗户飞到另一扇窗户旁。她在田里帮忙或者在花园里与武术教师一起训练的时候，它就栖息在屋顶上。如果她和父母一起乘车前往其他家族，鹰也会去那里，在天空中翱翔，跟着她。

如果鹰的存在会令人感到不适，那女孩可能会警惕起来。也许这就是她应该警惕起来的原因——低吟。只要鹰在附近，它似乎就会发出最温暖和最明亮的光。

不，她想，不可能。

一天晚上，大家都睡着了之后，女孩打开窗户向它招手。那只鹰猛扑到她的床头柜那里，停在了灯架上。它的爪子抓住铁柄，试图保持平衡，仿佛它不习惯自己身体的重量和形状。

女孩在旁边的床上躺了下来，观察着它美丽的脖子、光亮的羽毛和锋利的爪子。

当她们的目光相遇的时候，一个太熟悉的声音充斥着她的脑海：你好，姐姐。

女孩因为妹妹的声音震惊了。

"你没有去那边。"女孩观察着鹰的羽毛。

留你一个人在这里？妹妹的声音响彻她的脑海，怎么可能？

女孩以为她可能是疯了。

但这不是疯了，这是真的：妹妹的灵魂回到了她的身边。

# 十七

和餐厅一样，走廊的天花板很高，简直像王宫的天花板一样。微风透过高高的拱窗吹进来，罗阿打着冷战。

罗阿扯掉脸上的面具，把它扔到了地上，脚下的马赛克瓷砖发出"叮"的一声。大厅里挂满了兽首，有一些罗阿认识——一头狮子，一只鹿，而另一些她不认识——一匹带条纹的马，一条头上伸出一根螺旋状角的巨大的鱼。

显然，这个家中的某个人喜欢打猎。

她的目光迅速扫过门口。西奥的信是那天早上送来的。那把刀在席尔瓦的私人收藏室，他写到，在那扇猩红色的门后面。

罗阿刚刚转过转角，就听到了莉拉贝尔的声音："你要去哪里？"

罗阿用力闭上眼睛，然后转身面对她正往这边走的朋友。

埃希站在她的肩膀上，昂起她优雅的头，好像在说：别看我，这是她的主意。

"你难道不能和达克斯待在一起吗？"她用手捂住了脸，"就像你平时那样？"

莉拉贝尔停下了脚步，皱起了眉头："这是什么意思？"

罗阿转身开始继续前进："请回去吧。"

埃希从莉拉贝尔的肩膀上飞了起来，冲向了罗阿。

莉拉贝尔追了上去。

这可能是罗阿唯一的机会。如果莉拉贝尔不按照她说的去做，她就得让她一起去。

就在罗阿转过转角的那一刻，她停了下来。那里有一扇猩红色的门。

这不是一个费尔嘉德式的门。图案不那么规则，但更有意思。罗阿伸手去触摸木头上环绕弯曲的藤蔓，然后抓住把手。

门上着锁。

罗阿想要大吼，但又立刻把这冲动压了下去。她想起来龙裔喜欢给东西上锁。

"也许我可以不那么经常和达克斯在一起，"莉拉贝尔就要走到转角处了，"如果你不一直孤立我的话。"

"我孤立你？"

"是的，"莉拉贝尔抬头伸出下巴，"你成为王后之后，就好像我不存在一样，好像你有一千件更重要的事情要做。"

事实不是正相反吗？

罗阿嘘了一声让她不要再说了，瞥了一眼大厅："你在说什么？你说我觉得我比你强……因为我是王后？"

莉拉贝尔摇摇头，她的目光里含着怒火："你一直觉得你比我强。"

罗阿盯着她。这根本不是事实。她的震惊很快就变成了气愤。

至少我从不会和你爱的男孩睡觉。她差一点儿就把这句话说出来了，幸好及时闭上了嘴巴，因为这样显得她很小气，而且也很荒谬——罗阿并不爱达克斯。

"如果有谁在孤立别人，那个人就是你，"罗阿想起了莉拉贝尔没有说出她怀孕的事情，想起了她最近和谁躺在一张床上，"如果有人认为你不如别人，莉拉贝尔，那个人就是你。一直都是这样。"

莉拉贝尔张嘴想争辩，但罗阿还没有说完："我父母收养你之后，你就以你认为别人看待你的方式看待你自己——一个可怜的人。你不是那样的人。就算其他人这样看你，你也不要相信他们。他们错了。"

还没等莉拉贝尔做出回应，一片阴影落在了她们中间。

这对朋友抬起头来，看到了指挥官蓝色的眼睛。她今晚穿着深紫色的长袍，午夜天空的颜色。

"萨菲尔。"罗阿突然一阵恐慌，"你在这里做什么？"

萨菲尔皱起了鼻子，仿佛闻到了什么腐烂的东西："躲避丽贝卡和她可怕的派对。"在她把目光从罗阿身上移动到莉拉贝尔身上之后，眼睛微微眯了起来，"你们做的事情似乎更有趣。"她交叉着双臂，"在干什么？"

罗阿看着莉拉贝尔，就仿佛莉拉贝尔可以拯救她。

"想打开这把锁？"莉拉贝尔看到了罗阿的眼神，猜测道。

萨菲尔歪了歪头。

"你能帮助我们吗？"

萨菲尔张开嘴想再问一个问题，突然走廊里传来了脚步声。罗阿和莉拉贝尔挺直了身子。萨菲尔瞥了一眼转角处："两名仆人正在往这边走。"

罗阿对着门锁示意，跟在莉拉贝尔后面说："更有理由采取行动了。你会开锁吗？"

萨菲尔盯着她，好像在决定是否应该出手帮忙。

现在，脚步声和说话声越来越近了。

也许是想要嘲弄丽贝卡，也许是真的相信罗阿，不管怎样，萨菲尔从靴子里拿出了某种东西。她蹲在门口，一脸专注地把一根撬锁棒滑进了锁孔。

萨菲尔用撬锁棒疯狂地捅着锁芯，后面传来的声音也越来越大。

快点儿！罗阿想。

突然，轻轻的"咔嗒"一声，门开了。

她们面前出现了一道通向上方的黑乎乎的楼梯。萨菲尔抓住罗阿，将她拉了进去。莉拉贝尔跟在后面，悄悄地关上了门，这时仆人才刚刚转过转角。

罗阿、莉拉贝尔和萨菲尔肩并肩站着，后背紧贴着门，仆人们的谈话穿过木门，她们一起屏住了呼吸。

"说谎。"一个女孩的声音传了过来。

"我看到她们了，"男孩低声说道，"一个脸上带着伤疤的女孩骑着一条独眼黑龙。"

女孩嘲笑道："这是你的想象。"

"听我说，我知道自己都看到了什么，"男孩继续说，"如果我是男爵，我会邀请她去喝茶。我听说人们看到她的伤疤就会死。我想知道这是不是真的。"

"她是个罪犯，你个笨蛋。有人悬赏了大价钱买她的脑袋。我敢打赌，他来这里的唯一原因就是引诱她出现，或者可以说他设了个陷阱。"

罗阿的双手开始出汗。她用长袍擦了擦汗。在她身边，平日里仿佛肖像般平静的萨菲尔，此时就好像心脏从胸腔里跳出来了似的。

她们正在谈论萨菲尔的堂姐阿莎，以及龙祖木津。

如果阿莎被抓住了，她将被执行死刑。

"她在想什么？"萨菲尔喃喃道，"她不应该来这附近。"

罗阿想起了阿莎的信，它仍然躺在前龙后的行宫中达克斯的床下。罗阿本来是打算把这件事告诉他的。如果她那天没有无意中听到他与莉拉贝尔的谈话，她是会告诉他的。在她对达克斯生气与埃希第二次失踪的这段时间里，她自己的侍卫攻击了她……

内疚刺痛了罗阿。她一直那么忙碌，没有太多时间考虑托文的问题，以及为什么他没有回到阿莎那里。

现在她确实想起了他，或者更具体地说，想起了他头上的赏金。那份赏金的数量略低于阿莎的。他们应该远离费尔嘉德，因为如果其中任何一个人落入敌人之手……

罗阿甩掉了这个念头。她现在在这里。她需要拿到那把刀。找到那把刀之后，她就会去确定托文和阿莎是否安全。

"来吧，"罗阿开始往楼梯上爬，"在有人注意到咱们失踪之前赶紧行动。"

她们一起爬上了楼梯。昏暗的红色灯光划过石阶，穿透窗子上的板条。在楼梯的顶部有一扇朴素的门，门楣上刻着一个奇怪的符号。

门虚掩着，尘土飞扬中，灯光照了进去。萨菲尔推开了那扇门。埃希飞到了高处，仿佛一名银眼的哨兵望着三个女孩走进来。

窗户摇晃着，清新的微风吹了进来，花园里雪松和玫瑰的甜美气息也飘了进来。玻璃柜子排列在墙边，一直排到下一个房间，再下一个房间。里面每一个格子都放着珠宝、面料、雕塑和武器，还有从世界各地搜罗来的工艺品。

"咱们要找什么？"

"一把刀，"罗阿说，"织天之刀。"

莉拉贝尔疑惑地看了她一眼。

罗阿无法责怪她。她也一直持怀疑的态度。

她们搜索了各种档案。莉拉贝尔现在站在罗阿对面，旁边是保存在玻璃下面的神怪棋棋盘。这副棋与父亲的那副不一样，但罗阿仍然可以认出笼中王后、脆弱君王、织天女神、龙和堕落灵魂。所有的棋子都用金合欢木刻成，盒子一侧固定了一块黄铜板，上面刻着游戏规则。

突然，另一个房间里的萨菲尔说："我好像找到了什么东西。"

两位朋友循着指挥官的声音走了过去，看到她俯着身子，眯着眼睛，正看着一个装饰着黄金花丝的八角盒子。

盒子很小，可能只有两掌宽，上面的玻璃没有留下灰尘或指纹。一个木制基座把盒子托到了齐胸高，基座上嵌着一块金板。

盒子上面刻着的并不是一段描述，而是一个故事。

一个关于织天女神的故事。

罗阿的心脏在胸腔里怦怦直跳。就是这个。这里放着那把可以拯救她妹妹的刀。

这里只有一个问题。

盒子是空的。

## 织天女神

曾经有一位神用她的名字换到了一台织机，用她的心脏换到了一根纺锤，用她的脸换到了一把刀。

人们称她为织天，但这不是她的真名。人们说她居住在世界之间的缝隙中，唯有死神能够找到她。

织天曾经擅长许多事情，但现在，她只擅长一件事情：整日整夜，她将灵魂纺成星星，将它们编织在天上。

"灵魂是什么，"她低声问，"是天空中等待出生的星星？"

她的织机回答："咔嗒，嗞，咔嗒。"

"灵魂是什么，"她又问，"是茧内等候成熟的小虫？"

有时候，织天就有这种感觉，她似乎在等待变化。有时候，她会环顾她的房间，觉得这还不够。

接着，她的梭子沉默了，她的织布机静止了。她低头看着手中的刀子，刀刃像月亮一样闪闪发光。在银色的反光中，一个无面女孩盯着她。无面女孩记不住自己的真名。

"没关系。"她低声说。

织天举起刀，斩断旧线，重新开始工作。

# 十八

罗阿盯着窗户。

为什么盒子是空的?

她解开扣环,打开盒盖,把手按在盒子里,触摸盒底的天鹅绒,然后把它拉了出来。下面除了一层玻璃就只剩下木头底座了。

也许托文已经劫走了它,她想。

也许席尔瓦男爵在向他的客人炫耀他的新收藏。也许有人正在清理它、打磨它,也许有人认为这个房间不够安全。毕竟,萨菲尔刚刚撬开了锁。

罗阿需要找出事情的真相。

"咱们已经离开太长时间了,"萨菲尔望着门口说道,"如果这就是你要找的东西,那么它不在这里。咱们得回去了。"

罗阿知道萨菲尔是对的,于是盖上了盒盖。

三人回到楼梯那里的时候,织天的故事充斥着她的大脑。

罗阿想起了八年前躲开死亡的那个人，让妹妹代替死亡的那个人，换回埃希的灵魂需要付出生命的那个人。

自从做出决定以来，罗阿第一次动摇了。她真的要去做这样的事——带走他的灵魂吗？

她想起了下面的大厅里的那个人，他大声吵嚷，酩酊大醉，调戏其他女孩；她想到在那次会议上，他毫不犹豫地打破了他承诺的每一项条约；她想起了斯林口袋里的令牌。

是的，她拳头收紧，告诉自己，我可以去做，我可以为我妹妹去行动。

返回宴会厅的时候，她们正好撞上了大步走来的丽贝卡。这位女主人在昏暗的灯光下显得骄傲而优雅，金色长袍在火炬的照耀下闪闪发光。

加尼特和另一个魁梧的龙裔站在她两侧。他们不是士兵，但从交叉双臂站立的姿势看，他们更像这座房子中的侍卫。

跟在丽贝卡身边走过来的是……

"西奥？"罗阿和莉拉贝尔齐声说道。

西奥羞怯地笑了笑。他把深棕色头发像往常那样缩成了发髻，穿着一件费尔嘉德风格的银色短袍，短袍正好及膝，下面露出了裤子。罗阿可以看到衣服上精致的银色缝线。

"你这是穿的什么？"她上下打量着他，差点儿把他误认为一名龙裔。

他从哪里得到的这么好的衣服？他究竟是怎么受邀参加这次晚宴的？

"王后陛下，"丽贝卡打断道，"多巧啊。你的朋友正和我聊到你呢。"她腰带上的银色刀鞘在火光中闪烁着："你在大厅里做什么？"

罗阿盯着匕首，突然有了一个想法。

"我们迷路了，"莉拉贝尔迅速回答她，"萨菲尔找到了我们。"

丽贝卡稍稍眯起了深棕色的眼睛。

"萨菲尔，莉拉贝尔……劳驾二位一下可以吗？我想同王后讨论一些事情。"

"我希望可以，丽贝卡，但是……"

加尼特和另一名龙裔走上前来，稍稍抽出了刀子。

"不会花很长时间。"丽贝卡笑着说道。

莉拉贝尔与罗阿四目相交，因为指挥官伸手去摸刀柄了。

"别。"罗阿摸了摸萨菲尔的胳膊，她一直盯着女主人腰上的匕首，"行了，你先回宴会厅吧。"

"你知道我不能这样做。"萨菲尔盯着那个脸上有一条疤痕的侍卫说道。

"我命令你离开。"

萨菲尔瞥了她一眼，罗阿认为她会继续拒绝。但随后萨菲尔把手落到了身侧，僵硬地低下头："好的，王后陛下。"

罗阿不喜欢丽贝卡观察萨菲尔和莉拉贝尔的样子，仿佛她们是玻璃下面供人观察的昆虫。她也特别不喜欢丽贝卡观察埃希的样子，仿佛她不是一只鸟，而是一顿饭。

"和她们一起走吧。"罗阿告诉她的妹妹，把她从肩上推开了。

埃希吃了一惊，没来得及牢牢抓住罗阿的肩膀。落下去之前，她展开翅膀，向莉拉贝尔飞了过去。

西奥站在罗阿身边，她回头看了一眼，看到埃希、莉拉贝尔和萨菲尔都在担忧地看着她。

丽贝卡把他们带到了一间满是鸟儿的房间。

鱼鹰、猫头鹰、麻雀、乌鸦，还有最麻烦的沙漠鹰。所有鸟儿都很不自然。它们都在墙上看着罗阿。它们的眼睛毫无生气。它们的灵魂消失了。

罗阿和西奥交换了一下眼神。房间里有着死亡和恐惧的气味。

感谢群星，埃希不在这里。

丽贝卡坐在一张对她来说有些大的扶手椅上，从桌子对面盯着罗阿：“我和你说过，我父亲喜欢鸟。这是他第二喜欢的房间。”

罗阿吞了一口唾沫。他最喜欢的房间什么样？

“我们为什么来这里？”她问道。

丽贝卡靠在椅背上，握着父亲的椅子的扶手，观察着这位新王后。

“西奥来寻求我的帮助。”她说，“他非常担心你。”

罗阿望向坐在她旁边的椅子上的西奥。什么？

“他说你没有意识到你在做什么，”丽贝卡继续说道，“他跟我说，达克斯说服你带领军队，打一场他的战争，你背弃了你的婚约，以及……放弃了保护你的人民的一切希望。”

罗阿抬起下巴。事情并不是这样的。达克斯请求她的帮助，作为交换，罗阿要求与国王结婚。她清楚地知道自己在做什么。

她不是受害者。

"他不是你想象中的那种人，你发现得太晚了。"丽贝卡说。

罗阿靠在椅子上。这至少是真的。

"而且，"丽贝卡继续说道，"现在你想要撤回之前做出的选择。"

罗阿看了看西奥，她想要澄清一下。

西奥也看着她。

碎片拼到了一起。

为什么他穿得像个富有的龙裔？为什么他会被完全无法容忍灌木地人的丽贝卡邀请参加一场晚宴？

这就是他昨晚向罗阿提到的人。

罗阿盯着她的朋友。"告诉我你没有。"她低声说。

"西奥把一切都告诉了我。我知道你正密谋推翻国王。"

罗阿的嘴巴很干。她看了看西奥，又看了看丽贝卡，用自己的嘴巴说出了谎言，用自己的一切说出了谎言："没有密谋。"

"那你为什么昨晚偷偷溜出宫殿去见他？"丽贝卡的嘴唇翘了起来。

罗阿握住椅子的扶手。西奥不可能把什么都告诉丽贝卡，这会使他们处于危险的境地中。

"你正在和你爱的男孩密谋，将你的丈夫推下王位。"

她的心脏仿佛已停止跳动。

你都做了什么？她盯着西奥。

西奥伸手想要抚摸她。

罗阿畏缩了一下。

"她的父亲是费尔嘉德最有影响力的人，"他说，"她可以帮助我们，罗阿。她愿意为我们提供想要的一切。"

"帮助我们？"罗阿的心脏现在又开始了疯狂地跳动，"她？"

罗阿站了起来。她不能坐在这里听这些话。她想离开这个房间。

西奥抓住她的肩膀，阻止了她。她看着他的手正用力地抓着自己，她很失望。他那双金色的眼睛仿佛在恳求："罗阿，拜托。听就是了。"

罗阿转身面对丽贝卡，她的身体扭曲着。鹰的标本从墙上往下看着，用毫无生气的眼睛凝视着罗阿，这让她的头发都立了起来。

"如果你想要那样做，那么你需要保护。"丽贝卡说，"我的父亲和我在议会、内阁和军队中有强大的朋友。我要做的就是把那些话说出来，他们每个人都会支持你。"

"军队忠于萨菲尔。"罗阿说。

丽贝卡笑了："不像她想象得那么忠诚。"

罗阿想起了斯林。她的侍卫差一点儿杀死了她。

"我可以给你最想要的东西。"丽贝卡说。

罗阿皱着眉头："是什么？"

"这个。"丽贝卡伸手从她的腰带上拿出了那把匕首。她用修长的双手将武器从刀鞘里拔出来，将它高高举起。刀片微微发亮，像银白色的月光。坐在桌子对面的罗阿感觉听到了奇怪的嗡嗡声。

"我知道你的人民将它称为织天之刀。"

罗阿吞了一口唾沫，盯着丽贝卡将那把可以拯救埃希的刀子收进刀鞘，塞进了腰带里。

西奥究竟告诉了她多少事情？

"你和我比你想象中的更相像，罗阿。我们比周围的人看得更远。我们理解需要做些什么……有时候在追求更大的利益时必须做出牺牲。"

罗阿的整个身体都在反抗。她不想成为这种只会冷酷算计的生物。

"达克斯是一个善变而无能的国王。他也背叛了我。而且他对费尔嘉德一样危险，因为他完全无法处理你们的困境。我可能不喜欢坐在宝座上的是个灌木地人，但如果必须做出选择，我更喜欢你。"

我要去当一个傀儡女王。罗阿明白了。

"如果你想推翻他，你需要的不仅仅是一些携带武器的灌木地人。"丽贝卡笑了。

罗阿怒不可遏。如果说她需要理由拒绝与丽贝卡讨价还价，那理由就是这个了——丽贝卡永远不会平等地看待罗阿和她的人民。

"我可以帮助你。我想帮助你，把这把刀送给你，而我想要的仅仅是你参与我的计划。"

为什么？罗阿瞥了一眼匕首，接着看向了丽贝卡的脸，达克斯做了什么让你这么恨他？

她仍然可以否认任何针对达克斯的阴谋，那些话都是西奥说的。但是当丽贝卡把她牵扯进来之后，这个女孩就有了指控王后叛国所需要的一切。

如果接受了丽贝卡的要求，参与他们的计划，罗阿将完全受她摆布。

"如同我没法给你我不了解的消息一样，我不能被你卷进一个我没有参与的密谋中。"罗阿说，"恕我失礼了，我丈夫现在应该在找我了。"

罗阿知道织天之刀现在在哪里。她会找到另一种方法来拿到它。

她离开了。丽贝卡的侍卫走到门前，挡住了她的路。

"让她过去，"丽贝卡说，"她听到了我们的邀请。我们给她一个考虑的机会。"

我是永远不会考虑的，她想。

侍卫们刚退到一边，罗阿就把手按到了门上。推门的时候，某样东西引起了她的注意。

房间的角落里有一张弓和一个箭袋。她坐在丽贝卡面前的时候，这两样东西一直在她的视线之外，但现在她清楚地看到了它们：弓是乌木的，箭尾是鲜亮的乌鸦羽毛。

两个多月前，在影家族的废墟里，她和莉拉贝尔蹲在地图上，托文在教达克斯如何射箭。脸上满是雀斑的斯克莱尔人就在用一张乌木弓和乌鸦羽毛制成的箭来教达克斯。罗阿记得，因为莉拉贝尔一直盯着他们。她告诉罗阿，那是她所见过的最漂亮的弓。

这张弓，这些箭……

不，罗阿想。

但是它们还能属于谁呢？

# 十九

走回宴会厅的时候，恐惧盘旋在罗阿的脑海中。

夜幕降临，宴会厅里充满了笑声和谈话声。墙壁上，黄铜烛台燃着火焰，参加晚宴的客人脸上的面具闪闪发光，罗阿头晕目眩。

她扫视了一遍人群，首先看到了达克斯，她正是在那里离开了他的身边。一群年轻女子包围着他。她们透过长长的睫毛凝视着国王，冲着他展示笑容，听着他的笑话，放声大笑。

达克斯也回以笑容。但正当他要吞下剩下的酒的时候，他的目光越过高脚杯的边缘射向了罗阿。看到她之后，他的笑容消失了。

罗阿朝他走了过去，穿过戴着面具的客人——客人们现在都喝醉了。达克斯从嘴边拿开了高脚杯，看了她一会儿，然后把杯子放在桌子上。罗阿朝着他走过去的时候，他的侍卫也跟了上来。

他们在大厅中央相遇了。他打量着罗阿。

"怎么了？"他举起一只手，仿佛要碰她，"你还好吗？"

罗阿摇了摇头："我很好，我没事。是……"

"你不好。"这一次，他握住了她的双手，"罗阿，你在颤抖。"

他举起了她的手，让她来看。手抖得像树叶一样。罗阿把手抽开了。

"我觉得发生了一件可怕的事情。"她说。

钟声在大厅对面响起，打破了他们互相凝视的视线。谈话声沉默了下来。达克斯和罗阿一起看着其他人都在看的方向：一个身材瘦高的男人站在大厅的中央。他穿着深红色的衣服，手指上满是戒指。

"席尔瓦男爵。"达克斯为她介绍说。

丽贝卡站在那个人的身边。

"尊敬的客人们！"席尔瓦看着这场晚宴，容光焕发，"菜品即将奉上，但在各位落座之前，我的女儿有一件事情要宣布。"

他向丽贝卡点点头，对方优雅地笑了笑。突然，萨菲尔、莉拉贝尔和雅出现在了罗阿身边。

埃希从莉拉贝尔的肩上跳到罗阿的肩上，凑得很近，感觉到了她的痛苦。

"你去哪儿了？"莉拉贝尔和萨菲尔同时问道，"发生了什么事？"

但是，丽贝卡的声音将她们的谈话斩断了，她拉着父亲的胳膊，让声音在大厅中回荡。

“几天前，我父亲得到了一样迷人的猎物，他现在想把它赠送给他的好朋友达克斯陛下和他的新婚妻子。”

丽贝卡对加尼特点了点头。加尼特穿过一扇门消失了，回来的时候带着的并不是什么动物，而是一个人。这个人的双手被绑在背后，头部被头巾遮住了。

加尼特脱下了他棕褐色的头巾，他是一个脸上满是雀斑，眼睛灰白的年轻人。

冰一样的寒意席卷了罗阿的全身。

达克斯的双手紧紧攥成了拳头，指关节都发白了。一下心跳之后，那个软弱的国王仿佛消失了，取而代之的是某种危险的东西。

埃希认出了那个年轻人，愤怒地尖叫着，她张开翅膀，眼睛闪着光。听到这个声音，托文抬起头，目光落在了他的朋友们身上。

“嗯，王后陛下！”丽贝卡的声音像玻璃一样插了进来，她在大厅的另一端盯着罗阿，“我的父亲为您抓到了一名逃犯、叛徒。您不打算感谢他吗？”

达克斯弯曲着手指，仿佛想把它抓在丽贝卡的脖子上。他开始行动了。

莉拉贝尔抓住了他，她的手指捏着他的胳膊。“不要让她激怒你，”她低声说，“鲁莽不能解决这个问题。”

是的，罗阿想，不能。

如果她把阿莎来信的事情说出来，这样的事情可能就不会发生了。

"我来处理这件事。"她说。

达克斯看了她一眼。罗阿已经穿过了大厅。埃希的爪子猛地刺进罗阿的肩膀，用鹰眼瞪着丽贝卡。

罗阿走到一半，托文的声音响了起来："你知道我属于谁吗？"他灰色的眼睛仿佛剑上映出的火光。

房间里一片寂静。丽贝卡转过身看着罗阿，她那细细的黑眉毛皱成了V形。罗阿停下了脚步。

"你知道她会如何对待她的敌人吗？"

有那么一瞬间，罗阿看到了那个为阿莎而奋斗的男孩，一个用坚硬的钢铁制成的男孩，一个在怪物和暴君手中幸存下来的男孩。

一个没有自我保护意识的男孩。

"你忘了她是伊斯卡利吗？她是死亡使者。"火光照在托文的头发上，像落日一样燃烧着，"她是国王的妹妹，凶悍的龙的守护者，龙会将整座城市化为灰烬。"他盯着丽贝卡，就仿佛在俯视她一样，就仿佛他曾这样盯过更可怕的东西一样，"对我来说，她是心爱的人。"他的声音柔和下来，"那些阻止我留在她身边的人必定不得好死。"

你在干什么？罗阿想。他在威胁房间里那个最残忍、最狡猾的人，那个最想要伤害他的人。

丽贝卡站在父亲的战利品面前，用冰冷的目光上下打量着他。"很好。她越早来找你，我就能越早地执行咱们的国王几周前就应该执行的判决。"

房间里的每个人都知道这句话是什么意思。

死亡。

丽贝卡的表情很明显，她想惩罚阿莎并不是因为她相信正义。她想惩罚阿莎，是因为这会伤害达克斯。

罗阿盯着她面前的这个贵族女孩，她裹着金色的袍子，头发编成了辫子。她怎么会成为这样的人，这样沉迷于让别人受苦？

"我接受你慷慨的礼物，"罗阿想将丽贝卡毒液般的目光从托文身上拉开，"我们会把他送到……"

"不，"丽贝卡的声音很干脆，"考虑到安全问题，我和父亲会继续关押他。"她看着大厅对面的达克斯说："告诉我，国王陛下，协助罪犯会受到什么惩罚？"

达克斯瞪着她，沉默如石。

"明天我们会把这件事交给内阁处理。"

罗阿的心沉了下去。丽贝卡正在玩游戏。还有最后一步……只有罗阿可以走出这一步。

"或许，"罗阿说，"你可以和我谈谈条件？"

微笑又出现了，比以往更加锋利而冰冷，像刀片一样。

"非常乐意。"丽贝卡看着埃希，罗阿的拳头上的那只鸟也瞪着她。

埃希张开翅膀展示着她无所畏惧的愤怒。罗阿觉得仿佛一道看不见的大门已经关了起来。她知道条件是什么。在丽贝卡转过身之前，罗阿望向了加尼特，他正拿起绳子捆住托文的手。

"若是伤害他，"她用只有加尼特和他的俘虏才能听到的声音说，"你将像之前被割开喉咙的那名侍卫一样，成为我留在巷子里的第二名侍卫。"

尽管身处险境，托文仍然对她咧嘴一笑。他那么勇猛，那么无畏，罗阿只能让自己从中获得力量。

二十

晚宴上，餐桌上满是堆满了食物的碟子和盛满了葡萄酒的
银盘。看到这些，罗阿感觉很不舒服。多年来，她一直看着歌
家族的田地从金色变成白色，看着父母主持配给食物，看着她
的邻居们排队前来领取。

她周围的客人都在狼吞虎咽，没人去想她饥饿的人民。

更重要的是，他们开起了玩笑并且在放声大笑，似乎托文
已经被遗忘了，好像没有人像猎物一样被关住。

罗阿没有碰她的食物。她的食欲早已消失了。随后，客人
离开的时候，罗阿让达克斯、莉拉贝尔、雅和萨菲尔不要管
她，先行离开。

"绝对不行。"萨菲尔执意留下，"你是不是疯了？"

达克斯没有说什么，而是观察着罗阿。他金色的短袍很
配他的肤色。今晚他把鬓发梳得平平的，但脸颊上仍然留着
胡楂。

"这是我的错，"罗阿告诉他，"我要来解决这个问题。"

萨菲尔的蓝眼睛里充满了忧虑："你究竟打算如何一个人赤手空拳地救出托文？"

"只要相信我就好了。"说这句话的时候，罗阿不敢看他们的眼睛。她觉得达克斯的目光就像重物一样压在她身上。

"我和你一起去。"就在萨菲尔说这句话的同时，达克斯说："我们会在院子里等你。"

萨菲尔惊呆了，她瞥了他一眼。他们用视线传递了某些信息，片刻之后，萨菲尔心软了："如果你待了太长的时间，我们就进去找你。"

这次，丽贝卡带罗阿去了另一个房间。房间里有一种闻起来像醋或切碎的酸橙的气味。

二人走进房间的那一刻，埃希颤抖了一下，在姐姐肩膀上动了动，离罗阿的头更近了。没过多久，罗阿找到了妹妹不安的原因。

这个房间最长的那面墙上满是黑色的笼子。有些是空的，但大多数都装着鸟——有些鸟疯狂地叫着，从一边跳到另一边，其他的则对自己的命运听之任之，谨慎地坐在它们的栖架上。

各种锋利的刑具摆放在一张小桌子上，刀刃在火炬的照耀下闪闪发光。

罗阿用她的手背蹭了蹭妹妹的翅膀——既是安慰自己，也是安慰埃希。

西奥跟着她走进了房间，接着是加尼特和其他三名侍卫。

看到她的朋友，罗阿立刻转过身。

"我很高兴你改变了主意，"丽贝卡在一个巨大的火盆旁说，"你想讨论什么样的条件？"

罗阿走向火盆，把手放在了盆边上。在灌木地，每个火盆上都刻着对长者祈祷的祷文，但这个上面没有。

"今晚把托文和织天之刀交给我，"罗阿说，"我会把你想要的东西给你。"

"成交。"丽贝卡拿起铁片和燧石，点燃了盆中的火种。她轻轻地吹着火苗，引火的树枝燃烧了起来，"告诉我你的计划，你可以带着那两件东西走出这所房子。"

罗阿摇了摇头。"托文不是一件东西。"她没有去冒险，"我需要你保证毫发无伤地把活生生的他交给我。"

丽贝卡抬起头来："没有信任是不行的，罗阿。"

如果罗阿的危险意识没有这么高涨，她可能会翻白眼。她竟会相信一条眼镜蛇。

丽贝卡肯定意识到了这一点。她一言不发地看着离开房间的加尼特。几下心跳之后，烟雾开始向着屋顶的洞口袅袅升起，丽贝卡来到了宽敞的窗户前，俯瞰着地面。

"来看看吧。"

罗阿走了过去，凝视着玻璃外面。下面的院子里，房子的一扇门打开了，托文从里面走了出来，他揉着手腕。在明亮的院子的另一端，莉拉贝尔、萨菲尔和达克斯正站在那里交谈，他们的身边围满了王宫的侍卫。他们发现托文之后，对话立刻停了下来，他们都盯着这位朋友。

萨菲尔首先朝托文跑了过去，差一点儿把他撞倒，然后紧紧抱住了他。在她身后，达克斯的嘴唇动了动。萨菲尔放手之后，托文摇了摇头，回答了达克斯的问题。达克斯看了一眼房子这边，皱起了眉头。

　　"看到了吗？"丽贝卡回到火盆边，将木头放在火焰上，"他很安全。"

　　罗阿突然觉得自己陷入了困境。似乎释放托文是一个关键转折，将她锁在了笼子里。

　　在她的肩膀上，埃希竖起了羽毛，紧张地移动着爪子。

　　一下心跳之后，加尼特回来了，关上了他身后的门。

　　丽贝卡从火堆那里抬起头，看到罗阿肩膀上栖息的白鹰："为了拯救你的妹妹，你需要杀死国王。"

　　罗阿僵住了。

　　丽贝卡知道鹰是她的妹妹？有没有什么事情西奥没有告诉她？

　　罗阿把手掌按在窗玻璃上，让它撑着身体。埃希的爪子刺进了她的肩膀，稳住了她。

　　"到底要怎么做？"丽贝卡逼问道。

　　罗阿吞了一口唾沫，让自己变得冷酷，然后转身面对火盆旁的那个女孩。

　　"必须在放手节使用织天之刀。"那一天，埃希将恢复她的真实形象，"那天晚上，用那把刀……"她指着丽贝卡腰间的武器说，"织天将带走达克斯的灵魂，然后把埃希的还回来，因为当时应该死的是他，不是埃希。"

丽贝卡观察着她。从她的眼神看，她不相信像灵魂或织天女神之类的东西，但她没有把话说出来。"夺走他的生命，你也放弃了自己的生命。"

"这就是我们需要你帮忙的地方。"西奥听到了罗阿的声音，从身后说道。

丽贝卡点了点头。"正如我所说的，我父亲和我对费尔嘉德有很大的影响力。议会对达克斯的起义很不满。他坐上宝座的时候，他们更不开心了。如果我父亲和我支持王后，他们也会支持王后。"

这些话激怒了罗阿。她不信任丽贝卡或议会，但是她无能为力：无论她多么厌恶他们，她现在已经与那些人结盟了。这是托文获得自由的代价。

"放手节那天城里的人数将增加一倍，"罗阿说，"大多数人会戴着面具。城里会很混乱，这会大大分散萨菲尔的注意力。你和西奥需要利用这场混乱，而我……"

在她无法下达这项判决的时候，丽贝卡小心翼翼地看着罗阿，为她说完了接下来的话："到时候你用这把刀杀死达克斯。"

罗阿扭开了头，想起了当时大厅里的达克斯。他握住了自己颤抖的双手，看到托文深陷敌人的魔掌，他全身散发出纯粹的愤怒。

然而，就在昨晚，她在一个试图杀死她的男人的口袋里发现了他的令牌。

她将困惑从思绪中抛开，思考着自己必须要去做的事情：

用织天之刀将达克斯的灵魂释放出来，拯救自己的妹妹。

西奥说话了："我有五十个人正在赶过来。但是为了占领王宫，咱们需要一个方法让他们潜进去。为了能够有机会对抗萨菲尔和她的军队，咱们必须先占领王宫。大门的防守将非常严密。"

丽贝卡的眼睛亮了起来："达克斯有没有告诉你秘密通道的事情？"

罗阿瞥了她一眼。秘密通道？"没有。"

丽贝卡歪着头，好像这件事非常有意思，她要收起来以备后用。"他过去经常跟我父亲说秘密通道的事，其中至少有一条通往城中。"她把双手举向火焰，温暖着自己，"既然你是咱们这些人里唯一能自由出入王宫的人，那么你需要找到这条通道。"

罗阿伸在火盆边缘的手收紧了。

"五十名灌木地人远远不够，"丽贝卡说，"但我可以将人数增加三倍。"

"你要怎么做？"罗阿问道。

"萨菲尔成为指挥官的时候，很多士兵被降级或免职，其中有几名高级军官。所有那些人都欠我父亲的，因为是他让他们找到了新工作。因此他们所有人都可以为咱们服务。"她露出了令人毛骨悚然的美丽笑容，"你找到那条通道之后，西奥和我将弄清楚如何最好地从内部攻下王宫。"

罗阿看向西奥。他的脸藏在阴影中，但是丽贝卡说话的时候，火焰似乎在他的眼中跳舞。

"如果我找不到呢？"罗阿问道，"如果这样的通道根本不存在该怎么办？"

"存在。"丽贝卡说，"如果说有谁能找到它，那肯定就是那个费尽心机想要登上宝座的女孩。"

罗阿望着窗外，她意识到会受到这个计划影响的不只达克斯，它也会让其他人陷入危险之中：莉拉贝尔，萨菲尔，王宫里的每个人。

我在做什么？

她从火盆边退了回来。她想离开这个房间，离开这座房子。

"如果都说完了，那么我应该回去了。国王和他的指挥官已经开始怀疑了。"她伸出手，"你答应把刀给我。"

"还有一件事。"丽贝卡说。

她的声音中的某些东西让罗阿感到一阵寒意。埃希挨得更近了，用翅膀蹭着罗阿的脸颊。

"我也喜欢保证。因为今晚我给了你一个保证，所以你给我一个作为回报也很公平。"

罗阿皱起眉头，想知道她需要什么样的保证。她感觉到丽贝卡的侍卫溜进了她身后的阴影里，挡在了罗阿和门之间。

"既然这是我的计划，我就不能让你两边都下注，"丽贝卡继续说道，"我需要确保你是忠于我的。"

突然，埃希尖叫着，用她的爪子箍住了罗阿的肩膀。一下心跳之后，两个人被扯开了，爪子撕裂了罗阿的皮肤。

罗阿大声喊叫着，转过身，发现加尼特正用双手抓住埃希，把她的翅膀压在身侧，阻止她挣扎、扭动、啄人。

罗阿在自己的小腿上摸到了埃希的刀。

"把你的手从她身上拿开！"

对方并没有听话，她扑了过去。

另一名侍卫伸出了胳膊，攥成了拳头。罗阿直冲了过去，一股力量击中了她的胸口，抢走了她的空气，让她一时间有些昏头。那个人把她拽了回去，让她远离她的妹妹。罗阿恢复了过来，用力肘击他的脸。那个男人咒骂着把她扔到了地上。

她听到西奥也在喊，听到了武器出鞘的声音。

罗阿发现了加尼特，他正走向其中一个笼子。埃希尖叫着，挣扎着，拼命想将翅膀挣脱出来。空笼子的门开着。

不……

罗阿跳了起来。

侍卫走了过来，围住了她，四把剑十字交叉着架在了她的脖子上。

罗阿感觉到了钢铁长剑的锋利。她只能站在那里，无助地盯着埃希，看到她的妹妹正受到威胁，她已经快疯了。

加尼特把埃希塞进了笼子，关上门，把钥匙拧进了锁孔。

埃希扑向了笼壁，尖叫着飞过来，一次又一次地被铁栏阻挡。"不……"罗阿哭了起来。罗阿挪到了她的身边，刀刃依然紧紧贴着她的喉咙。看着自己的妹妹正在弄伤自己，她不断地开合着空荡荡的双手，她已经筋疲力尽了。

最后，埃希落到了笼子的底部，再也没有站起来。她白色的胸膛因为小小的心脏正惊恐地跳动而迅速起伏着。

西奥被固定在墙上，脖子上架着出鞘的军刀。"这交易不是这样的！"他喊道。甚至罗阿都听出了他声音中的悲伤。

罗阿满怀思绪地伸出手，不顾一切地想要抚摸妹妹的身体，但是她没有得到回应。埃希只是静静地盯着她。

"我听说没能跨过那道门的灵魂会发生更糟糕的事情。"

罗阿将视线从妹妹身上移开。丽贝卡现在正逼近笼子，织天之刀在她身侧出鞘了。埃希透过铁栏瞪着她。

"我父亲不只收集文物，"她接着说道，"他还收集故事。西奥将你的困境告诉了我，说你需要这把刀，我便在父亲的图书馆翻找了起来。我发现了一种被称为堕落灵魂的东西。"

埃希没有堕落，罗阿想，尽管她自己也在颤抖。堕落的灵魂是致命的，而妹妹的灵魂只不过没能跨过那道门而已。

"故事说，如果死者的灵魂被困在这里太久，无法离开，那么它最终会变成可怕的东西。"丽贝卡用空着的那只手抓住笼子的一根铁栏，向内看着，仿佛她就想看到那样的景象，仿佛她希望埃希在她眼前变成怪物。

罗阿的胸前一紧，开始觉得呼吸困难："请把她还给我。"

丽贝卡将织天之刀入鞘，从笼子那里转过身来："我确认你的忠诚之后才能把她还给你。"

"我肯定会完全听你的，我发誓，"罗阿说，"把她放了吧。"

"够了。"丽贝卡眯起眼睛，声音尖细了起来，"王后不应该乞求。按照你所承诺的那样把事情做好，你妹妹将获得自由。"

脖子上的军刀抽开了，罗阿倒在了地板上。埃希被关住了，被困住了，从她手里被夺走了。

"放手节是五天之后。"丽贝卡慢慢地走向罗阿，"如果你在三天内把通道的位置告诉我，我就把你的妹妹送回去。"她双手握住刀鞘里的织天之刀，在火光下，上面的浮雕图案闪闪发光，"成交吗？"

罗阿的目光定在了埃希的身上。

每个人都有弱点，丽贝卡找到了她的那个。

"成交。"罗阿低声说。

"三天，"丽贝卡递出她的刀，"午夜之前告诉我。"

罗阿的手指紧紧地箍在刀鞘上。这东西比她握过的任何金属都要冰冷。

死亡一般冰冷。

## 上一次放手节

每一次放手节，夜幕降临之后，女孩的家人都会聚集在桌心火周围，她则悄悄地走进客厅，在窗台上点亮蜡烛，等待着妹妹的到来。

妹妹总是会来的。

但每一次，她似乎都变得更不像她了。

上一次放手节，黎明悄悄潜入，女孩坐在采石场平静的水边，在黑暗中将妹妹的鬈发编成辫子。

"我觉得我正在消失。"妹妹说。

女孩停下了手上的动作："什么？"

"我不知道自己到底是什么了。一只鹰，一个女孩，还是其他什么东西？"

她颤抖着。女孩告诉自己这只是因为太冷了。

"我不知道自己属于哪里。"

"你属于我，"女孩伸出双手，用自己的力量将二人"连"在了一起，"你是我的妹妹，也是歌家族的女儿。"

"是吗？"她低头冲着双手悲伤地笑了笑，"我再也不能住在那座房子里了，也不能在田野中抚摸手掌上的老茧。我永远不会坠入爱河，永远不能把自己的孩子抱在怀里。但是你……你有一辈子要过。你会成长和变化，而我将保持不变，永远不变。"

太阳升了起来。女孩们可以感受到空气的变化。它现在是金色的，满是湿气。

"有时候我觉得自己被困在了笼子里，"她低声说，"每天都在变得越来越小。"

泪水在她的眼中闪闪发光。女孩更加努力地抓住了妹妹的手。

"我不想再被这么困住了，"妹妹低声说，脸上是一副恳求的表情，"我渴望自由。"

第二天早上，鹰回来的时候，它的三根羽毛变成了白色。它抬起眼睛的时候，眼珠环绕着一圈银色的光华。

二十一

　　越是远离那个房间，远离自己的妹妹，罗阿就越觉得心碎。她调整了一下小腿上的带子，带子上面插上了两把刀：一把是埃希的，另一把是织天之刀。织天之刀就在那里，藏在她的长袍下面，但那冰冷的重量只会令她更加难受。

　　得到它的成本太高了。

　　现在她只有三天时间为席尔瓦的人找到进入宫殿的路。三天后，她要背叛达克斯，然后杀了他。

　　埃希在丽贝卡的手中，她没有其他选择。现在拯救妹妹是她最重要的事情。

　　"罗阿！"西奥的声音从她身后响起。她加快了步伐，前往席尔瓦男爵大宅的院子，她无法面对他。

　　"罗阿，请等等。"

　　西奥伸手去抓她的胳膊。罗阿将他甩开了。

　　"别碰我。"她的声音在颤抖，"没有我的许可，你再也不要碰我。"

西奥把嘴巴抿了起来："罗阿，对不起。"

"现在已经晚了。"伤害已经造成了。他把一切都说出去了。

她走进院子的时候天正在下雨。在她身后，罗阿听到门打开又关闭的声音，西奥也跟着她出来了。

他停下了脚步。

罗阿抬头找到了原因。灯笼照亮的小路尽头站着莉拉贝尔，她披着已经湿透的斗篷，和她的马一起等在那里。罗阿的侍卫藏在她身后。塞莱斯特、塔蒂和萨巴都已经上马准备出发了。萨菲尔、达克斯、托文和雅都不在这里。

罗阿朝她的朋友走了过去。

"其他人在哪里？"

"正把托文带到安全的地方。"莉拉贝尔从鞍袋里拿出罗阿的斗篷，"他需要你的马。"她把温暖干燥的斗篷披在罗阿的肩膀上，在将帽缨系在她的脖子上之后，莉拉贝尔拉上了兜帽，阻止雨水打在罗阿脸上，"你得和我骑一匹马了。"

罗阿躲在莉拉贝尔身后，双手抱住朋友的腰。罗阿没有回头去看西奥站在哪里，是否在雨中看着她们。从席尔瓦男爵的城堡回宫的路上，她把脸紧紧地贴在莉拉贝尔的肩膀上，其他人的马将她们的马夹在中间。

她把埃希留在了那里。


回到王宫马厩之后，罗阿让莉拉贝尔先走了。女马倌想要将马拴好，但罗阿坚持自己来卸马鞍。她还没有准备好面对在官中等待她的一切。

独自一人让思绪喧嚣，罗阿花了些时间解开马背上的扣子，听着马尾巴甩动的嗖嗖声和马的喘息声，突然，畜栏的门开了。

"你都做了什么？"

罗阿吃了一惊，她抬起头，发现达克斯走进了畜栏。他的金色短袍被雨水浸湿，紧紧地贴在胸口和肩膀上，湿润的鬈发贴在额头上，好像他穿过暴风雨来到了这里。

罗阿从愁眉苦脸的国王身边躲开，走进了畜栏更深的位置。

"你给了她什么？"达克斯声如洪钟。

她摇了摇头："我什么都没有给她。"

"你在撒谎。"他脸颊湿润，睫毛像黑暗的星星一样粘在一起，"无论出了什么状况，丽贝卡都不会让托文离开。"

罗阿试图承受他愤怒的目光，但失败了。

"你被收买了，"他走了过来，将她困在了畜栏的一角，"是吗？"

这很奇怪，但在他的声音中，罗阿认为自己听到了一种令人颤抖的恐惧。

"托文自由了，对吧？你得到了你想要的。谁在乎你是怎么得到的？"

他凝视着她的目光阴郁而严厉。

他有什么权利生气？罗阿为了他带领一支军队穿过沙海，为了他占领了达尔穆尔，帮助他发动起义，违背了自己的婚约，在歌家族和空家族之间造成了嫌隙……一切都是为了他。

他是如何偿还她的呢？

首先，他伤透了莉拉贝尔的心。然后，他毫不在意地违背了他在条约上的每一项承诺。今晚，她拯救了托文，而埃希被关进了笼子，他却一直在与丽贝卡的晚宴上的客人公开调情，还肆意往肚子里灌酒。

"事情可能会更糟呢，"她苦涩地说，"你可能和一个醉酒的嫖客结了婚。"

达克斯对她眨了眨眼睛，好像很惊讶。

"我？"他终于说道，"我是嫖客吗？"

罗阿抬起下巴，瞪着他，想起了今晚穿着黄色长袍的那个女人，想起了达克斯在她眼前喝酒的样子。

哦，她那么恨他。

"今晚？"他仿佛看到了她头脑中的想法，"今晚的事只是生意。"

她想着莉拉贝尔，把目光定在他的身上。"只是生意？"有多少个女孩怀孕之后害怕得独自哭泣？"你会去暖费尔嘉德的每一张床，除了你妻子的，这也只是生意吗？"

这句话从嘴里出来的那一刻，她就后悔了。

她不是这个意思。她不想让他暖床。

达克斯走近了一些，抢走了她身边所有的空气。"你是我的妻子吗？"他全身都湿透了，她可以看到他的全部——结实的肩膀，平滑的胸部曲线，"你睡在我的床上还是敌人的床上？"

她记得他们上一次独自留在马厩里——那天她输给了他。

因为那场比赛，她还欠他一些东西。

"没错，"她承受着他的目光，低声说道，"比起你那张，我更喜欢不那么拥挤的床。"

他们站在一起，彼此盯着对方，就这样过了几下心跳的时间，他们的胸部同时因呼吸起伏着。

"我根本不应该娶你。"他说。

"我不记得你有其他选择。"

他绷着脸，紧握着拳头。

"你的剑术那么糟糕，真是太可惜了，"她凝视着他，继续说道，"否则你就可以在这里除掉我了。"现在她真的很生气，想起自己在斯林口袋里发现的令牌，"你就可以完成你托付给别人的工作了！"

听到这些话，愤怒从他的眼睛里消失了："什么？"

她向空荡荡的马厩示意："只有我们两个人，没有人会听到，你可以现在就下手，把我干掉。"

达克斯盯着她："你在说什么？"

也许是因为埃希的遭遇产生的悲伤，也许不止于此，但有什么东西在罗阿体内燃烧，在一切全部烧毁之前，她无法阻止那火焰。

"我在斯林的口袋里找到了你的令牌，就在他想要杀了我之后。"

达克斯的嘴抿成了一条锐利的直线，眼中满是愤怒："什么？"

罗阿从来没有见过这个样子的他，他的语气让在她体内燃烧的东西摇曳了起来。

她退后一步。

达克斯走了过去，缩短了两个人之间的距离，他因愤怒绷紧了身体："说清楚。你在跟我说什么？"

"斯林在巷子里把我逼到了角落里，"她说，"他告诉我，他拿到了报酬，要为国王解决问题。"因为这段记忆，她有些颤抖，"我在他的口袋里找到了你的令牌。"

有那么一会儿，达克斯什么也没说，他回忆着前一天晚上的事：她独自朝他奔了过来，身边没有侍卫。

"所以，"他的声音苦涩，目光没有离开她的脸，"你认为是我下的命令。"

罗阿的声音像是自言自语："我还能有什么别的想法？"

"那令牌是假的。"达克斯的面容冷峻了起来，"别人伪造的。"

罗阿想笑："说起来容易。"

他没有离开，只是站在那里，观察着她。

"我向你保证过了，罗阿。"他的声音变得柔和了，"在我和你结婚的那个晚上。"

那段记忆在他的脑中闪烁着：在营地的中间，他们两个并排躺在帐篷里。

让罗阿惊讶的是，他抬起手轻轻地用拇指划过她的下巴："我永远不会伤害你。"

罗阿盯着他，不知所措。

"但是你每天都在伤害我。"

她没打算大声说出来。

达克斯似乎很震惊，他退后了一步，立刻缩回了手。罗阿感到一条空隙匆匆而来，将他们分开了。

"这样吗？"他低声说。罗阿没有回答。他说："那我再也不会把什么强加给你了。"

他没有再说别的，转过身走出了畜栏。

在他离开的那一刻，罗阿倒在了墙上。无论在她身上燃烧的是什么，那东西都消失了。她滑到了干草上，用手掌捂住了眼睛，想让自己在内心混乱的风暴之中变得麻木，想要消除恐惧。

在黑暗和沉默中，她看到了托文。他盯着丽贝卡，双手被绑在背后。爱消除了他所有的恐惧，他那么多次直面死亡，而丽贝卡只不过是个有点儿烦人的东西而已。

罗阿知道这样爱一个人是什么感觉。

她伸手抓住织天之刀，从长袍下摆底下的刀鞘中把刀拔了出来。刀子在黑暗中闪闪发光，罗阿感到一种奇怪的寒意渗入了她的骨头里。当她研究着刀刃和刀柄上的未知符号时，她想起了一只被困在笼子里的白鹰。

她爱她的妹妹，超过了爱其他所有人、所有东西。她会尽一切努力解救她，即使这意味着杀死一位国王。

## 堕落的灵魂

从前，有一只狗非常爱它的主人。主人工作到很晚的时候，狗会在前门等他。主人上床睡觉的时候，狗会躺在他的脚边。主人病得很重的时候，狗也不离开他的身边。直到有一天，主人睡着了，再也没有醒来。

家人聚集在火堆周围，狗呜咽着。人们向他道别，狗号叫着。

多年以后，狗还会盯着前门。它会立起耳朵倾听所有声响，寻找主人的脚步声。它觉得主人肯定是会回家的。

七年时间里，家人悲伤地摇着头，没有理会它。他们知道如何放手，狗不知道。

每一年的放手节，情况都会变得更糟。日落之后，狗会开始吠叫。

它叫啊，叫啊。

每年的这一天，这家人都不吃晚餐，而会看着窗户外面。但夜晚如墨一般黑，他们什么都看不到。

听到狗又开始在门口嚎叫、抓挠，他们点燃了一支蜡烛，照亮了通往房子的路，但那里并没有人。最后，在第八次放手节，这只狗老了，即将死亡，主人的儿子对它表示了同情。"让它出去吧。"他说。

所以孩子们打开了门。

狗摇着尾巴跑了出去。

某个东西戴着主人的脸溜进了大门。

第二天早上，邻居路过的时候，门开了，仿佛想让她进去。

她还什么都没看到，就闻到了血的气味。跨过门槛前，她感到一股寒意。

这家人全死了。那个男人堕落的灵魂屠杀了他们所有人，只剩下他的那条狗还活着。

这就是不愿放手的代价。

# 二十二

罗阿在她的房间里踱步。她的便鞋轻轻地拍打在地砖上，这与她绷紧的下巴和皱起的眉头形成了鲜明的对比。

她需要找到秘密通道。然而，她仍然被严密地保护着。甩掉萨菲尔指派来的侍卫对她来说几乎是一项不可能完成的任务。

只有她独自一人留在自己房间里的时候，才没有目光像箭一样指向她。她被关了屋里，无法去找什么秘密通道。

现在已经是午后了。罗阿走到露台的拱门前，发出了沮丧的吼声。然后她停下了脚步。

这处露台前的花园对面就是国王的住所。达克斯本来应该去参加一个会议，反正午餐的时候他是这么告诉罗阿的，但是现在在他的房间里有动静。

她的窗帘在微风中飘荡，遮住了她的视线，罗阿抓住帘子，将它拉到后面，这样她就能看到对面了。

国王刚刚进入花园对面的卧室。罗阿看着他解开短袍的带子。

他告诉她说要去开会，是谎话？

突然，达克斯走到他那边的露台上。罗阿藏到了窗帘后面，想要躲开对方的视线，心脏在胸膛里重重地敲击着。她回头一瞥，发现达克斯俯身靠在他那边的栏杆上，欣赏着分开罗阿住处和他自己住处的那座花园。

棕榈树在微风中沙沙作响，蜜蜂在薰衣草间嗡嗡着。然而，达克斯盯着下面，好像在等着什么。

或者在等谁，罗阿想。

如果是这样的话，她不想看。就在她准备回到房间的时候，达克斯从露台上撑起身子跳了出去，在栏杆上吊了几下心跳的时间，然后落在了地上。

罗阿屏住了呼吸。她等了一会儿，然后走到了她这边的露台上，看到他向花园的北端大步走去。

你要去哪里？

为了寻找答案，她踢掉了便鞋，爬过了自己这边的露台。就像达克斯一样，她让自己吊了一会儿，闭上眼睛，然后松开了手。

她摔到了地面上。脚踝一阵刺痛，这让她皱起了眉头。很快，罗阿瞥了一眼露台，没有人看到她。她的侍卫们仍然在大厅里，看着她房间的大门。

罗阿提起裙摆，追赶着国王。这里是前代龙后的花园，有着灌木地的气息。罗阿拉开了一段安全的距离，闻着蓝花楹和椰枣的香味。

但显然达克斯很自信没有人跟踪他，他并没有回头，毕竟，王家居住区里面只有他和罗阿在，因此花园里不会有别人。

他离开了小路，走进一片高高的针茅草丛，然后站在了花园的围墙边，罗阿赶紧冲了过去，躲在了一棵桉树后面。从她藏的地方，罗阿看到他用手按住了一块碎裂的黄色石膏。

他推了推。

墙动了。

罗阿张大了嘴巴。

那不是一堵墙，而是一扇门。在越来越大的裂缝中，罗阿只能看到黑暗。达克斯消失在通道里，墙壁移回了原位，关了起来，把罗阿留在了外面。

罗阿松开衣服下摆，穿过针茅草丛。叶子轻轻地蹭在她的皮肤上。她摸了摸墙壁，寻找着平时路过的时候一直没能发现的那条细线。

一扇暗门。

她感觉自己的身体里充满了希望。

为了防止达克斯听到她的声音，罗阿等了几下心跳的时间。最后，她把门推开了。

门内潮湿而黑暗，罗阿不得不将一只手按在墙上才能知道她在往哪里走。她已经完全看不到达克斯了，但没关系。她不太关心他的去向，她更关心的是这段通道的方向。

但通道似乎并非通往王宫外，而是通往更深处，然后向上延伸。她爬了两组楼梯，然后向右转，来到了一扇门前。

她深吸了一口气。因为担心门会被上锁，她伸手去摸门把手。但稍稍一转，门就"咔嗒"一声打开了。罗阿把门拉开了。

门的后面并没有阳光，而是挂着一块挂毯。

罗阿摸了一下挂毯背面纠结的彩色线，走近一点，倾听着。但是另一边没有传来任何声音。所以，罗阿屏住呼吸，把挂毯掀到一边，走进了房间。

明亮的阳光照射在马赛克地板上，照亮了飘浮在空中的尘埃。

这是一座图书馆。

房间里有一股发霉的气味，很暖和，书架上满是卷轴和旧书，有些是最近捆好的，还有一些年深日久的已经破损得很严重了。架子上早已没有空间，有很多箱子堆放在架子顶部。

众多书架摆放在这里，就像一个复杂的迷宫，把罗阿拉了进去。

但如果有人在这里的话……

她停下来倾听着，但听到的只有沉默。

罗阿回头看看自己穿过的挂毯，上面编织着女神伊斯卡利和她的双胞胎哥哥纳姆萨拉的形象。伊斯卡利是深蓝色的，胸前有一个月亮纹章；纳姆萨拉是金色的，戴着太阳纹章。这里还有其他挂毯，上面满是古老的故事的图像：木津、圣火，以纳姆萨拉命名的花和英雄。

罗阿沿着一道弯曲的墙走了过去。目力所及，只有更多的挂毯。阳光来自屋顶上方的玻璃穹顶。最后她终于找到了一扇没有藏起来的门，但它被锁上了。

秘密图书馆？

她不需要秘密图书馆。她需要一个秘密出口。

不过，她最终还是找到了一条通道。既然知道了要找什么，就很快能找到。

罗阿走到书架之间，想要回到她穿过的那条通道。但架子真的仿佛迷宫一般，它们让人不停地左拐右拐。在发现自己来到了房间的正中央之前，她已经遇到了两条死胡同。

圆形的乌木桌子周围摆放着十一把椅子，桌面上堆满了书、墨水瓶和羽毛笔。罗阿看了看它们，然后转过身来，观察着扭曲排列的书架。

走哪条路？每条路看起来都一样。

选择一条吧。

走进一排排的大书架，她转过一个弯，然后立刻停了下来。

在那里，背对着架子的是国王。

他弯曲着膝盖，交叉着双臂，向后仰着头，仿佛在思考。

看到她，达克斯的胳膊落到身侧，站了起来。他的目光在她身上闪过，眼睛睁得大大的："你在这里做什么？"

"我？"她说，"你不应该在开会吗？"

一阵突如其来的声音使他们两个都僵在了那里，是门闩轻轻打开的声音，然后是有人在说话。达克斯的身体离开了书架。罗阿的心脏在胸中怦怦跳着。

"他把所有人都换了？"有人在远处说，"他能这么干吗？"

"他没有听从咱们的建议，而是娶了一个灌木地王后。他是龙王。他可以想做什么就做什么。"

她听出了那个声音，是内阁的人。

"但他是怎么发现的？"

"很显然她告诉他了。"

达克斯伸手去抓她的手腕。

罗阿惊慌失措，扭开身子，然后逃到了架子那里，想要在那声音的主人找到他们、把她困在这里之前找到出口。但是她走得越远，他们就越近，直到最后，她和其中一个人之间只隔了一个架子。

"你觉得谁会割开他的喉咙，把他弄死？是她吗，还是国王？"

罗阿躲了起来。透过书架的顶端和横档底部，她可以看到他们丝绸的衣服。突然，从她身后，达克斯猛地抓住她的腰，用一只手捂住了她的嘴，把她拽了回来。

罗阿被他的力量吓住了，并没有挣扎。达克斯抱着她，将她带回了那张乌木桌那里，然后沿着另一条弯弯曲曲的通道开始前进，最终走进了一条死胡同。

在这里，他放开了她，盯着挡在面前的架子，沮丧地挠着头发，似乎他在期待着别的什么。

一个声音从连接这条死胡同和迷宫中心的一条通道里传了过来，罗阿打算跑。

"她的新侍卫很忠诚。我怀疑我们不能买通他们。"

她听到椅子慢慢移动的声音，听到他们都坐在了桌旁。

被困住了，她被困住了。

恐惧在她的肚子里扭动。罗阿倒退了几步，撞在了达克斯身上。这次他伸手摸到了她的手腕，用拇指轻轻地敲了两下骨头。

就在此时，罗阿想起来了——埃希的密码。

在他们还是一起玩神怪棋的孩子的时候，她就把这些教给达克斯了。

注意。这个动作的意思是这样的。

他在警告她。

她的思绪一闪而过，回到了议会召开的那一天，之后，她与丽贝卡交谈的时候，他也做了同样的动作——伸手去摸她的手腕，然后敲了两下骨头。

那时他也在警告她吗？

"我们不知道她是如何妥协的。"一名男子粗鲁地说道，"我得到消息说，灌木地人正在前往都城。她利用她的鸟向他们的领袖——也是她的情人——发信。"

罗阿的思绪旋转着。内阁正在讨论她。

他们为什么不能讨论呢？罗阿会对王位产生威胁。

"她对他没有爱。能说得通的就只有她想除掉他了。这将让费尔嘉德处于非常危险的境地。如果咱们不尽快采取行动，就可能会晚了。咱们的家园将被侵占。"

罗阿走近了一些，想知道谁在说话，想知道这些消息的来源是谁，这样她就可以警告西奥。

她还没来得及开始行动，达克斯就把胳膊绕过了她的身体，让她远离危险。

这让她很奇怪，他在做什么？

显然，这就是他所说的会议。但他为什么要藏起来而不是加入进去呢？他为什么要监视自己的内阁呢？

如果他真的聪明到能监视他的内阁，他就比我想象的要危险得多。

她需要保持清醒，她需要平息脉搏，然而，不可能不去在意他。他的心跳穿过她的衬衫。他的手指紧紧地蜷在她的臀部旁边。他的手臂温柔地缠着她的腹部。

她能感觉到他开始注意她了。她的身体靠在他身上。她的呼吸如此叛逆地与他同步。

想到这里，罗阿僵住了。

感觉到这一点，达克斯松开了手，退了回来。

他的靴子撞到了书架上的一根卷轴，沉重的卷轴落在了地板上。

说话声停了下来。

罗阿转身面对达克斯，她的目光混合着恐惧和指责。

"你听到了吗？"

几把椅子被推了回去，木头刮擦的声音传了过来。

被抓住了。不到二十下心跳之后，国王和王后将被抓住。

罗阿的第一反应就是跑，但她无处可去。如果她跑了，内阁会知道她听到了一切。他们会知道自己将会失去生命，因为叛国的代价是死亡。

这可能会令他们绝望。如果他们在绝望中想把她除掉，就在这里，这很容易。罗阿走投无路，寡不敌众，更不用说她无法防御了。

她想起了父亲的神怪棋的棋盘，父亲总是告诉她关于被困住后的办法。

她脑中一片混乱，手中又没有武器。

罗阿看着达克斯。

如果被抓住是不可避免的，那么罗阿需要按照自己的条件被捕。如果她能让这些议员相信国王和王后没有听到他们的话，他们甚至都没有在听，那么她才有机会活着离开这里。

"我欠你的那个吻，"她抓住达克斯的衬衣，抬头注视着他，"是时候拿走它了。"

他的眉毛在混乱中皱在一起："现在？"

罗阿点点头。她打算让情况看起来像国王在这里做他最擅长的事：引诱一个女孩。

声音分开了。他们在搜索过道，越来越近。

他们没时间了。

达克斯的犹豫可能会毁掉一切，罗阿的手指插入他的头发，她用嘴咬住了他的嘴。

薄荷的味道。罗阿更加用力地吻着，迫使他张开嘴巴。他的温暖淹没了她。

然后声音就出现在他们待的这条过道里。

达克斯终于理解了情况，不再犹豫了。

他也吻了回去，牙齿刮着她的嘴唇。他温暖的双手捧着她的大腿，把她抱了起来。罗阿将双臂环在他的脖子后面，将双腿环绕在他身上。

他们的髋部碰到一起的时候，两个人都吸了一口气。他们睁开眼睛，目光相遇了。

罗阿的心脏像鼓一样怦怦作响，因为他的手掌在她的亚麻布衣服下缓缓滑动着。一股惊人的热量在她身上蔓延开来。她的双腿收紧了，把他拉了过来。

达克斯将额头压在她的脸颊上，温柔地咬着她的脖子。罗阿惊讶地发出轻柔的声音。他又咬了她一下，罗阿闭上了眼睛，尽量不要让自己忘记这是她扮演的角色，尽量不要让自己被淹没。

但是他越吻她，就越深入她。他的双手热切地掠过她的皮肤，热量充满了她的感官，直到她无法思考。

当其中一人惊讶地喊出来的时候，她才想起那群内阁成员。

达克斯僵住了，紧紧地抓着她。他们的眼睛同时睁开了。

罗阿迅速放开了他，脸红红的。太热了，她甚至不需要假装。

"嗯……"达克斯挡到了他妻子面前，挡住了她的视线，"这太尴尬了。"

双手穿过鬓发的时候，他的声音很轻。

"国王陛下……"那个粗鲁的声音传了过来。

罗阿把脸压在达克斯的肩胛骨之间，她身体上被他触摸过的所有地方都很温暖。她听着他的跳得飞快的心脏，双手蜷缩在他的短袍内，拼命想要安抚在体内徘徊的饥渴。

说话的那个人清了清嗓子，又说了一遍："国王陛下，您在这儿做什么？"

沉默。

"我在这儿做什么？"罗阿觉得达克斯的身上发生了一些变化，如果他刚才真的感到紧张，那么现在紧张已经不见了，"你看我像在做什么？"

"有人会认为……"

"这不是我的私人图书馆吗？"

"对，但是……"

"内阁不是提醒我参加他们的会议吗？这不是咱们的交易吗？"

罗阿的手指在他的衬衫上松开了。有意思，她想，他做了什么交易？

"是的，国王陛下，但是……"

罗阿感觉到说话者的目光越过达克斯的肩膀，寻找着她。

"你和王后不是……"

他显然正在努力思索要说些什么。

"我们不是……什么？"国王似乎被逗笑了，"有私人空间？"接着他把罗阿从他身后拉出来。他把手臂环绕在她腰间，将下巴枕在她的头顶上，"今天我们想要做点儿……更不正当的事情。"

罗阿热得满脸通红。

什么时候他开始擅长说谎了？

她面前的七位议员沉默了。

这是他们的机会。

罗阿抬头看着他，把所有的注意力放在扮演一个被挑逗的妻子上面："咱们应该在别处继续吗？"

他笑得更欢了，罗阿有些恼火地意识到这是她最讨厌的笑容。他过去常常哄骗和诱惑人。

达克斯靠近她，吻了一下她的脖子，就在耳后："你觉得呢，我的小星星？"

那个名字又来了。罗阿想翻白眼，但还是熄灭了这种冲动。她点点头。

达克斯握住她的手，领着她直接穿过内阁成员，他们就像被刀切开的黄油一样分开了。

# 二十三

达克斯冲进走廊，松开了她的手，就仿佛那双手灼伤了他。笑容消失了。那位迷人的丈夫也像这笑容一样消失了。

他说服了七名内阁成员。而且如果她能对自己诚实一些，也得说他也说服了自己。

但是现在，她看着他，他的脚步声如雷鸣一般，他还露出一副彬彬有礼的样子，她想知道他要在那座图书馆里做什么。

从他看着罗阿的样子来看，他也在对着她思考同样的问题。

她清了清嗓子。

"如果没有被邀请参加那次会议，你怎么知道要开会？"

他观察着她，仿佛在决定要告诉她多少东西。

"你那么嫉妒昨晚的那个女孩？"

罗阿对这样的指控感到愤怒，不过她确切地知道他在说什么：那个穿黄色长袍的龙裔整晚都挎着他的胳膊。

"她是巴雷克议员的女儿。她提醒我要参加会议。"

听到这句话，罗阿安静下来。

"我告诉过你，"他说，"这只是生意。"

达克斯转了个弯。罗阿跟了过去，试图赶上他迈得大大的步伐。

只是生意，她想，他们在那里做的只是生意吗？

他在一扇门前停了下来，两名士兵把守在那里。他停得那么突然，罗阿差一点儿撞到他身上。

"国王陛下，"他们齐声说道，然后又面向罗阿，"王后陛下。"

她向他们点点头。

达克斯径直走了进去。

萨菲尔坐在一张桌子旁，她的羽毛笔在一张羊皮纸上疯狂地移动着。在国王的面前，她没有抬头。

"此时此刻有七名议员正在前往前门。他们将从中庭径直离开王官，也就是说，现在他们应该在圣水苑那里。我需要你以叛国罪逮捕他们。"

萨菲尔的羽毛笔停了下来。

"但是……你先别着急啊。"

指挥官抬起头，盯着她的国王，几下心跳的沉默，他们正在无声地交流。

萨菲尔从桌子前站了起来："我回来之后希望能听到你完整的指示。"

达克斯点点头："当然。"

她大步走进大厅，靴子敲击着地砖。她对着身边的士兵说："跟我走。"

"将他们制服和监禁之后，"达克斯走到窗口，看着议会厅的铜圆顶说，"我将召集一次紧急会议。我想安排在明天早上。咱们需要迅速采取行动。"

罗阿没有动，待在门旁。

"做什么？"

他转身面对罗阿。

"我有理由相信丽贝卡正在策划政变。"达克斯小心翼翼地看着她，并补充说，"她在空家族中有盟友。"

一阵寒意掠过罗阿的身体。

他怎么可能知道呢？她强迫自己看着他的眼睛，但一个更可怕的想法挥之不去，如果他怀疑西奥，那他是否也在怀疑我呢？

她想到了议员们在图书馆里的指责。

"你相信他们吗？"她需要知道这一点，"你认为我正在使用埃希向西奥发送消息吗？"

达克斯的嘴扭动着，好像他刚刚咬了一口酸的东西。

"当然不。"他说，接着，声音变得更温柔了，"埃希永远不会那样背叛我。"

罗阿观察着他。

达克斯也盯了回去。

"你已经落在后面了，"他转过身，朝门走过去的时候说，"努力跟上吧。"

他穿过房门，消失在大厅里。罗阿一直待在原地，她的脚仿佛冻结在了地板上。她需要警告西奥。但是要怎么做？她不可能在不引起达克斯怀疑的情况下把这些告诉西奥，而更糟糕的是那样做就说明那些人说的是对的。

不仅如此，她还需要了解国王究竟知道多少。

第二天的黎明，国王和王后前往议会厅。街道一片寂静，达克斯的侍卫走在前面，罗阿走在后面。

罗阿又一次拒绝了加冕后为她制作的那些王家长袍，也没有戴上从前代王后那里继承的黄金首饰。她穿着一件藏红花染的亚麻连衣裙，手腕上戴着青铜手镯，这手镯是由灌木地的铜匠打造的。她把挣得的镰刀挂在了身后。

在出发前，达克斯一直盯着她的衣服，但什么也没说。

尽管太阳已经升起来了，但天气仍然很冷，罗阿把纱巾围在了肩膀上，努力为身体保暖。

她整夜都在担心西奥和丽贝卡的计划，担心如果出了什么错，埃希会有什么样的下场。

因此，当那座圆形建筑物出现在他们面前的时候，她大声说出了自己的想法。议会厅的铜圆顶在阳光下闪闪发光，它的白色墙壁和宫殿一样高。

"丽贝卡有什么理由对抗你？"她问他。

达克斯这一个早晨都非常安静，他瞥了她一眼，好像忘记了她在那里似的。

"没有一个理由是光彩的。"他说。

这不是问题的答案。罗阿又问了一遍："你有什么证据？"

"证据很多，足以让我怀疑那些参与其中的人。"他看着罗阿说，"但还不足以控告他们。"她的心脏仿佛受到了重创。

罗阿凝视着他。同样，这个答案太模糊了，对她没什么用处。不过，如果她想进一步施压，就必须小心了。如果他怀疑罗阿参与了西奥和丽贝卡的阴谋，那么现在他已经处于高度警戒的状态中了。如果他还没有怀疑，她不想给他理由。

所以她只能说："所以，你不能控告她，那这有什么意义呢？"

他们来到了议会厅的大理石台阶上。巨大的双扇门矗立在台阶顶端，大门两侧饰有两个龙的雕像。龙盯着罗阿，张开嘴巴，露出牙齿，好像要向她咆哮。

达克斯在第一级台阶上停了下来，转过身来。罗阿在黎明将尽的光线下观察着他。他穿着一件白色的外套，银龙刺绣在领子上相互追逐着。

"你曾经告诉过我，一旦我知道对手最喜欢的那一颗棋子，我就知道了他的弱点。"

罗阿想起那些很久以前她教过的课程，她曾教他如何玩神怪棋。"永远不要显露所有实力。"她点点头，低声说道。这是一个游戏技巧。

他抬头看着这栋将自己笼罩在阴影里的圆顶大理石建筑说："内阁是丽贝卡最喜欢的棋子。她会在这里展示自己所有的力量。"

他的侍卫已经来到了台阶的顶端，等待国王和王后，而罗阿的侍卫扫视着下面空荡荡的街道。

"那你会怎么做？"看到他继续爬着台阶，她问道。

"破坏她，激怒她。"

罗阿拉起裙子跟了上去："然后呢？"

两名侍卫打开了大门，他在台阶顶端停了下来。"然后等待。她报复的时候，我会做好准备。丽贝卡总是会报复的。那时候我就能得到我想要的证据了。"

他伸出胳膊，引着罗阿走进了大厅。她走进了巨大的大厅，脚步声回响着，阳光一条一条洒在地板上。她又一次想知道达克斯和丽贝卡之间的事情了。

"你做了什么，"她轻声问道，这样他们的侍卫就不会听到，"让她那么恨你？"

达克斯在她旁边僵住了。他们的脚步声也不再同步。他很久没有回应。

"丽贝卡和我曾经是朋友，"他说这话时并没有看罗阿，"在起义之前。"

罗阿等待着。

"只是友谊。至少，对我而言是这样。"

他回头看了看身后，仿佛在看是否有人在看他们。但后面跟着的只有罗阿的侍卫。

"为了推翻父亲的政权，我不得不做出选择。我本可以去向丽贝卡寻求帮助。有她父亲资助我，事情本来会很容易。男爵会给我任何我想要的东西……只要我让他的女儿做王后。"他摇了摇头，"但我没有去找丽贝卡。"

罗阿想起了新港营地的那个夜晚。她从达尔穆尔骑马赶来，筋疲力尽。她多么坚定地强迫达克斯行动，来确保她的人民能得到保护。

她想起了在帐篷里的他，他盯着地图，好像在等着什么。她给他提出建议的时候，他一直很平静，好像他已经知道她会那样说，并且花了一整夜时间思考答案。

"在我行动之前你就知道我会做什么。"她现在意识到了。

"我知道怎么理解你的想法。"他噘起嘴巴，好像这是一种负担，"我小时候经常和你一起玩神怪棋。你教会了我要怎么理解你。"

"为什么？"她突然感到很生气，"如果你知道我会给你同样的提议，为什么选择我而不是丽贝卡？"

他抬头望着并排放在那里的两把镀金宝座。

"你为什么这么想？"他温柔地说。

罗阿回想着：丽贝卡像寻找猎物一样盘旋在达克斯的周围，丽贝卡抓住了托文——达克斯最好的朋友，丽贝卡把埃希放在笼子里并用她作为把柄控制自己。

我是两害相权取其轻的结果，她想。

罗阿因为这个想法颤抖了起来。

# 二十四

会议没有像达克斯希望的那样进行。

现在是下午稍晚的时候，尽管会议早就结束了，但是罗阿和她的侍卫仍然留在议会厅内。她们站在窗前，看着暴徒们聚集在台阶上，挤满了大街。

在达克斯宣布七名议员因叛国罪将被关押在地牢里以后，所有人最初的反应都是难以置信。他介绍了临时的递补人员，包括四名斯克莱尔人和三名灌木地人。人们更加不安了。接着，他要求投票来取消对灌木地的制裁，投票结果是七比五，议案得到了通过。

罗阿在震惊中对此留下了深刻的印象。

丽贝卡很生气。

整座城市一片哗然。

他们向议会厅喊着侮辱的口号，投掷着腐烂的食物。他们指控罗阿控制了内阁。他们指责达克斯被他的灌木地妻子操纵了。

萨菲尔不得不派出两名侍卫护送国王和王后回去。有这么多的游客前来过放手节，街道上挤满了人，几乎无法通行。

国王先离开了。萨菲尔希望他能吸引大部分人群，但这方法并没有奏效。下午的阳光照在城市上空，罗阿在议会厅里踱着步。她没有时间了。费尔嘉德的人把她困住了，她待在这里的时间越长，她就越没有机会回到王宫。明天晚上她需要去找丽贝卡。

"别担心，"塞莱斯特看着罗阿，"会没事的。"

罗阿停了下来，瞥了一眼她的灌木地侍卫，发现那个女孩正盯着她的亚麻连衣裙和纱巾。

"我有个主意。"塞莱斯特说。

萨菲尔一直待在窗前，一边抚摸着飞刀的刀柄，一边盯着下面的人群。听到这句话，她从沉思中抬起头来："什么主意？"

"王后和我的身材差不多。"塞莱斯特匆匆走到罗阿旁边比较着。

确实如此。和喜欢把头发剪得很短的罗阿不同，塞莱斯特通常会披着她的鬅发，但今天她把头发绑成了辫子。

罗阿接过塞莱斯特的衬衫，袖子上有龙王的纹章，然后是腰带，接着是她光亮的靴子。她瞥了一眼塞莱斯特的脸，这名侍卫的眼睛闪闪发亮。

"穿裤子的感觉如何，王后陛下？"

费尔嘉德的人民被这诱饵骗了。穿着王后的藏红花色长裙，用王后的纱巾遮住脸，身边还围着那些王家侍卫，塞莱斯特成功地冒充了罗阿。这项计划唯一困难的部分是说服萨菲尔，让她同意罗阿穿着士兵的衣服、不带侍卫、独自一人返回王宫。

罗阿一直等到最后一个暴徒从街上消失，才打开门闪溜了出去。

在回宫的路上，她觉得很奇怪，达克斯的行动怎么会这么快，就好像内阁的新候选人很久以前就已经确定了，而不是在抓到那些开会的内阁成员之后，一夜之间决定的。

好像……好像他并没有忘记他在条约上的承诺，只是在等待合适的机会采取行动。

罗阿走到了宫门前。站岗的士兵拦住了她。

"王后陛下！"看到罗阿穿着与他一样的制服，那名年轻人瞪大了眼睛，"但是您……我敢发誓，您之前就从这里进去了。"

"那是塞莱斯特。"她解释了之前都发生了什么。

他的眼睛瞪得更大了："噢，她引起了不小的骚动，最后被人送进去了。"

"什么？为什么？"

"他们朝她扔石头，王后陛下。她的脑袋被打到了。"

内疚感淹没了罗阿。塞莱斯特扮成那个样子是为了她。如果她们没有换衣服……

"她在哪儿？"

"我可以把您带到她那里。"

罗阿抬起头来发现四名士兵走了过来。三男一女，年龄不等。说话的人的年龄看上去有她的两倍。他有一张大脸，和善的目光被钢盔边缘挡住了。

"我知道他们把塞莱斯特带到了哪里。"

"告诉我。"

他转身带她走进了王宫，而另外三个人跟在她身边。他们站得太近了。不止一次，他们的肩膀碰到了罗阿，这让她很好奇他们是不是刚刚参军来到这个岗位上的。

他们把她带进了一条她从未来过的走廊，然后来到了一处粗糙的大理石地面上，前面是一条贴着马赛克的古老楼梯，楼梯通往宫内一片小小的橙树林。那片树林并没有像宫中其他花园或果园那样受到精心的照顾。

树木在她周围摇晃，罗阿意识到她不知道自己来到了哪里。

"我觉得这已经够远了。"罗阿右边的士兵瞥了一眼她的身后说道。这个士兵有一张残忍的细长脸，一双蓝灰色的眼睛。

够远了吗？

罗阿突然感到一阵不安。她环顾四周，除了鸟鸣声和穿过树叶的风，宫殿的这一部分似乎空无一人。

"咱们是在哪儿？"

"某个没有人能听到你声音的地方。"那个罗阿曾经以为有着和善目光的男子拔出了罗阿的两把军刀——更确切地说是塞莱斯特的军刀，然后把刀指向罗阿的胸前。他冲着其他两个人说："去外面看着。"

那些士兵点点头，慢慢穿过了小树林，这时候，罗阿并没有感到害怕，而是感到愤怒，怒不可遏。她一直都在被逼入困境，被限制行动。在他们围过来的时候，她把手伸进塞莱斯特的靴子里，埃希的刀藏在那里，她把刀抽了出来。

她身后的那名士兵——一名面目狰狞的年轻女子——向她走了过来。

罗阿迅速转身，抬起妹妹的刀："再走一步，那将会是你这辈子走的最后一步。"

"虚张声势！"第一名士兵，那个老人在她身后说道，"不幸的是，你只有一个人，而我们有很多人。"听到他这么说，罗阿觉得他们不仅仅是小树林里这四个人，其他地方还有更多人。

"这是为了王国的安全。"罗阿面前的女人说，她相信他们的选择是正确的，"你对我们，甚至对国王来说都是风险。"

她背后的男人又走了一步。太近了。罗阿再一次抬起刀，紧紧握住刀柄，想一下子看到他们两个人的行动。

"你是一个叛徒、一个间谍。"女人从另一边走近一步，继续说道，"所有人都知道你打算杀死国王，自己夺取王位。"

罗阿用刀对着第一个人，又看了一眼身后的另一个人。想要对付两名武装人员，她只能这么做了。

"达克斯国王太沉迷于你了。"

沉迷？如果没有被吓住，罗阿可能已经笑出来了。

"是这样吗？"一个熟悉的声音说道。

罗阿僵住了。两名士兵都抬起头来。

为了让那两个人都留在视野之中，罗阿微微转过身，看向发出声音的那个人。

　　龙王随意地靠在一棵橙子树上，手里拿着一杯酒。

　　女人惊讶地说："达克斯陛下……"

　　"我很好奇。"达克斯晃了晃他杯子里的红酒，罗阿甚至从这里就闻到了那气味，"你们为什么会觉得我被王后迷住了？"

　　突然，一双强有力的手落在了罗阿的胳膊上，把她拉了过去，勒在了一名士兵的胸前。她挣扎着，心跳在加速，挥舞着埃希的刀子。但是士兵更强壮，他用一只胳膊把她牢牢地固定住，抓住她的手腕，用力扭着，直到一阵剧痛让她放开了刀柄。刀刚一落下，他就抓了过去，将刀刃压在了她的脖子上。

　　罗阿立刻停止了挣扎。

　　达克斯皱起了眉头。

　　"把她放了。"他离开了那棵树。

　　那名面目狰狞的士兵站在他和罗阿之间："恐怕我们不能那样做。她很危险，陛下。"

　　罗阿惊呆了。不服从她是一回事，但是他们还敢不服从国王？

　　"危险？"达克斯大吼道，"她的体重只有你的一半。"

　　然后，事情发生得那么快，罗阿差一点儿没看清：达克斯把酒杯扔在女人的脸上，拔出了她的武器。

　　士兵们呆住了。

　　达克斯举起刀，眼神里充满了愤怒："让到一边。"

士兵们盯着他。达克斯把刀抬得更高了，将刀尖压在那名女子的喉咙上。女人举起双手，从带着刀的国王身边退开了。

但就算这样，罗阿也能看出达克斯握刀的姿势是错的。

这是她第一次对此感到奇怪。一个二十一岁的男人，就算不擅长使用武器，也一直在接受训练，却不知道如何正确地握住军刀。

太奇怪了。

"你可以用很多词形容我的妻子，"达克斯前进了一步，他用刀指着第一名士兵，同时盯着第二名，刀光闪烁，"冷酷、精于计算、刻薄……但是……危险？看看她。她现在要把脖子送到自己的刀前了。"

就在他说话的时候，第三名士兵从树林里悄悄走了出来，他抬起剑柄，准备将国王击倒。

"达克斯！"罗阿喊道，"身后！"

他转身的时候，罗阿用头撞上了抓着她的那个人的牙齿。她的脑袋一阵疼痛。士兵骂骂咧咧地丢下埃希的刀，罗阿扭开身子，把刀抢走了。国王和王后同时转过了身——达克斯面对另外两名士兵，罗阿朝着抓住她的人。

他们的背靠在了一起。达克斯的背部坚实而温暖，薄荷的气味笼罩着她。他抬起夺来的刀，盯着他的对手，罗阿也同样盯着她那边的敌人。

他的声音从她身上传了过来："我一开口，你就赶紧逃走。明白了吗？"

还没等她开口回答，什么东西在她的右侧闪出了一道光。

她发现了第四名士兵，他从小路上走了过来，手里紧紧抓着一把小小的飞刀。

从那把刀的大小来看，罗阿知道它能飞多快，刀片会刺多深，以及如果它击中恰当的位置会有多致命。她也许可以躲开，但达克斯直接站在她身后。如果她躲开了，如果那把刀插进了达克斯的身体，那么罗阿就会永远无法让她的妹妹自由了。在她做出选择之前，刀子飞了过来，在空中发出嗖嗖声，闪闪发光的锐利刀片直接瞄准了罗阿的胸口。

不过并没有刺中。

更确切地说，刀子并没有刺中罗阿。

达克斯蓝色的衬衫在她面前闪过。她听到刀刃插进身体的声音，然后是痛苦的呻吟。

他蹒跚着回头看着罗阿。她伸出手来稳住了他的身体，手中的刀子落到了地上。

"达克斯……"

她的心跳声在耳朵里留下巨大的回响。

慢慢地，她帮他转过身来。一双温柔的棕色眼睛低头看着她的眼睛。罗阿的目光从他的脸上移动到了左肩上插着的剑柄。血已经浸透了他的衬衫。

"不……"她低声说，声音在颤抖，"你都做了什么？"

然后，一声愤怒的咆哮划过天空，萨菲尔突破了那些士兵站成的圈子，用她闪闪发光的剑刃守护着国王和王后，她的眼睛燃烧着怒火。

罗阿应该拿起武器加入战斗。

但是血太多了……那么多达克斯的血。

"快走。"一个熟悉的声音说。罗阿突然发现莉拉贝尔出现在他们旁边。她举着手中的弓，稳稳地站在那里，箭搭在弦上："让罗阿离开这里。"

我？盯着国王肩上的刀，罗阿想，他才是受伤的那个人。

达克斯的手已经悄悄滑入了她的手中，两个人的手紧紧地握住。他拉着罗阿穿过小树林，远离了金属的撞击声。

接着，她和受伤的国王一起跑了起来。

# 二十五

　　达克斯带领她穿过宫殿的内廷，穿过一条条柱廊和拱廊，沿着黑乎乎的通道前进着。他没有停下脚步，一直走到烛光照亮的大厅中央，接着，他掀开了一块从地板到天花板的挂毯。

　　罗阿一动不动地盯着黑暗的通道。

　　"进去。"他说。

　　罗阿走进寒冷的通道，过了一会儿，挂毯回到原处，他们陷入了黑暗之中。

　　达克斯不需要灯笼，他记得那些路。他引导罗阿爬过灰尘和石头，然后开始向上爬。他们爬上一道狭窄的楼梯，然后跌跌撞撞地走进了另一条黑暗的走廊。达克斯停了下来，在黑暗中摸索着。罗阿正准备问他出了什么事，突然听到轻轻的"咔嗒"一声。

　　达克斯一推，墙向外翻转，微暗的阳光洒了进来。

　　罗阿走了过去，发现自己来到了国王的房间。

　　带着顶棚的床，墙壁上的华丽的铜灯，面向花园的露台——仿佛她那个房间的镜像。

她转身盯着那面假墙——灰泥，海蓝色，就像房间的其他部分一样，完美融合在墙面上。

没有时间惊叹了。因为正在此时，达克斯发出了痛苦的尖叫。罗阿转过身。他想拔出那把刀。"不，别动。"她从刀柄上将他的手指撬开，然后帮他躺在了地上。

刀片嵌在身体左侧锁骨边缘下方的那片柔软的肌肉上，远离他的心脏和肺。真是幸运。但是他的衬衫被血浸透了，罗阿很难确切地知道他流了多少血。需要把刀拔出来，但拔出来之后，他失血会更严重。

仿佛听到了她的想法似的，达克斯冲着她身后挑了挑下巴："床脚的箱子。"

罗阿走过去打开了盖子。箱子里面有针、线和一瓶棕色的液体。她拔开塞子嗅了嗅，闻到了一股浓烈的气味，皱起了鼻子——烈酒。

她回到达克斯身边跪了下来。

她点燃其中一根蜡烛，将针头在火焰中消毒，接着穿上了线。

"咱们接下来要这样。"罗阿看到对方眼睛里充满了痛苦，"我来拔出刀子，然后尽快脱掉这件衬衫。"

"也许咱们应该等等……"

罗阿用手握住刀柄，拔出了刀子。

达克斯吸了一口气。血从伤口涌出。

"啊！小星星，罗阿！"

她把刀子扔到一边，抓住他衬衫的下摆，迅速将它从头顶拽了下来。他的胸口上全是血迹。罗阿把衬衫揉成一团，然后压在伤口上。

"按住这个，"她说，"按紧。"

他照做了。

那把生锈的黑钥匙还挂在他的脖子上。罗阿把它拽下来扔在地板上。

现在是最困难的部分了……

罗阿知道，她一开始缝合伤口，他就会因为疼痛而扭动挣扎，所以罗阿爬到他的腿上，用膝盖夹住他的胯部，将他牢牢地固定住。

"不要打我。"她警告说。

他闭上眼睛，把头靠在墙上："绝对不会。"

罗阿伸手去拿棕色瓶子，将它压在自己的嘴唇上，向后仰头，喝了一大口。烈酒从喉咙里滑了下去，仿佛燃烧一般，她的身子暖了起来。这也让她的胆子大了起来。

"你准备好了吗？"她用她的手腕擦了擦嘴。

还没等他回答，她就拿开了衬衫，把瓶子里的东西倒在他裂开的伤口上，洗净了血迹。

达克斯睁开了眼睛。他咒骂着她的名字。

罗阿稳住他。他的背部拱起，但并没有打她，而是抓住她的大腿，用她作为抵抗痛苦的锚。

罗阿没有管他。她把瓶子倒了一半，然后放下，伸手去拿针头。

"就快完了。"她说。这是一个谎言，接下来会更痛，不过也不会很久了。她现在可以看到伤口很深但不宽，只需要几针就可以缝好。

她看着他的眼睛，默默地让他知道她将要做什么。他点了点头。

罗阿把针扎了进去，又用力穿了出来。

没有什么东西可咬，他紧紧抓着她，手指陷进了她的大腿。

罗阿畏缩了一下："你把我弄疼了。"

"噢，好吧。"他咬紧牙关，昂起了头，因为她把针拉了出来，然后拽了一下，"你把我弄得更疼。"

她可以感觉到他开始虚弱了，他的眼睛闭了起来。比他更强壮的男人都会在这种疼痛中晕倒。

"我从来没有见过一名成年男子对这么细的一根针这样抗拒。"她想要挑衅，让他保持清醒。

他睁开了眼睛："是这样吗？"她再次把针推了进去，他绷紧了下巴。他的血液沾满了她的手指。

"你给多少个男人缝过伤口？"他的眼睛蒙上了一层阴霾，罗阿系上了最后的线头。

她放下针，然后从衬衫上剪下一条宽绸带。

"达克斯？"

他闭上眼睛，没有反应。罗阿的心突然疼了一下。

她突然想起在议会上的他——解除了对灌木地的制裁，成为他们需要的国王。

"达克斯，看着我。"

他的眼睛没有睁开，罗阿绝望了。她俯下身子，用力吻着他的嘴巴。

什么都没有发生。

罗阿又试了一次，用牙齿拉起了他的下唇，然后尽可能用力地咬了下去。

达克斯的眼睛大大地睁开了。他困惑地盯着她。然后他的眼神变得清晰了起来。

"哎哟。"他低声叫道。

罗阿松了一口气，放松下来，开始将缝好的伤口用绸带包裹起来。达克斯颤抖着，然后默默地看着她绑好那根临时绷带。绑好之后，罗阿靠了回来。她突然意识到他的双手仍然抱着她的大腿，把她固定在他身上。

她知道他并不想伤害她，他用力抓住大腿只是为了忍住疼痛。

"达克斯，"她低声说，"你还在弄疼我。"达克斯看了看他的手，立刻放开了。

罗阿离开了他的膝盖，站起身来。冷风吹来，吸走了她身上的温暖。

他躺在地板上看着她，头靠在墙上，汗水在他的眉毛上闪闪发光，他发际线处的头发都湿透了。

"你还好吗？"他轻声问道。

罗阿盯着自己手上的鲜血。"我还好吗？"她伸出双手让他看，"这是你的血。"

他耸了耸肩——至少他想要耸肩，不过更像是在颤抖："在自己家里被逼入绝境，我竟然感觉很好，真是难以置信。"

罗阿扭开头不去看他过于温柔的目光。这不好，太可怕了。她不希望他看出这一点，所以她说："这不是我的家。"

受伤的表情从他脸上闪过。就算这话是真的，罗阿也很后悔自己把它说了出来。

达克斯为她挡住了致命的一击。在这里，她却说出了这样的话。

在这里，她密谋推翻他，计划杀死他，这样她就可以拯救她的妹妹。

在她内心里，一场战争爆发了。

最后，罗阿朝他走了过去。"来吧。"她蹲下来，用胳膊抱住他的肩膀，"我帮你从地上站起来。"

站起身来的时候，达克斯颤抖着。罗阿搂着他的腰，帮着他。她领着他来到床边，他重重地坐在了床上。

"我去为你准备洗澡水……"

他抓住她的手腕阻止了她："有仆人去准备。"

"我想去。"

他默默地盯着她："你为什么要这么做？"

"做什么？"

"这样……对我这么好。"

罗阿吞了一口唾沫，扭头看向别处。因为你受伤了，而我是你受伤的原因。

但是，不是这样的。

"因为我很感激，"她承受着他的目光，说道，"感激你今天在议会上做的事情。"

　　这也是一个谎言。

　　真相，全部的真相，都藏在更深的地方——某个罗阿害怕看到的地方。

## 二十六

罗阿洗完澡，叫来了医生，便去确认塞莱斯特的情况了。她发现自己的侍卫毫发无伤，她们和莉拉贝尔一起在地牢那边。那些欺骗罗阿、袭击她和国王的士兵都被锁进了牢房里，正在接受萨菲尔的审讯。莉拉贝尔告诉她，明天将召开一场紧急会议。

那天晚上，罗阿无法入睡。她一直想着达克斯冲到她的身前直面飞刀，为了保护她，将自己置身于危险之中。这与她以为自己了解的达克斯太不一样了。

罗阿掀开被子，从床上滑了下来。她的思绪如此纠结，根本没有注意到她赤裸的脚下有多凉。

之前在小树林里，达克斯握住那把军刀的姿势是错的。几个月前，他到灌木地寻求帮助的时候，西奥在战斗中轻易地击败了他。

她已经习惯把他当作一个笨拙无用的傻瓜。

但达克斯是国王的儿子。同罗阿一样，他一直在学习如何用刀。他可能有些笨拙，他可能有些没用，但是，经过多年的训练，拿刀的正确姿势应该是第二天性才对。

达克斯曾经窃听内阁成员们的会议，他以某种方式发现了丽贝卡正在密谋推翻他，不过他并没有在缺乏证据的情况下指控她，而是选择激怒她，等她犯错。

这些不是笨拙无用的傻瓜的行为，而是一位谨慎的思考者、战术家的行为。

罗阿走到她的露台上。星星在天上闪闪发光，夜幕在她身边降临。一个想法在她脑中渐渐形成。

如果达克斯不像大家想的那样完全不会用刀，怎么办？

如果他在假装，怎么办？

她需要确切地了解这一点。因为丽贝卡的手下冲进王宫的时候，可能就算不上出其不意了。而埃希还在她的手上。更重要的是，放手节那天，罗阿将用达克斯的灵魂换回埃希，她不希望有什么东西阻止她。

罗阿往丈夫的房间走去，她需要弄清楚达克斯是否是她一直以为的那种糟糕的剑士，还是他又向她隐瞒了真相。

一百下心跳之后，达克斯的侍卫为王后打开了他卧室的门，两个侍卫交换了一个有些下流的眼神。罗阿没有理会他们，关上了身后的门。

灯笼里的灯光照亮了整个房间，一张带着华盖的大床上，她看到了达克斯的黑色鬈发散在棉枕头上。

她放下灯，抽出小腿上的埃希的刀。她深吸一口气，赤脚轻轻地踩在大理石地板上，走到了床边。

罗阿站在她的丈夫身边，用刀背压住了他的脖子。

达克斯睁开了眼睛。

"你死了。"她低声说。

他僵住了，眯着眼睛看着灯笼昏暗的光芒，然后，在看到她之后，他又放松了下来："我没想到死亡会如此美丽。"

罗阿把刀滑开了。

"出来。"她拉开了被子。他只穿着一条棉质睡裤。

达克斯坐起来，一头鬈发十分凌乱："这是怎么回事？"

今天就是我发现真相的一晚，罗阿想。

但她说："你晚上的第一堂课。"

"晚上的课程？"他古怪地挑起眉毛，一个疲倦的微笑在他的嘴唇上蔓延开来，"那不是在床上上的课吗？"

罗阿一阵气愤。她站在他身前，将妹妹那把刀的尖端顶在他喉咙的凹陷处。

"出来。"

达克斯没有动："你忘记我肩膀上中了一刀吗？我得说，那是为你受的伤。"

罗阿当然没有忘记。但她需要知道他是不是在骗自己。他们计划的成功与否就取决于此。所以她耸了耸肩说道："在我的父亲前往空家族的路上，有两名匪徒袭击了他。他们打断了他的胳膊，他仍然赶走了他们。"

"这就是你的父亲永远比我强的原因。"达克斯翻身又躺下了，就仿佛他打算让一个带着刀的女孩站在自己身边。

罗阿继续说道："去年，西奥出去打猎时，一只野猪刺伤了他的腿。你知道那天晚上我们吃的是什么吗？"

达克斯静静地听着。

"野猪。"

达克斯坐了起来。他躲在她的刀刃下，脸上的表情很焦躁。

"咱们赶紧把这件事解决了吧。"他赤脚站在了她的面前。他的胸口裸着，肩膀仍然青肿，皮肤上的缝线显得很可怕。看到这伤口，罗阿感到非常内疚，但她需要知道真相，需要确定他没有欺骗自己。

罗阿拔出埃希的刀，望着达克斯的华盖上方的墙壁，两把装饰用剑在那里相互交叉。两把剑都直得像针一样，镀金的剑柄上镶嵌着珠宝。因为它们是装饰用的，所以并没有开刃。

她需要让他相信，她现在只不过是想教他如何用剑而已。而那对剑则是她现在能拿到的最接近练习用武器的东西了。罗阿爬上床，把它们拿了下来，把其中的一把扔给了达克斯。他笨拙地没有接到剑柄，剑身撞到地板上，咔嗒作响。

马上就有人来敲门了。"国王陛下，出了什么事吗？"

"谢谢你，赛勒斯，什么问题都没有！"达克斯背对着罗阿，捡起掉在地上的武器，对他的侍卫喊道。

"又死了一次。"她用剑身拍了一下他的后背。

他颤抖了一下，然后转身面对她。

她盯着他握剑的姿势，摇着头。

达克斯都没来得及抬起剑，罗阿就从床上下来，直接将武器从他的手中敲掉了。剑又回到了地板上。

罗阿眯起了眼睛，也许他不是假装。

"咱们要做什么？"他问。

罗阿拿起剑，递给了他："你要学习如何保护自己。"

他身上发生了一些变化。

"你以为之前没人试过这件事？"他问。

罗阿将自己手中的剑夹在胳膊下面，伸手抓住了他的手——握着剑柄的那只手。"我知道他们都试过，"她松开他的手指，然后将它们重新放在一个更安全的位置上，"他们要么放弃得太快了，要么不适合教你。"

他沉默了，让她摆弄着——不只摆弄他的手指，还有肘部、手臂、臀部、膝盖，让这些位置一一摆出正确的姿势。她退后一步观察着他。

"感觉怎么样？"

"不舒服。"

"记住它。"

他的胸部起伏着。接着，他放下了胳膊，罗阿的所有工作都白做了。

"相信我，"他把剑放了下来，灯笼的金色光芒透过他的鬓发照在睫毛上，"这是浪费时间。"

罗阿一阵恼怒，但她坚持着自己的立场，还没有准备放弃。

"你是一个软弱的国王，达克斯，"她嘲笑道，想要挑衅他，"所有人都知道这一点。拿起你的剑，保护好自己。"

听到这句话，他的眼睛闪过一道光。

回击，她瞪着他，来攻击我。

但他没有举起武器，说："我能得到什么奖励？"

"奖励？"

"为了让你开心，我甚至没法睡觉。现在我还受着伤呢。"

罗阿的手抓紧了。他在怀疑我了吗？

"我会教你如何保护自己，这样你就不会死掉了，"她说，"那就是你得到的奖励。"

达克斯耸了耸肩，他的手指恢复了罗阿刚刚纠正过的姿势。他把剑刃对着火光，观察了起来。

"我已经活了二十一年了，还没有死。"剑刃后面的他引起了她的注意，"可并没有你帮忙。"

"运气好。"她把剑打到了一边。

"慎重策划的结果。"他说。

她点点头让他举起剑。他没有听话，她便向前逼去，迫使他退后。达克斯举剑阻挡她，这让他的身体左侧整个暴露了出来。

罗阿皱起了眉头。他的剑术真的这么糟糕吗？

"成长过程中一直被欺负和殴打，"他说，"还被迫看你所爱的人被打……"

她用髋部将他挤在了墙上，抓住他拿着剑的手腕，将自己的剑背压在他的脖子上。

"又死了。"她的目光射向他。

他抬起膝盖，不怎么疼，却用足以让人吃惊的力量把她推开了。"你明白剑没有多少用途。"他的手握紧了剑柄，"伤害别人的人总会有更强大的武器。他们也总是知道如何更好地利用它。"他的目光穿透了她，就像她根本不在那里似的，就像他在看什么遥远的东西。

罗阿放下手中的剑。

他想起了什么？

"你明白假装成一个弱者或者傻瓜更好。"达克斯看着他手中的剑，仿佛刚刚从记忆中走出来。他放下了剑。

"要是有人看到你精心策划的过程呢？"罗阿质问道，"那该怎么办？"

他朝罗阿走了过去，没有拿剑："这对你很重要吗？"

罗阿举起剑，压在他胸口挂的钥匙的下方。达克斯又迈了一步。他现在站得那么近，她可以感受到他呼出的气吹在脸颊上。

"你今天救了我的命，当时我的侍卫没有在那里保护我。"她垂下了目光，所以他看不到她眼中的谎言，"某一天，你的侍卫也可能无法保护你。"

他的手滑过她的手指："为什么会这样？"

他的手指在她的手指之间移动时，她吞了一口唾沫，拿走了她的剑。

"我的侍卫还能在哪里，罗阿？"

她把目光射向他，把手中的剑握紧了，但为时已晚。他手里拿着剑，剑刃压在了她的脖子上。罗阿歪着下巴，冰冷的钢刃贴在她温暖的脖子上。

"我怎么知道你来这里不是为了找出我所有的弱点，以便利用它们对付我？"

罗阿保持沉默，承受着他的目光，因为她来这里就是这个目的。

"我有个主意，"他温柔地说，"你喜欢交易。每次我给你什么你想要的东西，你就要给我一样我想要的东西，例如，一个吻。"

罗阿想起了他在图书馆里那样子吻她，突然一股热流在她身上蔓延开来。

她压住这种感觉。他没有足够的女孩去吻吗？"每一次你去做我教给你的事情的时候，你会得到一个吻，就比如学习正确的握剑姿势、正确的步法、正确的出剑动作？"

他庄严地点了点头。

她露出一副苦相。但如果必须这样做才能找出真相，那么罗阿会去做。"这不是奖励，"她现在打算陪他一起玩下去，"那样太麻烦了。如果每一件小事你都能获得奖励，那么你需要很多年才能学会。"

但是我只有三天时间献出你的灵魂，换回我的妹妹。

达克斯张嘴想要打断她，但罗阿还没有说完。

"这样如何，"她问，"你每次击败我都能得到一个吻？"

剑刃仍压在她的脖子上，他的目光在她的眼睛之间晃动。

"击败你？"他加大了手上的力道，"你的意思是，比如这样？"

罗阿微微笑了笑。哦，达克斯。

她提起膝盖，剑光一闪——就像他之前对她那样，只是力气更大。他哼了一声，手上的力道放松了，罗阿从剑刃下面躲开了。她的肘部打到了他的肋骨，气体从他肺里冒了出来。还没等他回过神，罗阿就从地板上抓起他的剑。现在她握着两把剑，一手一把，交叉在胸前。她推了一下，他跌跌撞撞地后退了。

"也许你是对的，"他双手按着膝盖，从她的攻击中回过神来，"我的教师不适合我。"

罗阿翻腕抓住钢刃，把剑递回给他。

达克斯研究了很长一段时间，好像正在研究神怪棋棋盘上的棋子，考虑接下来的棋着。

最后，他伸出手，握住剑柄，然后将剑举到身前。

"好吧，"他说，"我同意你的要求。"

罗阿笑了，然后开始攻击。


她击败了他三次。每次她都更加确定她的怀疑是错的：他什么都没有隐藏。

他只是一名糟糕的剑士。而每次她都好好扮演着她的角色，告诉他哪里做错了，以及要如何进行格挡。

很快，她注意到他已经很累了。罗阿放下剑，停下来。

就在这时，国王用她教会自己的动作发起了攻击，迫使她走向了那张床。突然的发力让罗阿大吃一惊，剑刃相击的声音在房间里响起。但是在撞到床架之前，罗阿向左侧身，绕到了他的身后。

达克斯转过身来。罗阿一推，让他有些措手不及，但他还是及时招架住了。她踢中了他的胫骨，这份力量使他向后退了几步。双腿撞到了木架上，他失去了平衡，摔进了床单，脸上的肌肉抽搐着。

罗阿突然猛扑过来，将他握住剑的那只手固定住，同时将自己的剑压在了他的脖子上。

达克斯被困在了床上，在她身下放松了下来。

这是一次不错的尝试，但是属于初学者的尝试。

所以罗阿也放松了下来。

干得不错。她想把这句话说出来，不过并没有说出口。因为现在的他完全任由她宰割，这使罗阿心中一颤。

"咱们每天晚上都这样吧。"他盯着她，低声说道。

罗阿也盯了回去。她有一种惊人的冲动，想要抚摸他没有剃须的下巴，用手指穿过他凌乱的鬈发，用嘴唇感受蹭过他牙齿的感觉。

"国王陛下？"敲门声响起，"您确定一切都好吗？"

罗阿挺直了身子。

"一切都很好，赛勒斯，"达克斯从她身下喊道，"我只是被……"他看着罗阿的目光很柔和，他的声音也更加柔和了，"被抹杀了。"

她的心跳漏了一拍。她立即退到了一边，从他身上爬下来，离开了那张床。


达克斯通过一条秘密通道把她带到了房间外面。他把灯笼的火焰调得那么暗，如果不是他停下了脚步，罗阿就完全注意不到那扇门了。

把灯笼递给她，达克斯伸手去按墙上的机关。罗阿听到同样轻柔的咔嗒声，然后墙壁向外敞开。罗阿走进了她自己的房间时，达克斯并没有关门。

灯笼的昏暗光芒淹没了地板，落在她那张带华盖的大床上。

"你可以走到这里，从房间内把门打开，"他关上密门，把罗阿拉到一边。接着，他跪在地上按下了地板上拼嵌的叶子形图案，门敞开的时候并没有碰到罗阿。

罗阿的心跳得厉害。

她把门关上，自己试了一下，记住了那朵花——从墙角算起的第七朵，带着黄色与白色的叶子。门再次从墙上敞开了。

达克斯把她关在通道里，确保她可以用另一边的机关打开它。经过几次尝试，有那么一刹那，她以为自己可能会被困在里面，但达克斯在门口喊出了详细的指示，而这一次门敞开的时候，直接拍在了他的脸上。

注意到这一点，罗阿皱起了眉头，她将他的手掌从前额上拉开，检查着伤情。

"抱歉……"

"虽然嘴上这么说，但你的表情就像一个刚刚得到小猫的孩子一样，在笑。"

罗阿笑得更厉害了。一条直接通往她房间的通道？这会让她可以更容易地躲开侍卫。它会让一切变得更轻松。

她没有多想，就踮起了脚，亲吻了他的脸颊："谢谢。"

达克斯的双手移到她的腰上，轻轻地抱着她。他似乎很紧张，似乎一个来自罗阿的突然的吻可以释放他所有的魅力和信心。

想到这里，她退开了。达克斯的手也离开了她。

"如果你晚上需要我的话……"他揉了揉脖子后面，盯着蓝色和绿色的地砖，"向右转。"

他们两个都想到她可能需要他做什么，沉默悄悄潜了进来。

"向右，好的。那么明天见。"

达克斯拿起他的灯笼，然后走回了通道。墙壁关闭，黑暗降临之后，罗阿才开始想，如果她左转会怎么样？

## 二十七

那天晚上，罗阿做了一个噩梦。

她梦见自己被锁在一个黑暗而空洞的地方。四周没有墙，但无论她转向哪边都无法逃脱。寂寞压碎了她。血和腐肉的气味使她说不出话来。

但她并不孤单。在阴影中，有什么东西正在寻找她。

你在哪儿？它叫道。

罗阿认识那个声音。希望在她内心绽放。埃希！

你在哪儿？你在哪儿？

我……我不知道！

罗阿感觉到她的妹妹停了下来，感觉到她转过了身，在寻找她。

我被困住了，罗阿说，困在了黑暗中。

我来了，妹妹的声音似乎变得尖锐了起来，我会找到你，我肯定会找到你。

但是埃希的声音并没有接近她的迹象。罗阿拼命想要缩短与那声音之间的距离，埃希却似乎离她越来越远。

很快，罗阿再也听不到那个声音了。就在她即将放弃的时候，埃希那渐渐消逝的声音传到了她的耳朵里：姐姐，这一次，我找到你之后，就再也没有什么能打破咱们之间的连接了。

罗阿醒了过来，全身颤抖，满是汗水。她想要摆脱这场噩梦，但它就像一个影子一样紧紧抓住了她。

她觉得这梦可能与埃希有关。最后那个回声……似乎是别的什么东西。

有人在敲房间的门，打散了她的思绪。"王后陛下？"

罗阿发现太阳已经高高地升到了空中。她坐起来，呻吟着。她的整个身体都很酸痛，花了几下心跳的时间，她才想起其中的原因：她花了半个晚上与达克斯对决。

罗阿躺回了枕头上，想着昨天晚上的事情：受伤的达克斯，闪闪发光的汗水。

她知道，伤口减慢了他的速度。即便考虑到这一点，达克斯依然是一个比她想象中更糟糕的剑士。他喜欢使用左手，并在出击的时候让身体两侧都暴露出来。他甚至没有做出过差一点儿打到她的攻击。

如果真的有人曾经训练他使剑，要么是他们没有努力，要么是他没有努力。他的剑术那么糟糕，真是太可悲了，他的敌人再过两个晚上就要潜入宫中了。

一旦发生这种情况，罗阿需要小心。她不信任丽贝卡。她也不能再信任西奥了。她要保护达克斯，不能让他被抓到，她要等待合适的时机交换灵魂。

然而在这所有的一切开始之前，罗阿需要找到一条通往外面的通道，在今晚午夜之前向丽贝卡报告，换取埃希的自由。

罗阿对此非常生气。她竟然需要丽贝卡的仁慈。但很快就会结束了。

"王后陛下？"塞莱斯特的声音从门的另一边传了过来，"这次的安全会议，您已经迟到了！"

罗阿爬了起来。她非常疲倦，全身酸痛，长时间疏于练习已经让她的身体状态大不如前了。她的双手放在臀部，伸展着背部、肩部和颈部。接着，她穿上了一件灌木地式的粉红色精纺亚麻裙，迅速瞥了一眼达克斯昨晚告诉她的暗门。

她很想装病，不去参加会议，而是去探索密道。但是，如果他们要讨论安全措施，那么为了防止计划受到阻碍，罗阿需要知道他们都说了些什么。

罗阿打开门，发现塞莱斯特、塔蒂和萨巴都在外面等着她。

"王后陛下，您最好能快点……咱们已经迟到了。"

他们把她带到了达克斯的房间。他的四名侍卫站在门外，抬着头，头盔闪闪发光。看到罗阿的侍卫们，他们点了点头。塞莱斯特带领王后走进房间，来到了达克斯的会客厅门口。"我们就待在这扇门外。您如果有什么需要，叫我们就好。"

罗阿点点头，走进了房间。

萨菲尔随意地坐在一张矮矮的沙发上，一边说话，一边优雅地抛接着自己的飞刀。雅坐在满是食物的盘子旁边，为人们倒茶。他将在这里再待上几天，帮助达克斯筹划放手节的活动。莉拉贝尔站在窗户旁边，眼前仿佛蒙着一层阴影，她双手握住一支箭，仿佛打算将它折断似的。罗阿等着那咔吧一声响起，却并没有等到。

罗阿坐在达克斯的旁边，肩膀碰到了他受伤的部位，他畏缩了一下。罗阿退开了，想起了他的刀伤。她昨晚不应该那么逼他。

她抬头想问他是否好一点了，却没有问出来。

他的样子……变了。

他剪了头发，那头鬈发不再那么凌乱了，脸颊上也没有了胡楂。

他刮了胡子，她想。

这时候，她意识到自己已经习惯了他那满脸胡楂的样子。

达克斯的目光滑过她的脸。

"怎么了？"他挺直了身子，低头看着自己。

罗阿冲着他光滑的脸颊皱起眉头。"没事。"

达克斯伸出手揉着下巴。

"你不喜欢这样？"

罗阿立刻看向了别处："别闹了。"

达克斯笑了笑，向后一靠，把手放在她身后。接着，他靠在她的肩膀上低声说道："我很高兴能了解这一点。"

看着他嘴唇旁的绒毛，罗阿感觉她体内的某样东西变得清晰了起来。

我在做什么？

不能让自己变成这样，她还有一项任务要完成。

但是，越是想把注意力集中在目标上面，她就越是把思绪集中在达克斯身上。想起了昨晚他躺在她身边，满足于她的仁慈。

为丽贝卡寻找进宫的道路，罗阿不仅背叛了他，也背叛了整个费尔嘉德。她证明了他们对她的不信任是对的。她还谋划夺走他的性命……

罗阿抱住自己，突然觉得很冷。

所有这一切结束之后，我将变成什么样呢？

不，她不能去想那些。她需要去想埃希。自从她在席尔瓦男爵家里决定背叛，并把妹妹留在那里之后，她内心深处的疼痛就在不断滋长。她独自一人被囚禁在笼子里，被敌人包围。

结束时我将变成什么样？我将成为一个让妹妹重获自由的女孩。

"罗阿？"雅打断了她，拿起茶壶，"茶？"

罗阿探身远离了达克斯，点点头。雅斟满一杯茶，递给了她。

"那就这样决定了。"萨菲尔站起来伸展着她的脖子，"咱们要关闭城门。从今天开始，谁都不能进出费尔嘉德。"

罗阿差点儿把茶吐出来："什么？"

所有人都盯着她。

罗阿强迫自己冷静下来："这是不是有那么一点儿……极端？就因为一次安全疏漏？"

"昨天不是一次安全疏漏。"萨菲尔把两只靴子放在地板上，靠在膝盖旁边，"是一场哗变。"

罗阿的胃缩紧了。

一切都毁了。空家族的人还在来这里的路上。如果费尔嘉德城门关闭，他们都会被关在城外。如果放手节取消……

埃希还在丽贝卡的手里。罗阿不能让这种情况在妹妹得救之前发生，不行。

"你们不能这样做。"她说。

"这是不到一周内第三次对你的刺杀图谋。"萨菲尔的蓝眼睛里透出一股寒意，"我们不能袖手旁观，什么都不做。"

第三次？他们都知道斯林的事情了吗？

罗阿甩开了这个问题，瞥了一眼达克斯："如果你关闭城门并取消放手节，那就是又打破了一次承诺。"

"罗阿！"莉拉贝尔用尖厉的声音警告道，她转身离开窗户，盯着王后，握紧了手中的箭，"这是为了保护你的安全。"

罗阿无视了她的朋友，把目光锁定在达克斯身上："如果你关闭城门，就更证明了你是一个软弱的国王。"

"对你来说，违背承诺不比为你挡住另一把想夺走你性命的刀更好吗？"莉拉贝尔喊道。

罗阿和达克斯都抬头看着她。

"我并没有要求他为我挡刀。"罗阿轻轻地说道。

莉拉贝尔愤怒地颤抖着。"你，"她瞪着达克斯，"如果你不像萨菲尔所说的那样做，你就是一个不负责任的国王。"她看着罗阿的时候，捏着自己的额头："而你……我都快不认识你了。"

罗阿觉得自己在这些话语之下枯萎了。

"我会考虑。"达克斯说，"我保证会保护宫殿，询问每个士兵和工作人员，暂时锁住宫殿大门。至于关闭城门并取消放手节……让我考虑一下。我早上会给萨菲尔答复。"

莉拉贝尔没有看国王。"结束了吗？"她问指挥官。

萨菲尔点点头。

莉拉贝尔捡起她挣得的弓箭和装满箭的箭袋冲向门口，重重地关上了门。她身后是一阵绷紧的沉默。雅跟着她出去了，带着一杯热气腾腾的茶。

萨菲尔起身，伸展身体，然后收刀入鞘。"我今天会审讯所有宫廷侍卫。如果我有什么不好的感觉，不管是谁，我都会解雇他们。咱们不能犯任何错误。"

一下心跳的时间之后，她也走了，只留下了达克斯和罗阿。

在沉默中，达克斯从他们面前闪闪发光的金碗中拿出一个芒果。

"我不能假装我没有失去控制权，"他一边说一边开始切芒果，剥去大块的黄色外皮，将果肉切成方块，"我不喜欢听到你经常处于危险之中。"

"所以你宁愿让我关在笼子里。"

他从芒果上抬起头来："不，只是……"

"你现在不就在这么做吗——把我锁起来？达克斯，不是外人讨厌我，是费尔嘉德人。取消放手节不会使问题消失。"

"我不能忽视萨菲尔的建议。"

"你是国王，"她说，"你可以按照自己的意愿行事。"

考虑着她的话，他凝视着窗外的阳光。罗阿让自己的目光掠过他的脸，观察着那长长的黑色睫毛，他黝黑而笨拙的下巴，还有弯曲的鼻梁。

"萨菲尔有很好的直觉，"他说，"我毫无保留地信任她。"

你一点也不相信我，罗阿想，但当然不能怪他。

只有一件事要做了：找出一条通道，然后去警告西奥。

今晚之前。

## 独自一人

这就是失去妹妹的感觉……

夜晚，她伸出手，却发现空荡荡的毯子下面只剩冰冷。

这是一个她永远不会讲述的故事，一个她永远不会在毯子下面说出的秘密。

是她无法再听到的笑声，从未停止的疼痛。

是永远无法弥补的空虚。

是所有人从她眼中看到的失落。

是在认为没有人能听到的时候，假装没有听到父亲在夜里哭泣。

是去悬崖那边，看看是否能找到她的痕迹……却只能发现风的寒意和水的沉默。

是从噩梦中醒来，转身面对那个总是唱着歌哄她回去睡觉的人，却发现只有她一个人在黑暗中。

独自一人，永远，留在黑暗中。

这就是失去妹妹的感觉。

# 二十八

罗阿告诉她的侍卫们今天暂时先不要打扰她。

接着，她点燃一支蜡烛，带着它走进了通道。

如果宫殿里有一条秘密逃生路线，那么它会与国王和王后的房间相连，这似乎很合乎逻辑。

"肯定是这里。"她低声说道，把蜡烛火焰靠近墙壁，寻找机关。

这里很冷，还很潮湿。一直到蜡烛都快烧到底座，除了通往她和达克斯房间的门，罗阿还没有找到其他门。

就这样，罗阿来到了通道尽头。

罗阿放下蜡烛，双手划过墙壁，寻找像她房间里那样的裂缝。罗阿的手掌按在石膏上，石膏很冷，很潮湿，但没有任何门的痕迹。

不，她想要踢它一脚。为什么要辛辛苦苦挖出这么长的隧道，又不继续往下挖了？

除非它曾经通往某个地方，罗阿想，他们把它封闭了。

为什么？

如果这是她一直在寻找的通道，并且已被堵住，那她就没有什么可以告诉西奥的了。

她感到一阵恐慌。

但是等的时间越长，蜡烛烧得越多，如果还不回头，她就只能留在这彻底的黑暗中了。

这一次，罗阿真的踢了一脚。

她的脚一阵疼痛，同时"咔嗒"一声。发霉的空气扑上了她的脸，紧接着是轻轻的"嘎吱"声。因为疼痛，她倒吸了一口气，抓住了脚趾。就在此时，墙壁打开了。罗阿慢慢放下脚，盯着远处被蜡烛照亮的通道。

她没有管自己还在疼痛的脚，蹲下来，检查着自己踢的位置。靠近地板的石膏上有一个圆圈。她知道这样的圆圈通常与墙壁齐平。被踢了一脚，它陷了进去。这个圈的样子很熟悉，虽然罗阿并不记得以前她在哪里见过它。

两条缠在一起的龙。

罗阿用手指抚过那里，然后推了推。

门关上了。

她又推了一下，门开了。

拿着那根已经很短的蜡烛，罗阿站起身来，她的心脏怦怦直跳。

她沿着新的通道行进了一百下心跳的时间，接着走上了一组台阶。台阶的尽头是一扇锻铁门。花丝扭曲盘绕成了同样缠在一起的两条龙。门外的某个地方，她听到了推车的隆隆声和杂乱的说话声。

罗阿摸了摸冰冷的铁门。透过龙前面的空隙，她可以看到对面的墙，可能只有五步之遥。这里并不像城市的大多数区域那样是金红的色调，这里是绿色的。

新区。木津把这里烧毁之后，这里经历过一次重建。

她没有看到摊位，没有看到路人。这条小巷里似乎什么都没有，但是从附近的某个地方，罗阿可以听到锤子击打在钢铁上的声音——铁匠的锻炉。

她可能不清楚出口究竟在哪里，但已经有了一个粗略的想法。

这是一处通往外面的出口。

然而，罗阿按下那个已经失去光泽的门把手，却什么也没有发生。她转动着，拉扯着，门却纹丝不动。

龙裔们和他们该死的锁怎么这么麻烦？

她弯下腰，看着钥匙孔，想要记住它的形状。

罗阿需要钥匙。

谁会拿着通往王家居住区的门的钥匙呢？

罗阿停了下来，想起了戴在他脖子上的钥匙。一把和这把门锁同样发黑、生锈的钥匙。

他当然有钥匙，她想。

但钥匙不是她最关心的问题。透过大门，她看到了傍晚的阳光悄然照了进来。

罗阿承诺在三天之内为丽贝卡找到通道，这是第三天了。罗阿站在那里，盯着出口。只是它被锁住了。西奥在这座城市的另一头，很难潜入宫殿。

罗阿抓住铁门，将前额压在上面，试图思考。

就在此时，她的蜡烛闪烁着熄灭了。


罗阿决定去找西奥和丽贝卡，告诉他们她找到了通道，让他们给她更多的时间来拿到钥匙。

她走向宫殿大门，盯着四个巨大的门闩——每一个都像一匹马一样宽、两匹马那么长，把大门紧紧扣住。站在门口的士兵多了三倍，所有的人都站得像门一样直，警惕地盯着罗阿。

她让他们打开大门。

其中一人对她表示同情："紧急状态下，指挥官才拥有开关王宫大门的权力。"

"什么？"罗阿皱起了眉头，"这是什么意思？"

"这意味着我们不接受国王或王后的命令，只听指挥官的。"

达克斯做了这种事，把控制权完全交给萨菲尔？

蠢货。

转过身，她直接来到了国王的住处。

## 从前

罗阿的对手将象牙雕刻的织天女神滑过棋盘。他刚刚抬起手指，罗阿就拿起了堕落灵魂，吃掉了它，然后重重地叹了口气。

"你一定要做得这么明显吗？"

国王十一岁的儿子抬起头来说："怎么明显了？"

"你先走了织天女神，想用她来吃子。显然你喜欢她。"

"这样不好吗？"

"是的。"

"可以解释一下为什么吗？"

罗阿用鼻子吸了一口气，然后吹出来。她是怎么和这个傻瓜男孩一起待了整整两个月的，她不知道。但是她的父亲向她灌输了教导弱者如何变强的重要性，因为更好的对手可以提供更大的挑战。

永远不要轻易放松，他会说，始终选择挑战。

所以罗阿对她对面的那个男孩说："当我意识到你最喜欢的那颗棋子是什么之后，它就成了你的弱点。"

达克斯盯着她看了一会儿，思索着这一点，然后低头看着他那颗象牙制成的织天女神。

"所以我该怎么做？"

"制造诱饵。"她触摸自己的诱饵，向他展示堕落灵魂，然后是龙，"尽量不要偏袒任何一个。如果你确实有这种想法，不要让你的对手知道。"

"因为一旦她知道我的弱点，就知道如何打败我？"

终于，罗阿想，有进步了。

"永远不要暴露自己。"她把龙滑过轮廓分明的棋盘。雕刻、抛光的乌木像一个无星的夜晚，"这是神怪棋的第二条规则。"她抬头看着他，"你还记得第一条吗？"

他把他的棋子移过棋盘。放下棋子之后，他俯身说道："集中精神。"

"对！"罗阿笑了，"很好。"

"不，"达克斯两次敲打她的手腕，说道，"我是想说，集中精神，我要赢了。"

罗阿皱起了眉头。

这不可能。

但她看向棋盘，发现她的笼中王后根本没有设防。她让自己分心了。如果找不到阻止他的方法，她就会失去王后，输掉游戏。

罗阿从棋盘上抬起头，她惊呆了。

"想知道神怪棋的第三条规则吗？"他笑着问道，"我刚刚成功了。"

看着达克斯低头看着棋盘，罗阿交叉双臂说："永远不要低估傻瓜。"

## 二十九

罗阿用拳头重重地捶了两下门，门开了。达克斯站在门框旁，匆匆穿上了衬衫。他张着嘴巴，正打算下令别再敲了。

但是看到敲门的是她，他把手指按在了脖子上，没有让这命令出口。

"罗阿。"

她把手按在半开的门上，然后轻轻地推开，凝视着房间里面。

在他那张带着华盖的床上，只有一盏灯有温暖的光芒，整个房间都被隐在阴影中。罗阿只想要看看床。

床是空的。

她长出了一口气。

"我有事情和你说。"她走进去说道。

达克斯又解开了衬衫上的带子，就仿佛穿好衣服并没有什么意义，就仿佛让自己以最佳形象示人的努力对妻子来说完全没有什么用。他关上了她身后的门。

罗阿转过身，发现他正用手抓着那头棕色鬈发。

"宫门被锁上了。"

达克斯点点头："还记得会议吗？关于将宫门上锁的那部分，你没弄明白吗？"

"他们拒绝为我开门。"

"是的。"他说，"在萨菲尔确定一切都安全之前，谁都不能进出王宫。"

"就算是王后也不行？"

达克斯观察着她，皱起了眉头："为什么突然这么着急？"

"因为我需要出去……"罗阿停了下来，但为时已晚。她还没把话说出口，达克斯就明白了她想要说什么。

他的脸色暗了下来："你需要出去见西奥。"

罗阿没有否认。

"为什么会有这种需要？"

因为这个问题，罗阿激动了起来。

不是那样，她想。

但她还能告诉他什么呢？她无法说实话，无法说出自己正密谋推翻他，不能说她需要告诉西奥达克斯本人曾向她展示过的进入王宫的秘道。

所以她撒了谎。

"如果你认为我没有和你一样的需求，你就错了。"

达克斯惊讶地张开了嘴巴，表情也变得僵硬了起来。

"好吧，"他说，"我会说服萨菲尔打开大门……不过有一个条件。"

罗阿把胳膊抱在胸前："什么条件？"

他冲着床上方的墙一点头，他们昨晚比试的时候用的两把仪式用剑就挂在那里："你必须先打败我。"

他想要比试一下？

"现在吗？"她望着窗户外面，太阳开始往城墙后面落了下去。她需要在午夜前向丽贝卡报告。

"为什么要等？"达克斯喊道。他把衬衫袖子卷到肘部，然后脱下了靴子。

从他脸上的表情，罗阿可以看出自己伤害了他的自尊。无论她如何乞求，他都不会打开大门。

必须迅速地打败他。

"那么就快点儿开始吧。"

达克斯取下了两把剑，把其中一把扔给了她。罗阿接住了剑，然后踢掉了她的便鞋。

他举起剑："我一直很想知道，空家族的继承人有什么特别之处。"

罗阿也举剑回应，进入了战斗状态，准备击败他。"西奥并没有和半个王国的女孩调情，"她说，"他也没跟我的朋友睡觉。"

达克斯把剑放到身侧："那我得说，这标准很低。"

罗阿扑了过去。达克斯根本没有挡住，罗阿出剑的时候他又退了一步。

"你觉得这是开玩笑吗？"

"什么玩笑？"两个人的剑撞在了一起。

"和朋友睡觉。"

达克斯把她挡到了一边，皱起了眉头："你在指责我做了那样的事？"

罗阿放下剑，她还记得他们在歌家族大宅的最后一晚，达克斯和某个人在门外的说话声。

"我听到了，"愤怒在她身上迸发出来，"在我父亲的家里。你在走廊里，带她回到咱们的房间。"

"带谁？"

"莉拉贝尔！"

于是他瞪大了眼睛。"你认为……"他的声音听起来很奇怪，"你认为我和莉拉贝尔一起睡了？"

罗阿用力握住她的剑，瞪着他："整个王国的人都这么认为。"

"我不在乎王国里其他人的想法，"他的目光直射了过去，"我关心你的想法。"

"这就是我的想法。"

他盯着她，就像被骂了一样："我没有和莉拉贝尔在一起。那天晚上我甚至不在家。"

罗阿眯起眼睛，回想着达克斯和莉拉贝尔一起私下度过的那些时间。莉拉贝尔并没有和其他人待在一起。

"在沙海中，西奥来帮助咱们的时候……你不是在她的帐篷里？"

他的手在眼睛前面抹了一下："小星星罗阿！你就是这么想我的？"

"那天晚上，你比其他人走得都要早，"她说，"我过去的时候，你并不在那里。"

"对，你不在那儿。"他收紧了握着剑柄的手，"你没有去睡觉，所以我想去看看你是否还好。"他扭开了头，绷紧了下巴，"我不应该打扰你。你和西奥在一起，你好得不得了，不是吗？"

一个受伤的眼神闪过他的眼睛，就仿佛罗阿不是一个女孩，而是一把伤人的刀。

罗阿回想起那天晚上，在她睡觉之前，西奥是怎么让她留下来的，他是怎么将双臂抱在她的腰间，亲吻她的脖子。

她怎么会让他那么做？

如果达克斯不在莉拉贝尔的帐篷里，也不在他自己的帐篷里……

他看到了，她想。她可以从他的表情上看出这一点。他记得他们两个人——罗阿和西奥——独自留在西奥的帐篷里。他看到了所有这一切。

罗阿低头看着赤着的脚："如果在离开歌家族之前那个晚上，你不在咱们的房间里……那么当时出现的是谁呢？"

"雅和莉拉贝尔。"

罗阿抬起了眼睛，吓了一跳："什么？"

"我知道你不会跟我睡觉，而他们需要一个地方。所以我让他们留在了咱们的房间。"他摇了摇头，"那天晚上我独自一人睡在了花园的屋顶上。"

罗阿盯着他。

雅……和莉拉贝尔？那不可能。

"莉拉贝尔很讨厌我弟弟，就算他们出现在同一个房间里，她都会立刻逃开。"

他怀疑地摇了摇头，好像他简直无法相信他必须向她解释："她的三个弟弟、妹妹是你们家族的养子、养女，罗阿。她接受了你父亲慷慨的怜悯。她该怎么办？"

罗阿皱起了眉头："你说什么？我父母不赞成他们？"

沉默是他的答案。

罗阿退开了，也放下了她的战斗姿势。

"你是说，"她说，"一直以来，莉拉贝尔都悄悄地爱着我的弟弟？"

你们那么轻易地就给了我一处住所，莉拉贝尔告诉她，也能那么轻易地把它拿走。

罗阿当时认为她那位朋友的恐惧很是荒谬。她的父母有什么理由让莉拉贝尔和她的兄弟姐妹在外面饿死？

这是莉拉贝尔的担心。她害怕把这些告诉罗阿。莉拉贝尔爱上了雅——一位大家族的继承人，却没有什么东西可以给他。她没有财富，没有人脉，没有家庭，只有年幼的妹妹。她只是一个贫穷的女孩，想要保住自己，还有妹妹们所住的地方，她根本没有办法说服罗阿的父母。

正因为如此，她才总是冷落和忽视他？罗阿很好奇，如果她认为这引起了父母的注意，他们会像她想象的那样做？

罗阿的父母不赞成——这是肯定的，但只是一开始。她的父母最终是会接受的，因为他们教导罗阿和她的弟弟妹妹要为自己思考，自己做出决定。他们会尊重雅的选择。

　　如果没有的话，罗阿会让他们改变主意。另一个想法也吓了她一跳。她看着达克斯。

　　"这是不是说明孩子是他的？"

　　正是这样，他用眼神说道。

　　罗阿一动不动地站在那里，努力理解着这一切。

　　"所以她才什么都不告诉我，"意识到这一点，她想起了她们在席尔瓦男爵家中的争论，大声说道，"她以为我觉得她不配当歌家族的女主人，她以为我会和父母站在一起。"

　　自己的朋友会那样想，她会因为害怕而向罗阿保守这样的秘密……这真让人心疼。这也让罗阿很生气，对自己生气。

　　我怎么能那样对她呢？

　　"你没有注意到。"达克斯说。接着他扑了过去。


　　达克斯打败了她，用她所教的步伐流畅地移动着，把剑脊重重地打在了她的肩胛骨上。

　　她抖了一下，伸手去抓床柱。

　　"罗阿……"他放下武器，轻轻地把手搭在她的肩膀上，"我伤到你了吗？"

　　"没。"她咬紧牙关，撒谎道，然后转身看着他，她眯起了眼睛，"干得不错。"

　　达克斯低头看着她，视线搜寻着他所造成的疼痛的痕迹。

　　"我花了一周的时间练习这个步法。"她说。

　　一个小小的微笑拉起了他的嘴唇："我的教师比你的强。"

恭维让她放松了下来，但这被达克斯发现了，他靠过去吻了她。

集中注意力，她告诉自己，转身看着天空。太阳已经落在了花园墙外。她还有时间。午夜之前去向丽贝卡报到都可以。

达克斯脱下衬衫，扔到一边。伤口缝线周围的皮肤看起来很可怕，但已经开始愈合了。而钥匙……

钥匙。

罗阿盯着钥匙柄末端的图案：两条交缠在一起的龙。与宫殿出口处大门上的图案一样。

达克斯擦了擦额头上汗湿的鬓发，伸展着身体，转动着肩膀。

她需要那把钥匙。

但首先，她需要打败他，这样才能向丽贝卡报告她的发现。

罗阿又刺出一剑，差点儿击中，但对方迅速招架，从她身下逃了出来。他咧嘴一笑，然后又恢复了他之前记住的姿势。他怎么学得这么快？就在昨晚，他拿着一把剑就像是拿着没见过的东西似的。现在罗阿甚至无法打到他。

太奇怪了。

他冲她微微一笑，轻轻地一翻手腕，用一种罗阿曾经见过的姿势把剑转了个方向。在哪里见过呢？这不是她教过的招式。

因为他不像他假装的那样无助。

不过，这仍然只是怀疑。罗阿需要证明这一点。所以她用了一个对对手不公平的招式。如果被父亲看到，他肯定是会皱眉的。而这个招式会让她打败达克斯。

她冲了过去，刺出了一剑。在他格挡的时候，她又刺出一剑，再次被招架住之后，她将脚踝钩在了他的膝盖后面，让他有些跌跌撞撞。奇迹般地，他稳住了自己。但在他完全恢复姿势之前，罗阿很快解除了他的武装。

他的剑落在了他们脚下的地板上。罗阿即将完成最后一击，不过达克斯将他的脚后跟猛踩在剑尖上，剑柄弹起，他抓住了这把剑，回身用一个罗阿绝对没有教过的动作挥出了一剑。

就在他的剑落下的时候，罗阿伸出手掌抓住了剑脊。

"谁教你刚才那招的？"

达克斯对她眨了眨眼："什么？

"你刚刚做的那招，谁教你这个动作的？"

达克斯放下剑，盯着她："是……你啊。"

罗阿的手掌按在他的胸前，推了一把。他的膝盖窝撞到了床，然后他倒了下去。

"你这个骗子。"

听到这句话，他的目光一闪："我从来没骗过你。"

"你现在就在骗我！"

"我告诉过你这是浪费时间。你一直在用别人看我的方式对待我，这不是我的错。"

罗阿盯着他："你是什么意思？"

"我的堂妹是指挥官，罗阿。我的妹妹是王国里最凶悍的猎龙者。我和她们两个一起长大。你认为她们会让我成为一个无助的国王？"

罗阿张开嘴，但没有说出什么。

他戏弄了她。他一直在戏弄她，戏弄歌家族的女儿，就像戏弄一个傻瓜。

"如果你已经知道如何挥剑，那么咱们一直在做什么？为什么假装让我教你？"

"你为什么这么想？"他扭开头不去看她，温柔地说。

"我不知道！"她喊道，"这就是我要问的原因！"

他轻声说道："我讨厌看到你和他那样，罗阿。"

她内心的怒吼消失了："对……西奥？"

这才是问题的原因？西奥？

怒火点燃了罗阿。"好吧，我讨厌看到你走向每个站在你面前的漂亮女孩，迷住她们，沐浴在她们的微笑中，让她们和你上床。"

他的眼前仿佛蒙上了一层阴影。

"我没有那样做。"他摇了摇头，"你爱他。"

这些话似乎夺走了他所有的力气。罗阿张开嘴，又闭上了。

我没有。这个想法吓了她一跳。

她曾经爱过西奥，或者她以为她曾经爱过西奥，但是，那种感觉已经消失了。

罗阿低声说："在我家的时候，你差不多调戏过家里所有的女孩。"

达克斯用一只手遮住脸。"这太……刻薄了。"他放下了剑，"我唯一的防御就是生你的气。小星星，我觉得我总在对你生气。"他从床上站起来，走到了壁炉旁，凝视着余烬，"你每天晚上都骑马去找西奥。"他紧握了拳头，"你和我结婚，只是因为你不相信我，因为你认为我无法保护灌木地。"

罗阿盯着他。那些事情都是真的。

"你和我结婚，只是因为你需要一支军队。"她指出。

"罗阿！"他摊开了双手，"我娶你不是因为这个。"

她正打算问他那是因为什么，却被某件事情阻止了。

低吟声响起，响亮而鲜明。她与妹妹之间的连接在体内回荡。

她望着露台外面，埃希白热的恐惧淹没了罗阿。

太阳落山。月亮升起。

我还有时间……

接着……她内心的疼痛爆裂开来，就仿佛一把剑刺穿了她的肩膀，就仿佛火焰在她的手臂上燃烧。

这是埃希的痛苦。

罗阿尖声叫了出来。达克斯吓了一跳，连忙走了过来。罗阿蹒跚着走开了，她想要离开达克斯的身边，却被裙子的下摆绊住了。她重重地跌在了石头地板上，手肘处裂开了一道伤口。但这份痛苦完全比不上妹妹的痛苦。

它将罗阿撕成了两半。

她听到达克斯的侍卫的喊声，听到他们冲进房间。他们疯狂的脚步声如雷般踏在地板上。她听到达克斯的声音，但就像埃希一样，他们似乎离她那么远。

埃希。她肯定出事了。

丽贝卡做了什么？

罗阿想要起身，却又跌在了地上。

这一次，两条强壮的手臂抓住了她，没有让她的脸撞上冰冷的石头。一个声音叫着她的名字。正是它让罗阿恢复了意识。

达克斯关心的面孔出现在视野中之后，她意识到自己在哭泣。

"怎么了？"达克斯低头看着她，瞪得大大的眼睛里满是恐惧，眉毛之间的皱纹似乎比以往任何时候都要深，"你受伤了吗？"

不是我，她想，是我的妹妹。

"拜托，达克斯。打开大门。"

# 三十

第二天早上，达克斯让萨菲尔打开大门。萨菲尔建议不要这样做。达克斯却很坚持，于是萨菲尔拒绝了。

随之而来的是一场跨越王宫三座大厅、耗费整个上午的争论。

最后，中午的时候，萨菲尔屈服了，勉强下令为王后打开王宫大门。罗阿和她的侍卫直接前往西奥所住的宾馆——这次耗费的时间是平时的两倍。人们因为放手节聚集了起来，费尔嘉德的主要街道上都挤满了人。罗阿到宾馆之后，却没有发现西奥的踪迹。

她的肩膀仍然像被火烧过一样灼痛着，这份疼痛驱使着她继续前进。她需要知道妹妹的身上发生了什么，不顾一切地想回到埃希身边。她爬上了罂粟花的鞍座，然后出发前往埃希唯一可能在的地方。而在路上，她也耗费了很多时间。有一次，罗阿冲着挤满大街的游客大喊着让他们让开，但这无济于事。她根本动不了。

罗阿清楚，这是萨菲尔的安排。而她在王宫内监督内部安全措施。

最后，她们抵达了席尔瓦男爵的城堡。罗阿把她的侍卫留在院子里，走进里面。

两名仆人带着罗阿来到二楼的一个房间。她敲了敲门，开门的是西奥。他眼窝深陷，手里紧紧抓着一个铜盒子。

他退后一步，让她进来。两名私人侍卫走了进来，关上门，靠在旁边的墙上。

"怎么了？"她把头上的纱巾拉了下去，"埃希呢？"

西奥吞了一口唾沫，抱着铜盒子的胳膊收紧了。

罗阿看着他抱着的东西。

"这是给你的。"他说，但并没有放手。

罗阿摸了摸盒子。盒子是由黄铜制成的，上面刻着繁复的羽毛图案。

她非常非常轻地说："让我看看。"

他绷紧了脸，但没有阻止她，只是紧紧抓住那个盒子，仿佛他自己的心脏在里面跳动。

罗阿打开扣锁，非常缓慢地向上打开盖子。

在天鹅绒上放置着一只白色的翅膀。

埃希的翅膀。

纯净的白色羽毛，从她的身体上撕下的血腥残肢，骨头从肉里伸出来……罗阿无法将目光移开，但是恶心感和恐怖感像海浪一样在她体内滚动。

罗阿把拳头压在嘴边。

不……

西奥面色铁青："这是我的错。"

不，罗阿想，是我的错。

"你让自己分心了。"她身后传来一个声音。

罗阿转过身。丽贝卡站在她面前，一身猩红色，长发搭在她的背后。

"你都做了什么？"罗阿咆哮着，想要冲向她，想要将自己的手指箍在那优雅的脖子上，然后用力掐下去。

在她身后，西奥关上了盒子，但没有把它放下。

丽贝卡在她面前扣住双手："我告诉过你，我不能让你在两边下注。"

罗阿瞪着她："你在说什么？"

丽贝卡平静地走向一张小巧华丽的桌子，桌子上放着一个玻璃瓶和三只银杯。"昨天我的密探给我带来了一些令人困惑的消息。"她拿起瓶子，开始倒酒，"宫里有传言。他们说，国王比他一开始更像是在恋爱。他们说他终于赢得了他的王后。"丽贝卡停止倾倒，抬起头，承受着罗阿的目光，"他们说你们两个比看起来更亲近。"

罗阿瞪着眼睛，张大了嘴巴。"你相信这些……传闻？"她把指甲攥进了手掌中，"这就是你夺走我妹妹的翅膀的原因？"

"是的，提醒一下你赌注的问题。"

罗阿突然想起了马厩里的那个夜晚，达克斯把她逼到了角落里，指控她与丽贝卡进行交易。她记得自己从他的声音中听到的恐惧。

现在她知道了其中的原因。

罗阿想要平复呼吸，她看着丽贝卡将浓郁的酒稳稳地倒入最后一只银杯中。她的动作那么稳，那么平静，就仿佛她根本没有对埃希做出那最残酷的事情。

"你是个怪物。"

"行啦。一旦你进行了交易，翅膀就无所谓了。这些都不重要了。你的妹妹会恢复她真实的样子。"

丽贝卡拿起一只杯子，递给罗阿。

罗阿想把葡萄酒泼到她的脸上。

不过她还是严肃地摇头拒绝了递过来的酒。"此外，"丽贝卡在将酒交给加尼特的时候说，"你昨晚没有来报告，所以你可以说我提前履行了我的诺言。"她转身面对罗阿，眼中燃着怒火，"你去哪儿了？"

罗阿的拳头抖动着："王宫大门被锁住了。我无法联系到你。我想要……"

"锁住了？"丽贝卡挑起眉毛，"这是什么意思？"

罗阿解释了那次袭击，王宫大门的上锁，以及萨菲尔如何关闭城门，取消放手节，但最后达克斯阻止了它。他今天早上做出了决定。

做解释的时候，她扫视着房间，寻找妹妹的下落。

"这些都不重要。"丽贝卡挥挥手，说道，"咱们的计划是穿过通道，把一小队人带到里面，控制王宫，然后为其他人打开大门。"

“有一个问题，”罗阿说，“通道锁住了。”

西奥和丽贝卡的注意力都被吸引了过去。

“什么？

罗阿扭开了头，她的拳头仍然紧握着，她想着那脆弱的白色羽翼。她和一个怪物结成了盟友，她无能为力。只要埃希还是一名囚犯，她就必须继续玩这个游戏。“但是我知道钥匙在哪里。”她低声说道。她回想着达克斯没穿上衣、身上闪着汗水的样子。那两个晚上他们在卧室里比试。钥匙挂在他的脖子上。

想到必须要去做的事情，她感到很痛苦。但罗阿无法承受这种痛苦，无法在丽贝卡对埃希做了这样的事之后继续承受下去。她现在知道丽贝卡的行为是多么无法预测。下一次，丽贝卡会做出更糟糕的事情。

丽贝卡想知道一切。所以罗阿将她发现的连接她和国王的房间及通往宫外的通道告诉了她。

“在城市的哪个部分？”

“新区，靠近铁匠的锻造炉。”

“我们需要那把钥匙。”

但罗阿需要知道她的妹妹是否还活着：“首先让我看看埃希。”

丽贝卡看了她的侍卫一眼。“加尼特，为王后把她的鸟拿过来。”

加尼特离开了，又带着一个摇晃的铁笼子回来了，他把笼子放在了罗阿面前的桌子上。罗阿俯下身子，抓住铁笼子，盯着在笼底颤抖的白鹰。

埃希……

她的身体左侧被包扎了起来，她一直伸开着翅膀，好像忘了她只有一只翅膀，然后失去了平衡。这让她伤得更严重了。

"我的父亲灼烧了伤口，防止她流血致死。"

真友好，罗阿痛苦地想。

那双银色的眼睛从罗阿身上转移到西奥身上，又看到了丽贝卡，就仿佛她不再认识在这充满威胁的房间里的姐姐了。

"埃希。"罗阿突然希望自己能回到过去，希望自己并没有来到费尔嘉德或是同意帮助达克斯，希望自己还留在灌木地。

埃希颤抖得更厉害了。但是这一次，银色的眼睛看向罗阿，留在了她身上。

我会让你离开这里，她想，我会让你自由。

她妹妹的思绪一直冰冷而黑暗。

"我很抱歉事情发展成了这样，罗阿，但你不是唯一冒风险的人。我不会让你连累我们其他人。如果你想让我帮助你拯救你的妹妹，你就必须完全按照我所说的去做。你明白吗？"

罗阿完全理解。她知道天平已然倾斜。只要埃希还在丽贝卡手里，她就可以让罗阿做任何她想做的事。

"今晚你需要拿到那把钥匙。"

罗阿瞥了她一眼。今晚？"放手节是明天。"

"我们不能冒再次失败的风险，"丽贝卡说，"拿到钥匙，午夜前送给我。"

她没有说如果罗阿不遵守约定将会发生什么。

答案就在那个铜盒子里面。

回到宫里，罗阿的感觉都麻木了。挤满了街道的人群让她很难穿过城市，所以罗阿和她的侍卫绕了很远的一段路，穿过离城中心较远的街道，那边没有那么拥挤。

整个行程耗费了大量时间，现在太阳就快要落山了。王家住宅区的大厅比平时更安静，视线内连一名士兵都很难看到。她往前走着，两边跟着她的侍卫。她思索着挂在达克斯脖子上的钥匙，思索着他昨晚承认的事情，思索着她对他的看法有多大的偏差。

她思索着要如何偷到那把钥匙，把它交给敌人。

我成了什么样的人？

她甩开了这个问题，又想起了埃希。她失去了一只翅膀，在笼子里颤抖着。这样小小的背叛难道不比她最终要做的事情轻松得多吗？在放手节结束之前，罗阿将犯下最严重的罪行——杀死国王。

罗阿打开房间的门，却在门槛上停了下来。

这里有花香味，就像家里。

蓝花楹。她呼吸着那甜美的气息。

到处都是蓝花楹。

花朵散落在地板上，就像一块淡紫色的地毯，香味弥漫在房间里。罗阿迈进了房间，关上了门。

应该有人让他知道，你更喜欢蓝花楹。前一天晚上，达克斯这样告诉她。

她本应该狠下心来不去管这些花，但是看到埃希的翅膀，她的心都碎了。

罗阿捡起了一朵花，将柔软的花瓣举到面前，吸着那令人舒缓的香气。躺在地板上，她伸手又去抓了一把花，把它们塞进衣服里。

起身的时候，她的脉搏在她的血管里响亮而灼热地搏动着，她踩过散落的蓝花楹，尽量不去压碎花瓣，走到了露台上。

橙色和粉色涂满了天空，她望着国王的房间，达克斯坐在露台半圆形的大理石栏杆上，肩膀贴着墙，看着她的房间。与罗阿四目相交时，他举起手中的高脚杯致意。

但他并没有笑，而是皱着眉头。她昨晚没有任何解释就离开了王宫。他以为她去找西奥了。他一直在露台上担心这两件事，她可以肯定这一点。

太阳从天空中慢慢沉了下去，国王和王后一直看着彼此。就像神怪棋棋盘两端的对手一样，两个人都在等待对方的动作。

达克斯先动了。他举起高脚杯，喝了个底朝天，然后从大理石栏杆上跳了下去。就算在这么远的地方，罗阿也可以看到挂在他的脖子上的钥匙。承受着对方的目光，他把拳头握在胸前行了一个灌木地式的礼，然后消失在房间内橙色的光芒中了。

罗阿深深吸了一口气。

她知道她必须去做什么。她知道如果不那样做，就会有第二个铜盒，里面放着第二只翅膀，甚至可能会更糟。她知道在这个夜晚结束之前，无论她做出什么选择，她都会心碎。

这只是一个她可以忍受怎样的心碎的问题。

# 三十一

罗阿并没有带灯笼。她现在知道了通往达克斯房间的那条通道。但是这一次，穿过黑暗的通道时，她在墙壁上摸索的手指颤抖着，似乎她腹中的一切都纠结在了一起。

她站在那道暗门前，按下闩锁，将它推开。

龙王独自一人在床上舒展着身体。他的肘部弯曲，双手托着脑袋，盯着上方的天花板，噘着嘴唇，前额有一处隆起。

知道她来了，达克斯没有坐起来，只是转过头来看了看。

他的目光扫过她的身体。她今天晚上穿了长袍。这件衣服是他送给她的。长袍是深紫色的——暴风云的颜色，丝绸那么薄，仿佛半透明的一般。这件衣服与插在耳后的蓝花楹相得益彰。

他现在看着她的样子满是温柔，毫无遮拦地让她读着自己的表情，让她知道自己的思想、希望和想要的一切。

"我以为咱们的课程上完了。"他坐了起来，双手紧抓着他身下的木床架。

"我不是来这里上课的。"她说。

达克斯赤着脚。他又把衬衫的袖子卷到了肘部，领子上的带子解开着，就仿佛他觉得衣服是一种桎梏。

"那你来这里干什么？"

罗阿望着他的脖子。就在她的目光落在挂在那里的钥匙上的时候，她突然有一种奇怪的冲动，要把一切都告诉他。

当然，这是一个糟糕的主意。这是决定埃希命运的最快的方式，更不用说她自己的命运了。

叛国罪的代价是死亡，罗阿当然犯了叛国罪。

但不遵守计划的代价是埃希。看到她没有回答他的问题，他又问了另一个问题："咱们的朋友西奥怎么样？"说话的时候，他低头看着地板，避开她的目光。她知道他在想什么。她给了他充分的理由去那么想。

"达克斯，"她低声说，"我不想要西奥。"

他又抬起了头，她看到了他眼中的疑问：那你想要什么？

在她体内，有什么东西在嗡嗡作响——她之前没有想过的东西。因为他是敌人，因为他更喜欢莉拉贝尔，因为罗阿需要拯救她的妹妹。

不过，其中只有一件事情是真的。

她抱住了自己，突然开始害怕自己内心的矛盾。

罗阿鼓起勇气，走向床边。"我不想成为众多人中的一员。"她一边说，一边来到了他弯曲的双腿之间。达克斯的手在木制床架的边缘收紧了，好像他不相信自己会放手一样。

"说你是我的，"她低头看着他，低声说，"或者说我不会拥有你。"

他向后仰着头，抬起眼睛看向她："我还会选择其他人吗？"

她想到了他的名声，想到了他笑着把那么多女孩带到了床上。

"你是那个教会我永远不要暴露自己的弱点的人。"他松开床架，凝视着她，"你告诉我，一旦敌人知道我的弱点，他们就会知道如何击败我。"他的手滑到她的臀部，把她拉得更近了，"因此，我隐藏了自己的弱点，把它们藏在了传言、调情和诱饵背后。因为如果我的敌人知道她对我有多么重要，他们就会把她带走。"

罗阿皱起眉头，突然张大了嘴巴，因为她用他的视角看到了棋盘上的游戏，看得清清楚楚。

达克斯转过脸来看着她，说："我唯一想要的就是睡在花园里的那个女孩。"

我？她想，我是他的弱点？

这种想法伴随着一种温柔。

罗阿把他按回床上。达克斯没有阻止她。她伏在他身体上方，将两只手放在他头的两侧，坐在了他的髋部上。他屏住了呼吸。

罗阿试图将自己的目的与欲望区分开来，但它们都混在了一起。

她把手指缠在鬈发上，吻了他一下。他轻轻发出了声音，伸手去拉她，把她抱在他身上。他抱着她翻过身，然后放低自己的身子，两个人四目相对。

"你为什么来这里？"他低声说道，眼中充满了柔情。

她的目光掠过他的脸颊，胡楂又长了出来。"因为我想来。"

这既是事实也是谎言。

他脱下衬衫扔到一边。钥匙现在悬着，悬在两个人之间。罗阿伸手触摸着它，触摸着交缠在一起的龙，直到达克斯将绳子摘下来放到地板上。

他的手指离开了她的视野。他的手从她的腹部和臀部掠过，她的呼吸加速了，然后那双手滑到了长袍下面，让她身上仿佛着了火。他的手掌滑向她裸露的大腿，罗阿紧张地吸了一口气。

达克斯停了下来，看着她。

"你在害怕。"他意识到这一点，用手撑起了身子。他低头看着她，冷空气吹过他们之间的空隙。

"就是……我知道会发生什么。"她的脸颊烧了起来，"我知道会很痛。"

他的表情变得柔和了起来。"哦，罗阿，不。是不会疼的。"他把额头压在她的额上，"我告诉过你，我永远不会伤害你。"

她想起了她把自己交给西奥的那个晚上。

"你可能不知道。"她低声说。

他皱起眉头，目光闪过她的身体："我当然会知道。"

她本应该阻止他，她本应该把一切都告诉他。

但如果那样做，她就永远无法救她的妹妹了。她需要把这个游戏玩到最后，否则埃希就不只会受到惩罚了，她会永远失去生命。尽管罗阿的心中正在交战，但她依然比任何人都更爱她的妹妹。八年前的那个晚上应该死掉的是达克斯，不是埃希。

罗阿需要去纠正错误。

她需要让妹妹回来。

但比所有这些事情更重要的是一个更简单的事实：既然已经太晚了，既然已经完全无法挽回了，罗阿想要他，想要被国王爱。

所以她付诸了行动。

之后，罗阿听着他呼吸的声音，努力不去记住，努力不想让自己需要他的心脏在自己脊柱旁跳动，或者他的手臂的重量安全地绕在她周围，即使睡觉时也是如此。

她听着他的呼吸声，想要把这个鲜明的新需求推回它产生的地方。

罗阿闭上眼睛，努力想起自己的目的，努力像刀子一样将它在体内磨砺。

埃希。

钥匙。

午夜。

从达克斯的怀抱里出来，她挪到了床边。把目光投向了地板，她找到了他的衬衫，然后是钥匙。

她捡起钥匙，把绳子挂在头上，她的眼睛在灼痛。

夜空之上，月亮就要升到天顶。

罗阿迅速穿好衣服。但就在走进通道之前，她回头看了看床，达克斯在那里睡觉，并不知道她的背叛。她的目光扫过他柔软的鬓发、在头上有点儿突出的招风耳，还有肩膀坚实的线条。

她转身不去看他，穿过了通道。接着她终于来到了上锁的铁门前，把绳子从头上摘下来。把钥匙插进去的时候，她的手在颤抖。钥匙转动，她的胃里仿佛搅动了起来。

尖利的"咔嗒"一声，仿佛罗阿的心碎了，门开了。

她应该感觉到胜利的喜悦。

但她哭了。

# 三十二

　　罗阿关上大门，走进昏暗的小巷。远处，罗阿听到了费尔嘉德的噪声：音乐和夜市里的说笑声。有那么多游客前往首都参加放手节的活动，整个费尔嘉德都人满为患。但这段路寂静而沉默。

　　她无法消除口中达克斯的味道。她无法消除他躺在床边的记忆——两个人的心脏一起搏动，两个人的腿纠缠在一起。

　　这一切结束时她会变成什么？

　　一个怪物，罗阿意识到。

　　但现在停下来就会永远失去埃希。

　　突然间，阴影中出现了人形，丽贝卡的手下。罗阿粗略一数，至少有五十人。可能更多人还隐藏在阴影中。

　　为什么这么多人？她们的计划是在放手节期间渗入王宫。是明天，不是今晚。

　　带领这群人的那个人戴着兜帽，但罗阿从她的身高、她肩膀的线条，还有她骄傲的步态认出了她。

丽贝卡在王后面前停了下来，伸出手，掌心向上："把钥匙给我。"

罗阿盯着丽贝卡的身后："西奥在哪里？"

"事实证明你的朋友……并不忠诚。"

罗阿的嘴巴像棉花一样干："什么？"

"我的手下现在正在找他，"丽贝卡说，"计划发生了变化。给我钥匙，罗阿。"

罗阿摸了摸她脖子上的钥匙，但没把它交出去："先把埃希给我。"

"我怎么知道在我们进去之后，没有一大批士兵在等着我们？"

罗阿盯着她兜帽下深深的阴影："我怎么知道埃希是安全的，或者你不会在得到你想要的东西之后就杀了她？"

丽贝卡向她身后的一名男子示意。那个人走上前来，举起一个熟悉的笼子。一只单翼鹰蜷缩着，她银色的眼睛在夜色里闪烁着。

"今晚我被出卖了一次。我不会冒第二次险。"

"我今晚冒了一切风险，"罗阿反驳道，"所以你需要在这件小事上相信我。"

丽贝卡沉默了。过了一会儿，她咆哮道："好吧。收下。带我们进去。"

带领他们走向大门的时候，罗阿的心像压了石头一样沉重。她打开门，先走了进去。丽贝卡盯着前方的黑暗，深深吸了一口气。

"我等这一天已经等了很长时间了。"她说。

背后的人跟着她们。

这是错的。这个想法像脉搏一样在罗阿脑海中闪动。一切都错了。

她摇了摇头。不能去想那些。她一直都知道后果是什么。

没有回头路。

他们来到她的房间，罗阿推开暗门走了进去。丽贝卡跟在她后面。窗外的夜晚是蓝黑色的。灯光很暗。枯萎的蓝花楹仍然散落在地板上。

"门外有多少侍卫？"丽贝卡问道。

罗阿把数字告诉了她。

十几个人占据了罗阿卧室门旁的位置。

他们的行动需要安静而隐蔽，不能引起指挥官或她的军队的任何注意。他们将在放手节的前夜完全占领费尔嘉德，他们需要一步一步地占领王宫。

丽贝卡拔出她的匕首，压在了罗阿的脖子上。"喊她们。"她说。

罗阿犹豫了一下，她想知道塞莱斯特她们进来之后，丽贝卡会做些什么。

丽贝卡的手更用力了，罗阿觉得锋利的钢刃刺破了她的皮肤。

她喊了出来。

什么都没发生。

几下心跳过去了。一片沉默。

"再喊。"丽贝卡命令道。

罗阿不情愿地喊着塞莱斯特，然后是萨巴，然后是塔蒂，她希望自己有办法警告她们。

回答她的又只有沉默。

丽贝卡示意让人去看看。一个人打开门走了出去，然后又回来了。

"外面没有人。"

罗阿脖子后面的头发立了起来。她的侍卫从未离开过岗位。如果她们离岗，萨菲尔会立即解雇她们。

出事了。

但即便在她这么想的时候，罗阿心中依然闪着一点希望。如果她的侍卫不在这里，丽贝卡的手下就不会伤害她们。

丽贝卡从罗阿的脖子那里放下刀子，出去看了看。回来之后，她凝视着罗阿，也许是第一次，她的眼中充满了恐惧。

"她们在哪儿？"

王宫中空无一人，没有站岗的士兵，没有穿过大厅的仆人。丽贝卡打开了无人看守的大门，让她的人毫无抵抗地走了进去。他们搜查了花园和大厅的每处阴影和角落，但这里没有国王，也没有任何其他人存在的痕迹。

与此同时，罗阿搜查了达克斯的房间。

一切都很安静，床仍然又大又空。墙上挂毯上的面孔似乎在看着她，使她的皮肤警觉地刺痛着。

织天之刀挂在罗阿的裙子下面的小腿上，紧挨着埃希的刀，她手里紧紧抓着她的镰刀。她现在全副武装，但在黑暗中呼唤达克斯的名字的时候，她在颤抖。

没有回应。

她悄悄走到露台上，只有星星在夜空中眨着眼。天空中闪电闪过，黎明很快就会到来。放手节很快就会到来。

太阳落山后，罗阿就可以进行交易了。她可以挽救她的妹妹。

她只需要找到达克斯。

下面突然传来了声音，似乎是击打声。罗阿听到了几个男人在大声笑着，她低头扫视花园。

在拱廊的附近，她看到了他们的身影。

其中两个人有武器。他们围在一个跪在地上的年轻人身边。那个人被打了一拳。

罗阿俯在栏杆上，努力地看着。她看到最高的那个人开始解腰带的扣环，然后是裤子的纽扣。

这情景让她皱起了眉。从这里看，就像是……就像是他们要冲着他小便一样。

或者更糟。

突然之间，她知道是谁跪在人群中间了。

达克斯。

罗阿没有去想他们有四个人，而自己是独自一人。她紧紧咬住镰刀的钢刃，让它牢牢待在自己的牙齿之间。

她把自己吊在露台上，然后落到地上。

# 三十三

怒气在罗阿身上聚集着，她迅速沿着花园的小路往声音传来的方向走过去。刀柄又一次紧紧握在了她的手里，她向那些人跨出一步。

"如果你们觉得自己的性命很重要，"他们进入了她的视野，她咆哮道，"那就走开。快点儿！"

他们抬起头，笑声消失了。看到来自灌木地的王后，他们的脸上又露出了笑容。

达克斯抬起头，跪在那里盯着他的妻子。他的下巴上有瘀痕，他的鬈发很乱。就在他看到挂在罗阿脖子上的钥匙的时候，他的眼睛暗淡了下去，因为发现自己受到了背叛。

"回到屋里，灌木地人。"在花园墙上仅有的几支火炬的照耀下，她看到那个人是加尼特——嘴唇上的伤疤暴露了他的身份，"你不会想看这些事的。我们完事之后，会把他带到你和丽贝卡那里。"

"你没听到我说的话吗？"她瞪着加尼特，不过她的心脏在不规律地跳动。如果他再次反抗，她的身体就会像弹簧一样弹起来。

另外三个人走得更近了，他们的手滑向了刀柄。

罗阿突然警惕了起来。

她无法对抗所有这些人。她也不能离开达克斯，把他交给他们。

"放下你的武器，灌木地人，否则你就会和他待在一起了。"

罗阿望着她的丈夫，他正站起来。他们的目光相遇了。一下心跳的时间里，他们之间迅速而沉默地传递着某种东西。达克斯点点头，动作如此轻微，几乎察觉不到。

"我说，"加尼特咆哮道，"放下你的武器。"

罗阿扔下了她的镰刀。刀尖落在了达克斯的左脚附近。

"好姑娘。"

但这话甚至还没说出口，达克斯就将他的靴子重重地踩在了钢刀上。刀柄在泥地上反弹起来。

达克斯抓住了它。罗阿拔出了妹妹的刀。

面前的两个人难以置信地盯着他们，和其他人一样，他们完全被达克斯是个糟糕的剑士的伪装吸引了。

他们还在犹豫，罗阿就和达克斯扑了过去。一声怒吼，她的刀插入了加尼特的心脏，而达克斯用罗阿的镰刀切开了旁边那个人的胸膛。

这是为了我的妹妹。看到加尼特震惊地瞪大了眼睛，罗阿想。

空气中充满了热气腾腾的鲜血的气味。两个人都倒下了。

罗阿抽出了加尼特的军刀，和达克斯转身面对第二组丽贝卡的手下，他们现在才从困惑中恢复过来，开始抽出武器。

"大家都在哪里？"她迅速问达克斯，"为什么宫中空无一人？"

"我们知道他们即将发动攻击，"他一直盯着敌人，"萨菲尔对王宫进行了疏散。"

罗阿皱起了眉头，整个王宫？那是不可能的。这里到处都是丽贝卡的眼线。如果整个王宫的所有士兵和工作人员半夜从前门离开，她肯定会知道。

除非他们不是从前门离开的……

"三点钟位置。"达克斯低声说道，将罗阿的注意力拉回到面前的危险之中。

两个人一起攻了出去。罗阿的对手的身形是她的两倍，但他的速度很慢。她一次又一次地劈砍突刺。一下心跳过后，那个人被解除了武装，靠在拱廊下面的墙上，他的眼中含着恳求的意思，举双手投降。

罗阿听到了身后身体重重倒在地上的声音。

"我会干掉他。"

达克斯来到了她身边。

"你认为我做不到？"

"不……"达克斯说，从她手里拿过军刀，给了那个人一个痛快。他的身体滑向地面，罗阿看着石膏墙上暗红色的血迹。"只是在做这种事的时候，我不想让你拿着武器。"

拿起两把刀，达克斯转身面对罗阿。

现在轮到罗阿的背靠在墙上了，两把沾满血的刀对着她。

达克斯的想法在他的脸上清晰地显示了出来。他想起今晚早些时候她走进房间的样子和她爬上床的样子。

他想象着她等到自己入睡之后从地板上拿起钥匙，想象着她打开门。

我毁了我们两个，她想，我毁了一切。

或许很久以前就毁了。

也许他们之间的事情在她妹妹替他而死的那天就完蛋了。

"今晚我听到了一些消息，"他的声音低沉，"说宫内存在威胁。"他正确地握住两把武器，站成剑术高手那样的姿势，"我向每一位神明祈祷，那个人不是你。"

罗阿抬起下巴，不过她很害怕。

"但证据就在那里，挂在你的脖子上。"他看着她，就仿佛她不是之前和他做爱的那个女孩，就仿佛那个女孩对他来说根本不存在一样。

她并不存在，罗阿意识到，在今晚我做出了这些事情之后，我再也不能成为那个女孩了。

达克斯走近了："你和她一起计划的吗？如何最好地诱惑我？"

从他的话中，她能听到心碎的声音。罗阿知道心碎的感觉。埃希去世的那天，她觉得自己的心碎成了无数片。

她觉得现在他的心就碎了。

罗阿努力想让自己变得强硬一些。你已经走了那么远，现在只剩一点距离了。

　　她想到埃希被锁在笼子里。埃希就要消失了。埃希要永远地消失了……

　　"你对我喜欢的女孩做了什么?"达克斯走近了一步。

　　他们四目相对。"我想让她回来。"他把一把刀放在草地上——是罗阿的镰刀,然后轻轻地抚摸她的脸颊,"把她还给我。"

　　罗阿不确定哪个更危险:他的钢刀、他的触摸还是他的语言。

　　"那个女孩已经不在了,"罗阿想着自己所做的一切,想着现在还没有做的事情,说道,"不要把爱浪费在她身上。"

　　他放下了刀。"你认为爱情那么脆弱,像小麦的茎,很容易在暴风雨中折断?爱情不是那样的。"

　　达克斯走近了一步。

　　"真正的爱是最坚韧的钢铁。它是一把可以被熔化的钢刀,它的形状随着锤子的每一次敲击而改变,但要击碎它,是一项任何人都无法完成的任务,甚至死神也做不到。"

　　罗阿盯着他。他在说什么?他爱她……就算现在也是一样?

　　"你这个傻瓜。"她低声说道,言语刺痛着她的喉咙。

　　接着,看到他放下了剑,她猛地一推,让他差点儿摔倒。

　　罗阿发现她的镰刀躺在草地上。一下心跳的时间里,她握住了雪花石膏刀柄,抬起弯曲的刀片,准备攻击。

　　但达克斯先发制人,罗阿几乎没有注意到刀光一闪。

　　他们的武器撞在了一起。达克斯无情地攻击着,逼着她后退。罗阿闪躲着,她一直在动,所以达克斯没法把她逼到另一面墙上。

这时候，她才意识到自己被他逼出了多远。

她几乎无法招架。

他拿着刀愤怒地冲着她砍去，把刀从她的手中敲了下来。就像之前她推他一样，他推着她后退。罗阿跌跌撞撞，重重地摔在了地上。疼痛击穿了她的手肘。

一下心跳的时间之后，他把她压在了下面，一只手将她的手腕按在头顶上方，而另一只手将他的剑横在她的锁骨上。

这么快就被击败了，罗阿震惊地盯着他。他们现在鼻子对着鼻子，粗重地呼吸着。

"你不是那种为了自己的利益而想要掌握权力的女孩，"他温暖的身体贴着她的身体，"你为什么要那么做？"

花园里的火把让他的皮肤放出金光。有那么一刹那，他似乎像神一样存在于她的上方，就好像纳姆萨拉——白天的黄金之神——已经来到了这片黑暗之中，想要审问她。

罗阿屈服了。

"你不是我认为的那个你。"她看着他的脸，低声说道。然后，突然间，你就变了。"我以为你违背了所有的承诺。我以为你不在乎。我以为你是一个危险的国王。"

她脖子上的压力轻了一点——只有一点。

"即使我意识到真相……我仍然需要拯救我的妹妹。"

听到这话，他僵住了："什么？"

"埃希从未离去。"她承受着他的目光，让他不敢不相信。达克斯知道她们的故事，知道织天女神和无法跨过那道门的灵魂，以及放手节存在的原因。"她被困住了。我必须让她自由。"

他的眉间皱出了一道深深的折痕。他的剑仍然紧贴着她的脖子，他说："继续。"

她看着他身后，望着闪电闪过天空，想着在她衣服下面的织天之刀，想着今晚太阳落山后她必须去做的事情。

"让某个人在另一个地方死去就可以进行交换，但必须在放手节进行。"

她可以看到他试图回忆起他所知道的有关放手节的一切。几年前，她的教师教过他所有内容。

"那个人应该是你，"她抬头看着他的眼睛，低声说道，"不是她。你是那个应该死的人。"

"像桑德一样。"他说。罗阿吃了一惊，她没想到他还记得那个故事。"那个逃避死亡的男人。所以死亡带走了另一个人来代替他。"

还没等罗阿回答，就有声音传了进来——穿过拱廊的脚步声，还有他们的说话声。一个声音让达克斯和罗阿僵住了。

丽贝卡。

但在她进入视野之前，黑暗笼罩住了他们。一个黑色的影子飞过头顶。罗阿可以感觉到自己脸上的狂风，感觉到大地因为巨大的重量而颤抖。一个熟悉的声音在花园里响起——快速而连续的几声响亮的咔嗒声。

她只知道一种用这种咔嗒声进行交流的生物。

达克斯回头看了看他的身后。他看到的东西让他站了起来。

他的身体从她身上离开之后，罗阿也站了起来，抓住她的镰刀。

一条龙的影子笼罩住了她，它的鳞片像黑夜一样黑。

龙的一只眼睛失明，另一只眼睛眯成了细缝。它正盯着她看。

"木津。"罗阿退后一步。

第二条龙站在第一条后面。它只有木津的一半大小，金色鳞片在蓝色的晨光中闪闪发光，两只灰色的角扭曲着指向天空。

两名骑手从龙背上下来。第一名是萨菲尔，她立刻跑向了国王。她看到了一切——他手中的刀、下巴上的瘀痕，以及他在自己和王后之间让出的那片空间。罗阿的目光落在第二名骑手身上，她屏住了呼吸。

这位年轻女子把黑色的头发编成了辫子，搭在肩膀上，一条烧伤的疤痕穿过她的脸和颈部。一对战刃背在她的背后。

阿莎。

"上来。"这位从前的伊斯卡利对她的哥哥说，而她黑色的眼睛射出的目光在罗阿身上闪过。

达克斯走过萨菲尔身边，走向了那条金色的龙，轻松地爬上了龙背，好像他以前这样做了一百次似的。

罗阿应该去阻止他，她应该求助，她应该去做些什么来留住他。

但是就像她非常希望拯救埃希一样，罗阿现在知道她将要付出什么代价。

她喜欢这个男孩——这个国王——因为他根本不是她所担心的那个样子，而是她的人民需要的样子。

为了拯救她的妹妹，罗阿毁掉的将不仅仅是达克斯。她也会毁掉自己。

"我知道埃希是什么，"阿莎的声音很急切，"我知道她变成了什么。"

变成了什么？罗阿转身面对达克斯的妹妹。阿莎可能知道什么呢？她是一名龙裔。

好像知道她的想法似的，阿莎说："我知道某种连接，还有忠诚。"

忠诚。那是罗阿曾经了解的东西。现在呢？还有哪个人她没有背叛过吗？

我妹妹，罗阿想。她盯着手中的镰刀低声说，"我得拯救她。"

阿莎摇了摇头："你必须放手，罗阿，是你的束缚让她无法离开。"

听到这些话，罗阿僵住了。她想起了那天晚上的屋顶上，埃希的鬈发在她拯救国王的儿子的时候滑过她的手指。埃希落了下去，而不是达克斯。

罗阿紧紧地握紧拳头，都把她的指关节弄疼了。

达克斯是埃希从屋顶掉下来的原因。如果问她妹妹被困住是哪个人干的，那肯定是他。

拱廊的脚步声越来越近了。阿莎瞥了一眼声音来的方向，木津展开翅膀，告诉它的骑手，是时候离开了。已经登上龙祖后背的萨菲尔叫着她堂姐的名字。但阿莎仍然留在原地，盯着罗阿手中的镰刀，仿佛在害怕她回身似的。

在那一刻，除了愤怒、痛苦和悲伤，罗阿还感受到了羞耻。在阿莎的眼里，她看到了自己变成了什么。

罗阿扔下她的武器。"走吧，"她低声说，"快走吧。"

阿莎走向木津，坐在萨菲尔身后，然后将她的手臂环绕在堂妹的腰上。与此同时，丽贝卡的手下来到了花园。

木津发出了一声嘶叫，蹲伏了下来。那些人冲过来的同时，巨大的黑龙飞过他们的头顶，来到了屋顶上。

罗阿看着木津留下的金龙。金龙感觉到了危险，它将优雅的翅膀展开。然而，它依旧等待着骑手的命令。丽贝卡喊叫着，她的人拥了过来，达克斯依然在龙背上犹豫不决，他看着某个人，就好像把她丢下会让他心碎。

钢剑抽出的声音让他的目光从罗阿身上离开了。

达克斯伏在龙的肩上，轻轻弹舌。

龙将身子一弯，冲上了天空。

# 三十四

"首先你杀了我的手下，然后你又让达克斯逃跑了？"

丽贝卡在罗阿身边转着圈。罗阿站在尸体的中间，疲惫不堪，伤心欲绝，她希望她的妹妹回来。

丽贝卡握紧的拳头颤抖着。她的头发无力地垂在面前，她的眼睛下面有一道深深的凹陷。

对于罗阿来说，不幸的是，其中一个人在袭击中幸免于难，把一切都告诉了丽贝卡。

"你在玩什么游戏？"

罗阿几乎听不到丽贝卡的话。她在考虑自己是如何让达克斯离开的。让他离开，是否注定了埃希离去的结局？

我都做了什么？

"我想见我的妹妹。"她转身离开花园。

四个全副武装的人立即挡住了她的去路。

"抓住她。"丽贝卡说。

罗阿拔出了织天之刀——她手中的最后一把刀。他们来抓她胳膊的时候，罗阿试图做出反击。

她用上了手肘和膝盖。她用脚蹬着他们的小腿。但是人太多了，他们牢牢抓住了她，从她手中抢走了织天之刀。刀"咚"的一声落到了地上。

"让我走。"她尖声说道。

丽贝卡拿起刀子塞进腰带里。

就在这时，急促的脚步声在拱廊里响起。所有人都伸手去摸刀柄，转向了声音来的方向，做好战斗准备。

但来的不过是丽贝卡的一个手下——一个浅棕色头发的年轻男子。"女主人，"他弯着身子，喘不过气来，"跑了。"

"什么跑了？"丽贝卡的声音像剃刀般尖厉。

"我觉得……我觉得您应该来看看。"


他们把罗阿拖回了空旷的王家居住区。她这次没有挣扎，挣扎没有意义。丽贝卡拿着织天之刀，罗阿被包围了，无法反抗。她必须等待合适的时机逃脱，然后找到埃希。

清晨的阳光照了进来，火炬仍在壁龛中燃烧，在走廊中追逐着阴影。他们穿过王座厅，在圣水苑停下了脚步。

这处庭院里有七处喷泉。喷泉之间是长成几何图案的花圃，里面种满了各种各样的树木及花草。他们在最大的喷泉旁停下了脚步，喷泉周围，一圈盛开的黄色芙蓉花被笼罩在雪松高大的影子里。

缓缓的水声在大厅里回荡，丽贝卡突然停了下来。

罗阿看着周围的景象。

埃希的笼子摆在他们面前，只是出了点儿问题。

笼子被破坏了，黑色栏杆扭曲着，像一只动物的肋骨一样张开着。

笼子里面是空的。

但这不是唯一的问题——还有两具尸体躺在芙蓉丛后面。罗阿认出了第一具是将埃希的笼子带入王宫的那人。他和他的同伴躺在王宫的地板上，他们的脖子断了。

没有血，没有打斗的迹象。无论是谁干的，他的动作都很迅速。

冰冷的感觉刺穿了罗阿的身体。

"这里发生了什么？"丽贝卡质问道。

没有人回答。

开始了。罗阿看着冉冉升起的太阳。放手节开始了。今天，没能跨过那道门的灵魂恢复了它们的真实形态，走进了生者的世界。

埃希，罗阿扫视着树木和水池，你在哪？

她寻找着低吟声，发现它消失了。

这不可能……

罗阿继续寻找着。但什么都没有。

低吟声从她的体内消失了。

丽贝卡看了看坏掉的笼子，又看了看罗阿："你知道这是怎么回事吗？"

罗阿知道。

"一个堕落的灵魂。"她低声说。

他们把她扔进了没有窗户也没有栅栏的房间里。

罗阿从未见过牢房内部的样子，因为灌木地没有像监狱或地牢那样的东西。这里冰冷、潮湿而黑暗，有腐烂的气味，唯一的光线来源是门下的一条缝隙。

就像一座石墓，让她窒息。

埃希每天都是这种感觉吗？

今天是放手节。罗阿看到了那个空笼子。

无论她在哪里，埃希都摆脱了鸟形的束缚。

她撞着门。没有人理睬她，她把门撞得更响了，大声要求把自己放出去。她只剩下今天一个白天和一个晚上的时间去寻找达克斯。在这个没有窗户的房间里，她无法知道过了多少时间。

发现自己不断地敲打但徒劳无功之后，罗阿开始在肮脏的地板上踱步。

埃希，你在哪里？

她想要她的妹妹——唯一能抚慰她的孤独和痛苦的人。她所属于的那个人。

但她的妹妹不在这里。阿莎的话像爪子一样抓挠着她。

是你的束缚让她无法离开。


门开了，地牢中金红色的光芒洒了进来。丽贝卡站在门框旁，阻挡着光线，盯着罗阿。织天之刀塞在她的腰带上。

她并不是一个人。她身后站着七名议员——在图书馆里阴谋对抗罗阿的那些人。就是这些人被达克斯定成叛国罪，被关了起来。

丽贝卡肯定是找到了他们的牢房，把他们放了出来。

为什么呢？

"该走了。"丽贝卡说。四名男子进入牢房，抓住了罗阿。

这一次，她没有挣扎，乖乖地让他们把她拖出去。

"已经过了多久了？"

走在前面的丽贝卡没有回答。

"你要带我去哪儿？"

"去城市广场。"

罗阿僵住了。城市广场，阿莎的审判就是在那里进行的，断头台就在那里。

"为什么？"她低声问。

"我们将为国王提供一样他无法抗拒的东西。"

突然，罗阿可以看到丽贝卡的下一步行动，可以看到她如何操纵棋盘上的棋子以确保得到她想要的结果。

但达克斯已经证明自己同样善于操纵棋子，玩弄游戏策略。

"他会知道这是一个陷阱。"罗阿低声说。

丽贝卡自信地朝她微笑着，罗阿感到一阵恐惧。

# 三十五

午夜过后，丽贝卡和国王从前的议员们将被绑住双手、塞住嘴巴的罗阿拖过拥挤的街道。在她周围，她听到了震惊的低语声和混乱的提问声。

他们要把王后带到哪里？

达克斯陛下又在哪里？

人群中的每个人都戴着面具。木头雕成的面具，都涂着白漆，隐藏着他们的身份，让别人无法分辨谁是谁。

罗阿仍在寻找，寻找她的妹妹。

你们应该待在家里，锁好门。她扫视着戴着面具的人们，这样想着。正因为如此，她知道面具背后的面孔不属于灌木地人。现在，灌木地人已经聚集在他们的桌心火周围，把门闩好，把灯掐灭。

他们拖着她前进，罗阿可以听到丽贝卡的喊声，她在控诉这名来自异域的王后，告诉费尔嘉德人王后应该得到惩罚。

罗阿不需要去听那些指控，她知道自己做了什么。

密谋杀死国王。

放他的敌人进入王宫。

彻底背叛了他、他们的朋友和他们的人民。

罗阿知道她应该受到惩罚。

埃希，你在哪里？

在人群中的某个地方，她觉得自己听到有人叫她的名字。但是当她往那边望过去的时候，却只看到了白色面具，火光在人们身上闪烁。

"罗阿，这里！"

她又看了过去，寻找着。但面具让每个人看起来都一样。

最后，罗阿看见了她。

莉拉贝尔。

她把放手节面具拉了下来，只有那么一会儿，让罗阿认出她。

莉拉贝尔正在努力往这边赶来。罗阿可以用脚跟踩他们，可以让他们拖不住她，她至少可以让莉拉贝尔赶过来。

但是接下来，丽贝卡也会抓住莉拉贝尔。罗阿不能让那种情况发生。她答应了要保证朋友们的安全。

突然，在拥挤的人群中，罗阿视野中的莉拉贝尔消失了。拉着她的人继续把她往前拖着，他们的指甲狠狠地嵌进了她的胳膊，把她弄伤了。他们走进广场，罗阿立刻看到了断头台，木头台子的表面满是执行判决造成的劈砍的痕迹，还被血染成了棕色。

看到它时，她的肚子仿佛揪成了一团。

丽贝卡不会……她不能……

断头台旁边有一名魁梧强壮的刽子手。他双手抓着一把罗阿见过的最大最重的剑。

她的体内涌过一阵寒意。

丽贝卡的手下在断头台周围站成了一圈，阻挡着人群。有个人抓住了罗阿的肩膀，用力逼她跪下来，疼痛让她喘不过气来。

绑住她的手腕的绳子嵌进了皮肤里，破布塞满了她的嘴。罗阿把目光投向茫茫的面具大海，寻找其中的一张脸……

你在哪儿，埃希？我需要你。

"今晚我们要审判一名叛徒！"丽贝卡冲着人群呼唤道，她的脸在火光中闪闪发亮。

罗阿被绑住的手已经失去了知觉，她抬头看着建筑物和城墙。一轮苍白的月亮挂在神殿墙外大裂谷山脉上方，东方的天空正在变亮。

"她破坏我们城市的安全……"

罗阿看着远处的天空，看着在困惑的人群手中燃烧着的火把。它们像灯塔一样。

"她策划刺杀国王……"

广场上的一阵骚动引起了她的注意。有个人正在往前挤，向前推进，穿过一群不知道该站在哪边的人们——人们不知道该站在他们的异域王后那边，还是议员那边。

"我们发现歌家族的罗阿……"

"放她走吧，丽贝卡。"

罗阿挺直了身子，想要看清来的是谁。

在那圈人的外围，国王摘下了面具，放在了脚下。人群中响起了一阵低语。

达克斯，她心中一紧，你正好撞进了她的手心里。

说话声越来越大，越来越愤怒。起初，罗阿认为达克斯来到背叛的王后面前会完全失去人民的支持，但是并没有。

越来越多的人涌向国王，愿意和他站在一起。费尔嘉德人的愤怒并没有指向达克斯甚至是罗阿，而是指向了那个将王后拖到广场并宣称她为叛徒的女人，而国王显然还很安全。

费尔嘉德的人民站在了达克斯和罗阿一方。

国王在这里，形势正在转变。丽贝卡失败了。然而，她似乎并不担心。

"如你们所愿。"丽贝卡向达克斯略微低头，然后来到了罗阿跪着的地方。丽贝卡锯开绳索的时候，罗阿感觉到冰冷的钢刃在她的手腕之间滑动。

她的手自由了。

丽贝卡拉着罗阿站起来，然后紧紧地抓住她的手腕，将织天之刀的刀柄放进了她的手掌，还让罗阿的手指握紧它。

罗阿抬起头，发现丽贝卡黑色的眼睛闪闪发光，充满了仇恨。"现在是你拯救妹妹的机会了。"

接着，她又对达克斯说："如果你想要她，就来接她。"

侍卫们让开了，达克斯走了过来，丽贝卡将罗阿转向国王，还轻轻地推了她一下。罗阿跌跌撞撞地，抬头望着她所爱的男孩的眼睛。

她的计划就是这样的，罗阿意识到，让我在全体费尔嘉德人民的目光下杀死他。确保有证人看到罗阿谋杀国王，丽贝卡将得到她想要的一切：达克斯死亡，罗阿被废。

　　丽贝卡赢了。

　　因为很快太阳就会升起，放手节将会结束。而到了那时，罗阿拯救埃希的机会就消失了。

　　如果罗阿想要让她的妹妹自由，她就必须在黎明降临前采取行动。

　　达克斯走近了一步，松开了堵在她嘴里的布，把它拉了下来。

　　"我告诉过你我会做什么，"她盯着他低声说，"你为什么要来找我？你为什么要走进一个陷阱？"

　　"因为如果不是我，埃希就不会去世，"他用拇指划过她的下巴，"因为这种事会摧毁你。"他用温暖有力的双手捧着她的脸说："还因为我爱你。"

　　有那么一下心跳的时间里，罗阿看到了一个小男孩坐在神怪棋的棋盘边。这是他们的游戏的结局。罗阿不得不采取行动，而他并没有阻止她。

　　罗阿看着闪电划过天空，她的眼睛里充满了泪水，接着她又看向手中仿佛在不断振动的刀。

　　"我准备好了。"他仿佛看到了她眼中的想法。

　　罗阿抬起刀。

　　然后一个声音撕开了夜晚。

　　"我姐姐在哪里？"

罗阿停了下来。她的心脏开始在她耳中快速而响亮地跳动。

她认识那个声音。

转过身来，她看到一个女孩走出人群。她穿着一件及膝的天蓝色连衣裙。除了头发被编成了辫子，她仿佛是王后的镜像。

"埃希。"达克斯和罗阿异口同声。

但低吟声仍然沉默。罗阿拼命想要建立她们之间的连接，却发现它已经消失了。

那里有一个巨大的缺口，一片虚空。

仿佛那根本不是她的妹妹。

在丽贝卡的手下围成的圈子后面，埃希看到了罗阿。她们四目相交。罗阿看到她的眼睛不是深褐色的了，而是银色。

"你在这里啊。"埃希笑了，但并不是她一贯的笑容，而是比平时更冷酷，更饥渴，"我一整晚都在寻找你。"埃希看向那些把她和罗阿分开的人："让我过去吧。"

他们没有动，而是抽出了刀。

埃希的笑容扭曲成了咆哮。她举起了手，放下手的时候，他们的脖子像树枝一样折断了。他们眼中的光消失了。他们瘫倒在地。

堕落了。

虽然罗阿努力在抗拒，但这个词依然出现在她的心中。

不……

更多人冲了过来。他们也倒了下来，跪在了地上。他们的眼睛瞪得大大的，手指抓着自己的脖子，而埃希在没有碰到他们的情况下将他们掐死了。

他们的尸体倒在了地上，广场上一片可怕的沉寂。

惨叫声就像波浪一样从一堵人墙冲到另一堵人墙，罗阿盯着她的妹妹。人们互相推挤，试图摆脱恐怖的中心。

这仍然是她的妹妹，罗阿知道，她还是埃希，只不过是扭曲了，中毒了，改变了。

她的灵魂堕落了。

罗阿想起死在那个破笼子旁边的人，想起是什么毁掉了影家族，想起堕落的灵魂杀死了他们家族的所有人，除了他的狗——永远不离不弃的生物。

除了这些，罗阿还想到了上一次放手节。

我不想再被困住了，妹妹那天晚上告诉她，我渴望自由。

会不会是罗阿误解了她？

如果她的意思是，罗阿没有放手，让她被困住了，让她无法离开，那该怎么办？

埃希想要来到罗阿身边，现在没有人阻止她了。"他们伤害了你吗？"银色的目光射在她的脸上，很温柔。

罗阿摇摇头，伸手抚摸她的妹妹。埃希的脸颊温暖而柔软，手掌下的感觉那么熟悉，让罗阿想哭。她紧紧地抱住了妹妹。

随着低吟声的消失，她们之间的连接也消失了，罗阿无法感知妹妹的想法或感受，这意味着埃希也无法感知她的。

"我以为你不会找到我。"罗阿低声说道，两个人的脸颊紧紧地贴在一起。

"我总能找到你。"埃希说。

"我以为你离开了。"

埃希摇摇头，放开罗阿，盯着她的眼睛："我在这儿了。我不会让任何东西把咱们分开。"

罗阿扭头看着达克斯。但是她的手伸向了妹妹的手，紧紧握住。手指交缠在一起，罗阿记得埃希掌心的温暖。脉搏在同她的心脏一起跳动。

"我很抱歉，"她盯着国王的眼睛，"我一直都没想要伤害你。"

达克斯没有动，他看看罗阿紧紧抓着妹妹的手，又看着罗阿的脸。

"我从来没打算离开你。"她用力捏着埃希的手，不想放手。

那把奇妙的刀在她的皮肤上振动着，她回想着妹妹朗声大笑的样子，回想着她温柔的表情，回想着她温暖的灵魂。

"我所了解的关于爱的一切都是从你身上学到的，"她低声说道，视线变得模糊不清了，"你告诉我，有时候爱意味着坚持下去。"

她的手指在刀柄周围收紧了。那是一把可以释放停滞的灵魂的刀。

罗阿举起刀子，妹妹就在她的身边。

"而有时候……"

泪水沿着她的脸颊滑落。

"有时候爱意味着放手。"

罗阿转身背对着国王，将刀插入了妹妹堕落的心脏里。

# 三十六

呼吸从埃希的身上消失了。她低头看着织天之刀的刀柄嵌在胸前，瞪大了银色的眼睛。她的腿软了下去。

在倒地之前，罗阿抓住了她，将她拉进怀里。

她们之间的低吟声响起，响亮而疯狂。银色从埃希的眼睛里消失，只留下一对黑色的虹膜。埃希一动不动地承受着罗阿的目光。

"我很抱歉。"罗阿低声说。

埃希伸手摸着姐姐的脸。"不，"她低声回答，"谢谢。"她微微笑了笑，感激的泪水在她的脸颊上闪闪发光："谢谢你让我自由。"

埃希闭上了眼睛，一个仿佛是叹息的声音响了起来，接着她溶解成银色的光雾。

光雾笼罩着罗阿，亲吻着她的手、她的脸、她的头发。在雾中，罗阿听到了妹妹的笑声，轻盈、快乐而自由。

有那么一刹那，薄雾把自己固定成了鹰的形态，高高地飞上了天空，在罗阿头顶盘旋了一圈，然后就消失了。

永远消失了。

悲伤刺穿了罗阿的身体。灵魂爆炸的声音从她身上爆发出来。达克斯盯着她，不太明白刚刚发生了什么，只仿佛听到了她心碎的声音。

他在罗阿面前跪了下来。

达克斯非常担心罗阿，他忘记了背后的人，忘记了谁把他们带到了这里。

钢刃在他身后闪过。

罗阿抬头看到丽贝卡用双手抓住刽子手的剑，在国王身后举了起来，打算发动攻击。

罗阿喊了出来，但为时已晚。剑落了下来。

罗阿把达克斯推开了，让自己留在了挥剑的轨迹上。

但有人冲了进来。金属相击。罗阿抬头发现那人是西奥，他拦住了这一击。

这位空家族的继承人拔出了他的第二把刀，守护着罗阿和达克斯。

在他身后，更多空家族的成员从人群中走出来，用他们的武器对付丽贝卡的手下。萨菲尔跟在他们后面，她那纳姆萨拉的纹章闪闪发亮，在她身后的是无数士兵。

一声咆哮从天而降，仿佛雷声，一条巨大的黑龙张开了翅膀。在它的重压下，地面在震动，丽贝卡的手下在它那只眯成细缝的眼睛的注视下蜷缩了起来。

木津。

龙祖的背上坐着阿莎，托文在她身后。他们一起爬了下来。这位从前的伊斯卡利从背后的刀鞘里抽出了战刃，她的目光简直致命，木津咬合着尖利的牙齿，然后用它的尾巴将靠得最近的丽贝卡的手下甩到了树上。托文张弓搭箭，莉拉贝尔也来到他的身边，拉开了自己的弓。两个人同时把箭瞄准了丽贝卡。

龙祖徘徊着，人们在国王和王后周围形成了一个保护圈。更远一些的地方，萨菲尔的士兵和空家族的人围住了丽贝卡的手下。

罗阿再次抬头的时候，西奥解除了丽贝卡的武装，让她跪倒在地。

指挥官还剑入鞘，来到了丽贝卡跪着的地方，西奥的剑横在她的脖子上。萨菲尔蹲了下来，盯着男爵女儿的眼睛，虽然她的声音很低，但罗阿还是听到了她的话：

"你是对的，丽贝卡。我并不应该待在你们中间。"萨菲尔看了看托文，看了看阿莎，然后又看了看达克斯，她最后把目光转向了罗阿，"我的位置就在这里——保护我爱的人。"

萨菲尔站了起来，阿莎走到她身边，安慰似地把胳膊环在了表妹的肩膀上。

"把她带走。"

# 三十七

埃希去世后的那几个星期，罗阿觉得自己就像一个从战场上归来的士兵，失去了胳膊，却觉得自己仍然能感觉到它的存在。

但她感觉到的并不是胳膊，而是她的妹妹。将织天之刀刺进埃希的心脏之后，低吟声在罗阿体内微微鸣响。那声音不像以前那样明亮而温暖，却依旧在那里。不知怎么的，好像罗阿与已经永远离开这个世界的埃希的连接仍然没有中断。

她几乎每天都写信给莉拉贝尔讲这件事。

她的那位朋友几周前回到了灌木地，为自己的婚礼做准备。明天典礼将在歌家族的花园里举行。

罗阿把想法推到了脑海深处，努力把注意力集中在她面前的会议上。因为每当她想起那件事，悲伤就像伤口中的血一样涌出来。她想要回去，看着她的弟弟和她的朋友在歌家族大宅那棵粗壮的蓝花楹下结合在一起。罗阿想为莉拉贝尔的头发编进花朵，在她的耳朵后面涂上玫瑰水，帮助她穿上礼服。

但罗阿需要留在费尔嘉德。因为今天新的内阁——真正能够代表这个王国的内阁，而不是富人掏钱买下来的内阁，聚集在一起投票反对古老的禁止弑君的律法。他们要在这里决定是否要让这条律法继续生效，还是说是时候把它废除了。

国王和王后需要出席投票。

临近黄昏，透过窗户的阳光变成了金色，圆形的会议厅里满是观众，空气变得闷热。罗阿发现有十几个人坐在他们的椅子上或是靠在墙上睡着了。这是一个充满争吵和辩论的漫长的一天，由于一位内阁成员因疾病而缺席，投票结果仍是平局。

为了打破这一困境，理事会决定让国王投票。

就在这个时候，大厅里响起了鼾声。

房间里的每个人都吓了一跳，他们看着声音发出的方向。罗阿叹了口气，也转过头。

达克斯坐在白色的大理石椅上，石椅上刻着王冠的图案。他的脸颊贴在拳头上，他的棕色鬈发落在他的眼前，他的胸膛因鼾声而起伏。

罗阿已经在他的床上度过了许多个夜晚，非常了解他打鼾的声音。

这些都是假的。

达克斯整天都是一团压缩的能量。从他坐上那把椅子的那一刻起，一直到第三次投票，他一直抖着腿。如果罗阿看得仔细一点，现在都可以看到他在抖腿。

有什么事情让他感到兴奋，一个兴奋的达克斯不会感到疲倦。

他在装睡。罗阿知道这是为什么。

这个新内阁会服从他们的国王。无论在议会内外，他们总会征求达克斯的意见，而不是罗阿的意见。在这里，他们又一次看向了达克斯。

但如果他睡着了，就无法进行投票。

"王后陛下。"最年长的议员看着罗阿。她是一名把白色长发披在身后的斯克莱尔女子。

王后瞥了一眼打鼾的丈夫，把注意力集中在等待她做出决定的十名男女身上。

"您的决定是什么？"

各种各样的记忆涌进了她的脑中。她想起了她挣得武器的那一天，她站在薄雾中，站在妹妹身边，抓着一把刀。她的妹妹放弃了自己挣得的武器。

"古老的故事说我们属于彼此。"今天，罗阿说出了埃希说过的话，"如果事实就是如此，那么我们的敌人就不是真正的敌人，而是我们的兄弟姐妹。"

她顿了一下，看着下面的斯克莱尔人、龙裔和灌木地人。这些人曾经都视对方为敌人，但现在都聚在同一个屋顶下面，还有很多工作要做。

"除非我们把所有的生命都视为神圣的，"罗阿想起了丽贝卡和其他人犯了叛国罪，他们在地牢牢房里等待审判，继续说道，"甚至那些做出无法形容的伤害行为的人，他们的生命也应该是神圣的……否则我们永远不会拥有和平。"她扫视着费尔嘉德人的脸，所有人都看着她——他们的王后："所以我投票决定废除这条律法。"

　　整座大厅都陷入了沉默。有那么一会儿，罗阿鼓起勇气等待着反对的声浪，等待着大厅中爆发的愤怒。

　　但是沉默变成了嘀咕，嘀咕变成了低语，低语变成了交谈。没有人叫喊，没有人指责她想要背叛费尔嘉德、伤害国王或是危及王位。

　　老议员点点头："那就是这样了。"

　　罗阿松了一口气，坐在了大理石椅子上，内阁成员转身低声交流着，写下了宣言，签上了自己的名字。更远的地方，观众起身开始离开。房间里开始充满对话声。

　　罗阿注意到她身边的鼾声已经停了下来，转身发现达克斯坐直了身子，正看着她。

　　"你真是不可救药。"她说。

　　他露出了那迷人的笑容。

　　罗阿觉得自己变弱了，成了他的牺牲品。她眯起了眼睛说："不要那样看着我。"

　　他靠在椅子上，胳膊撑着扶手，说："你的意思是像这样？"他的视线变得柔和了下来，洒在她的身上。

　　"对。"她倚着他温暖的身体，低声说道。

　　"我只是在欣赏我的王后。"他吻了一下她戴着金圈的额头，"真的，她真是无与伦比。"


　　那天晚上熄灯之前，罗阿走到了露台上。她的睡衣擦过膝盖，赤裸的双脚踩在凉爽的瓷砖上。整个晚上都在下雨，虽然雾气把所有的东西都变成了银色，但罗阿可以直接跳下露台穿过花园。

虽然这是她的房间，但自从救了妹妹之后，她就没有再睡在这里。现在，当孤独的痛楚想要整个把她吞下的时候，她可以靠着达克斯，听着他的心跳声入睡。当她梦见埃希，醒来发现她早已离开的时候，达克斯会在她哭泣时抱着她。

他每次都抱着她。

薄荷的气味突然包住了罗阿，让她甩开了那些思绪。她转过头来倾听。

安静。

罗阿等待着，嘴唇上露出一丝微笑。更加安静了。

她能感受到背后传来的温暖，说道："我知道你在那里。"

他恼火地叹了一口气："你怎么总能知道？"

他温暖的手臂绕过她的腰，罗阿靠在他身上。

"我想让你大吃一惊，"他低声对着她的脖子说，"我的小星星。"

罗阿打算告诉他，他必须更加努力，但这些话阻止了她。

我的小星星。

"你为什么那么称呼我？"她靠在他身上，抚摸着他的脸颊。

他抱着她的胳膊收紧了。

"在叛乱之前，我知道我想要什么：保护我的妹妹、萨菲尔和我们的人民。我不得不对自己的父亲发动攻击。但每次我想到自己必须要做的事情时，我就会怀疑自己。我说服自己，我永远不会足够强大、足够聪明、足够勇敢地从有史以来最强大的龙王那里夺取宝座。"

他把脸转向她，将额头抵在她的太阳穴上。

"正是在那个时候——我感到最失落的时候，我想放弃那个创造一个更美好世界的梦想的时候，我想到了你，远在沙海对面的你。我会想象咱们坐在神怪棋的棋盘边，咱们下棋的时候，我会问你会怎么走，以及你希望我怎么走，我只要那样想，就不再迷失了。我可以清楚地看到那条道路。"他用鼻子蹭了蹭她的耳朵后面，然后又望向天空，"就像水手需要天空找到回家的路，你是我的星星，在夜晚燃烧，帮助我找到自己的路。"

罗阿一动不动。从来没有人对她说过这么美的事情。

她转过身来，伸手去抱他。但是面对达克斯的时候，她停了下来。她皱着眉头看着裹着他的脖子的深蓝色纱巾，然后伸手触摸紧贴着他的身体的皮夹克。

"你为什么这副打扮？"她发现他的手上也戴着深色的皮手套，这样问道。

他用戴着手套的手缠住了她的手指。"我告诉过你，"他拉着她穿过窗帘回到房间里面，"我有一个惊喜。来吧，穿好衣服。"

她让他拉着自己，但瞥了一眼身后被窗帘挡住的夜空。

现在吗？她刚刚换好睡衣。

"为什么？怎么……"

从上面传来一声巨响，摇晃着房间，打断了她的问题。

罗阿瞥了一眼天花板："那是什么？"

达克斯耸了耸肩，笑了一下。

有人从屋顶跳到了露台上，他们的靴子踩在露台的地砖上发出回响。罗阿小心翼翼地注视着达克斯，然后看向了声音传来的方向。

拉开窗帘，她发现萨菲尔靠在扶手栏杆上，双腿交叉，双手紧握着大理石边缘。指挥官穿着黑夹克，戴着手套，黑色的头发梳在身后。

"罗阿，"萨菲尔上下打量着她的睡衣，显然感到很失望，"你还没换好衣服。"

一个美妙的影子滑过罗阿头顶。她抬起头，发现木津正低着头，紧闭着嘴巴，用一只细缝般的黄眼睛盯着她的双眼。在龙祖身边，屋顶的边缘，阿莎蹲在那里，她像往常那样绑着辫子，纱巾遮住了半张脸，她用那双黑眼睛凝视着下面的罗阿。

"你认真的吗，达克斯？"阿莎看见罗阿的睡衣，"我们可是给了你一项任务！"

"这是怎么回事？"罗阿问他们。

"我们抵达的时候，你应该已经穿好衣服。"达克斯走出去，拿出了叠得整整齐齐的一堆衣服：夹克、手套、羊毛紧身裤、靴子和罗阿的一条已经有些褪色的黄色纱巾，"如果你把它们穿上，我们就告诉你。"

罗阿挑衅般地伸出下巴："先告诉我，我再考虑换衣服。"

突然，第二个龙脸朝下俯视屋顶，罗阿惊呆了。是放手节早晨，达克斯逃跑的时候骑的那条金龙。它比木津更小更优雅，鳞片在朦胧的星光中泛着涟漪。

它冲着罗阿发出轻轻的咔嗒声。

罗阿小心翼翼地退了一步，撞在了达克斯身上。

"不要害怕。"他用胳膊环住她的腰。

"不要害怕？"她低声问道，"龙盯着我，就像我是它的下一顿饭似的。"

他摇了摇头："它很温柔。而且我会带你一起飞。"

罗阿紧张了起来。跟我一起飞？

她离开了国王身边，看了看萨菲尔，又看了看阿莎。

"这就是你的惊喜？"

达克斯正把他的纱巾拉上去，挡住鼻子和嘴，他停了下来，把纱巾拉了下来："你不想去见证莉拉贝尔的婚礼吗？"

罗阿张大了嘴巴，然后又闭上了。

"那，"萨菲尔说，"就是惊喜。"

"哦。"罗阿低声说。她终于意识到了这是怎么回事，一缕笑容慢慢地在她的嘴唇上蔓延开来。她的心仿佛在闪闪发光。她看着达克斯，而对方也正用温柔的眼睛看着她。她搂住了他，狠狠地吻了一下他的嘴巴。

"没时间了！"阿莎在屋顶上喊道。

"谢谢你。"罗阿低声说道，又一次亲吻了达克斯。接着她抓起衣服，躲进屋里，换起了衣服。

她重新出现的时候，阿莎和萨菲尔都坐在了屋顶上的木津的背上，达克斯和那条金龙站在露台上等着。

"它叫火花。"他说。

火花用细缝般的苍白眼睛盯着罗阿。它身上有烟雾和沙子的气味。走近了一点，罗阿意识到她不知道如何爬上龙背。

看出了这一点，达克斯单膝跪下，双手托住她的脚，帮她往上爬。在她往上爬的时候，他推了她一把，告诉她要踩在哪里——火花的膝盖后面，告诉要抓住哪里——肩膀上的隆起。几次尝试中，火花保持着沉默，最终罗阿爬了上去。

达克斯轻松地坐在她的身后。似乎他下午失踪的那段时间里，就是在做这些事情。他的胳膊环住了她，他抬头看着坐在木津上面的阿莎和萨菲尔。

"准备好了？"

罗阿还没来得及回应，火花就蹲了下去，展开金色翅膀，飞向了空中。


他们飞了一个晚上。罗阿在达克斯的夹克里蜷缩着睡着了，她醒来的时候，高地正在地平线上升起。罗阿可以看到远处歌家族大宅的灯光。灯笼、蜡烛和桌心火都亮着。黎明即将降临。尽管东方的天空亮起了闪电，但天上的星星依然明亮。

罗阿抬起头来。直接照在他们上方的是一颗她从未见过的明星，比其他星星燃烧得更亮一点。

罗阿把头靠在达克斯的肩膀上，看着它。

木津飞到他们身边。罗阿可以听到阿莎和萨菲尔说的话和发出的大笑。在夜晚，不知什么时候，另一条龙加入了他们。骑手的纱巾遮住了脸，但从他的瘦高的身材，罗阿看出那是托文。

火花带着他们离歌家族的大宅越来越近。田野在他们下面起伏着。一直以来，低吟声在罗阿体内温暖地响着，告诉她埃希就在附近。无论埃希是否在场，不管埃希是否还活着，她们之间的连接永远存在。

因为就像达克斯说的那样，爱可以承受所有的一切，甚至死亡，特别是死亡。

# 致谢

向下面这些人献出我的爱和感激：

希瑟·弗莱厄蒂，感谢你总在背后支持着我。

克里斯汀·佩蒂特，感谢你把这本乱七八糟的书变得优秀。

雷切尔·温特伯顿，感谢你在这部作品还写得不怎么样的时候就喜欢这个故事，还在最后时刻帮我进行修改（应该说多次在最后时刻帮我进行修改）。

哈珀青少年图书出版公司的全体成员，特别是伊丽莎白·林奇、芮妮·卡菲罗、艾利森·布朗、米歇尔·陶尔米纳、奥黛丽·迪斯特尔坎普、贝丝·布拉斯韦尔、奥莉薇亚·拉索、玛莎·施瓦茨和文森特·库森扎。

吉玛·库珀，没有你，我就无法联系到格兰茨出版公司。

格兰茨的全体成员，感谢你们的热情支持，让我在大洋彼岸享受到了家的感觉。最特别的是史蒂薇·法恩根，你是一起逛书店最好的伙伴；保罗·斯塔克，感谢你制作的"甚至比书本身更棒"（我母亲说的）的有声书；凯特·戴维斯，感谢你为我的书做了那么棒的市场营销（还做我的导游带我游览伦敦）；还有吉利安·雷德芬，你这个大方又聪明的小坏蛋。

哈珀-柯林斯的加拿大团队，感谢你们在边境的这一侧所做的所有工作，特别是阿什莉·波斯兰斯、沙敏·阿莱和梅芙·奥瑞根！

莫蒂·斯皮特里，感谢你的智慧和支持。

我的外国代理商、出版商和翻译：非常感谢你们所有人，看到自己的故事用其他语言写出来，简直像变魔法一样。

詹尼·本特和本特代理公司的团队，感谢你们为我所做的大量工作，让我可以专注于我最喜欢的事情：写下这些文字。

一直以来我遇到的所有图书管理员和书店店主，感谢你们的善意、热情和支持。

安娜·普力马萨、菲斯·博根、加雷斯·隆斯基，同年出道，共同进步。伊莎贝尔·伊瓦涅斯·戴维斯，感谢你在我写书的时候一直给我建议。托米·阿德耶米，感谢你准确的反馈和理性的声音。克里斯·卡贝纳，感谢你告诉我这部作品很糟糕，让我能够把它写得更好。博伊斯·罗伯茨、谢丽尔·麦卡伦和韦恩·巴特利特，感谢你们能够理解一位失落的作家，帮助她找回她的喜悦。

我的家人和朋友们，感谢你们在我的图书发布会上坐满了两百个席位；感谢你们在万圣节打扮成我书中的角色（玛丽阿姨，我爱你）；感谢你们买我的书，把它推荐给熟人，还从书店货架上把它们抽出来摆成封面朝外的样子（我向所有书店致歉）。没有你们，我无法写出这些作品！

妈妈，感谢您无私的爱，您是我光辉的榜样。爸爸和乔琳娜，感谢你们一直以来的支持。

乔，感谢你一直以来都在我的身边，见证了我美好、快乐、充满希望的日子，以及糟糕、疯狂、悲伤的日子，感谢你在这个疯狂而美好的生活中成为我的同伴。

爷爷，感谢您让我明白，有时需要坚持，有时需要放手，而放手并不意味着爱的终结。您的生与死告诉我，爱永远会获得胜利。

我的读者和粉丝，感谢你们无与伦比的支持，感谢你们在照片墙（Instagram）上发的漂亮的照片，感谢你们亲切而令我感到鼓舞的私信、评论和同人作品。感谢所有的这一切。我从内心深处感谢你们。

对你们这些想要继续聆听的人，我想说：真正的爱比死亡更加强大，真正的爱可以改变生活，改变世界。永远不要忘记你是谁，以及你能够展示的爱——蔑视死亡，改变世界的爱。